ein Ullstein Buch

ÜBER DAS BUCH:

»Sie hat Talent zum Leben und Talent zum Glück«, sagt Otto Heinrich Kühner über seine Frau Christine Brückner. Dieses »Lesebuch« ist hierfür der geschriebene Beweis.
Die fünfundzwanzig Beiträge aus ihrem reichen literarischen Schaffen sind eine kleine Kostbarkeit für Christine-Brückner-Freunde. Es geht um persönliche Erlebnisse, aber auch um fremde Schicksale. Mal heiter, mal nachdenklich und immer voller Verständnis für ihre Mitmenschen.

»Die klare Sprache, der Phantasiereichtum und die originellen Einfälle der Autorin, vor allem auch ihr Sinn für Humor, ließen Christine Brückners Lesergemeinde rasch anwachsen. Ihr gelingt, womit sich viele ihrer Kollegen hierzulande so schwer tun: ernste Themen zu behandeln und dennoch unterhaltend zu sein!« (Deutsche Welle)

DIE AUTORIN:

Christine Brückner, 1921 in einem waldeckschen Pfarrhaus geboren. Abitur, fünf Jahre Kriegseinsatz, Studium. Häufiger Orts- und Berufswechsel. Halle/Saale, Marburg, Nürnberg, Stuttgart, Krefeld, Düsseldorf u.a. Jetzt seßhaft in Kassel. Verheiratet mit dem Schriftsteller Otto Heinrich Kühner. Diplombibliothekarin, Redakteurin, wissenschaftliche Mitarbeiterin eines Kunstinstituts u.a. Seit 1954 freie Schriftstellerin. Romane, Erzählungen, Bilderbücher, Schauspiele und Feuilletons.

Christine Brückner

Lachen, um nicht zu weinen

Ein Lesebuch

ein Ullstein Buch

ein Ullstein Buch
Nr. 20563
im Verlag Ullstein GmbH,
Frankfurt/M – Berlin

Umschlagentwurf:
Hansbernd Lindemann
Foto: Henner Klingelhöfer

Printed in Germany 1986
Druck und Verarbeitung:
Elsnerdruck, Berlin
ISBN 3 548 20563 1

März 1986
52.–101. Tsd.

Von derselben Autorin
in der Reihe der
Ullstein Bücher

Ehe die Spuren verwehen (436)
Ein Frühling im Tessin (557)
Die Zeit danach (2631)
Letztes Jahr auf Ischia (2734)
Die Zeit der Leoniden (Der Kokon) (2887)
Wie Sommer und Winter (3010)
Das glückliche Buch der a. p. (3070)
Die Mädchen aus meiner Klasse (3156)
Überlebensgeschichten (3461)
Jauche und Levkojen (20077)
Nirgendwo ist Poenichen (20181)
Erfahren und erwandert (20195, zusammen mit Otto Heinrich Kühner)
Fünf Romane in Kassette (20078)
Das eine sein, das andere lieben (20379)
Mein schwarzes Sofa (20500)
Wenn du geredet hättest, Desdemona (20623)

CIP-Kurztitelaufnahme
der Deutschen Bibliothek

Brückner, Christine:
Lachen, um nicht zu weinen: e. Lesebuch /
Christine Brückner.
Frankfurt/M; Berlin: Ullstein, 1985.
(Ullstein-Buch; Nr. 20563)
ISBN 3-548-20563-1
NE: GT

Inhalt

»... und mein Leben ein Ziel hat«

Erfahren und erwandert

Überlebensgeschichten

»... und mein Leben ein Ziel hat«

Umgang mit Christine Brückner

»Was blühen will, wird blühen«, sagt sie und vertraut die Blumen dem Himmel an. Sie geht lobend und tadelnd durch den Garten; eine Hacke nimmt sie selten in die Hand.

Oder: Sie sagt zu sich selbst: »Du hast die Wahl. Entweder, du bleibst jetzt ruhig am Schreibtisch sitzen und schreibst dieses Kapitel zu Ende, oder du räumst den Keller auf.« Nach dieser Methode werden Kapitel fertiggeschrieben und wird der Keller aufgeräumt.

Manchmal deckt sie ärgerlich die Schreibmaschine zu und sagt: »Dann eben nicht!« Und geht in die Küche und backt einen Kuchen. »In der Küche habe ich meine raschesten Erfolge.« Sie verwendet ihre Phantasie am Schreibtisch und am Herd.

Christine Brückner stammt aus einem Pfarrhaus in Waldeck. Sie war die jüngste Tochter des Kirchenrates Carl Emde. In Kassel besuchte sie das Oberlyzeum. Sie dankt es der Großzügigkeit des Direktors Friedrich, daß sie – die vorzeitig die Schule verlassen hatte – nach sechsjähriger Unterbrechung rasch und bevorzugt ihr Abitur machen konnte. Drei Jahre lang war sie kriegsdienstverpflichtet am Generalkommando in Kassel. Sie verließ die Stadt, nachdem das Haus, das ihre Eltern sich im Auefeld gebaut hatten, zerstört war. Sie hat in einer Flugzeugfabrik gearbeitet, in einer Hotelküche; sie hat ein Examen als Bibliothekarin abgelegt, hat Kunstgeschichte und Literatur studiert, hat eine Mensa geleitet, war Redakteurin und lange Zeit Assistentin an einem Kunstinstitut. Alles das durcheinander und nebeneinander. Sie erwarb sich frühzeitig Milieu- und Menschenkenntnisse, wie es in normalen Zeiten, bei einem regulären Studienablauf, unmöglich gewesen wäre. Sie kamen ihr später zugute. Aus den Kenntnissen wurden Erkenntnisse. Halle – Stuttgart – Marburg – Nürnberg – Krefeld – Düsseldorf – Kassel. Immer neue Situationen, neue Menschen. Zehn Jahre lang war sie mit dem Keramiker und Industriegestalter Werner

Brückner verheiratet. Ein unruhiger Lebenslauf, bedingt durch Kriegs- und Nachkriegszeit, aber auch durch ihr Temperament. Ihre Begabung zeigte sich nicht so bald; trotz der Eins im Deutschunterricht und obwohl sie schon in der Schule ein kleines Theaterstück geschrieben hatte.

»Not lehrt schreiben«, so pflegt sie einen Ausspruch von Ernst Bloch abzuwandeln (»Not lehrt denken«). Sie war im Jahr 1953 monatelang krank und zur Ruhe gezwungen: damals schrieb sie ihren ersten Roman, der in einem Wettbewerb den ersten Preis bekam und in die Bestseller-Liste unseres Jahrhunderts rückte. Der Roman wurde in viele Sprachen übersetzt, er hieß »Ehe die Spuren verwehen«.

Im Herbst 1954 fand in Bad Godesberg eine Tagung statt: »Verleger stellen junge Autoren vor«. Heinrich Böll las aus »Und sagte kein einziges Wort«, Rolf Schroers las, Otto Heinrich Kühner las und auch die junge, ganz unbekannte Christine Brückner. Ich ging mit ihr an der Ruine der Godesburg spazieren; ich am Stock, ein Globetrotter damals noch, der auf Island in die kochende Lava geraten war. Ich erzählte ihr von meinen schwierigen privaten Verhältnissen und fragte sie um Rat. Sie gab ihn mir. Das ist typisch für Christine Brückner. Manchmal rufen Leser von weit her an: »Was soll ich tun? Ich bin in der gleichen Situation wie Ihre Hanna (die Heldin aus dem Roman ›Die Zeit danach‹), wie Ihre Wiepe (die Heldin aus dem Roman ›Der Kokon‹).« Sie bekommt viele Zuschriften von Lesern, die ihre Aufsätze gelesen haben, von Hörern, die ihre Hörspiele hörten. Sie beantwortet alle Briefe. Sie ist dankbar für Zustimmung und Lob.

Sie ist eine Briefschreiberin! Der Tag am Schreibtisch beginnt mit Briefen, mit »Fingerübungen«, wie sie sagt. Blaues Luftpostpapier seit vielen Jahren. »Ihre c.b.« schreibt sie unter die Briefe. Das »c.b.« ist zum Firmenzeichen geworden.

Als sie im Herbst 1958 aus Griechenland zurückkehrte, schrieb sie mir: »Ich nähre eine neue Sehnsucht im Herzen und muß nun wohl immer zurückkehren nach Hellas, jetzt, wo ich weiß, wo es am schönsten ist. Ich habe im kastalischen Quell gebadet und nicht von der Lethe getrunken, damit ich nicht das Falsche behalte und das Rechte vergesse – ich war vier Wochen lang sehr glücklich. Ich habe versucht zu leben, als ob das ein Geschenk der Götter sei und ich nichts zurückzahlen müßte in der kleinen mühsamen Münze der Worte. Im nächsten Jahr reite ich auf einem grauen Esel über den Helikon...«

Ein andermal schrieb sie mir: »Im Süden gelingt es mir, noch einmal ein paar Jahre von den Schultern abzuschütteln.« Sie lebte, oft monatelang, auf Ischia. Sie floh vor dem langen deutschen Winter ins Tessin. Natur und Jahreszeiten spielen in ihren Büchern eine große Rolle, manchmal, wie im Tessin- oder im Ischia-Buch, die Hauptrolle. Sie unternahm 1964 eine ausgedehnte Amerikareise. Sie wollte ein Buch darüber schreiben und tat es nie. Der Kontinent war zu groß und zu fremd für sie. Sie liebt Inseln, sammelt Inseln: Patmos, Ischia, Bornholm, Catalina im Pazifik.

»Wer rasch schreiben will, muß lange nachgedacht haben«, steht in einem ihrer Briefe. »Ich habe die Schreibdauer für einen Roman unterboten: drei Monate.«

Sie unterscheidet zwischen Leb-Zeiten und Schreib-Zeiten. Sie ist darauf aus, so zu leben, daß das Schreiben nicht zu kurz kommt, und so zu schreiben, daß darüber das Leben nicht zu kurz kommt. »Primum vivere!« sagt sie, zuerst das Leben, aber sie sagt auch: »Schreiben, das ist wie atmen, man hat keine Wahl.«

Vor vielen Jahren schrieb sie mir: »Ich habe in der Gartenstadt Auefeld in Kassel ein kleines Haus gekauft. Seit gestern gehören mir 300 qm unseres Planeten; ich öffne das Fenster und blicke in den Weltraum. Wozu noch Raumschiffe!«

Ihr Temperament wechselt. Sie knüpft leicht und schnell Beziehungen an, scheint ganz dem Augenblick verhaftet und – zieht sich genauso rasch in sich selbst zurück und verstummt. Sie gibt sich heiter, aber sie zweifelt oft. Sie ist nicht selbstsicher. »Ich brauche mein tägliches Blättchen Lorbeer«, sagt sie, »das kaue ich dann durch.« Eine Leserin hat ihr einen Lorbeerstrauch aus Delphi mitgebracht, seitdem spendiert sie den Freunden jeweils ein Blatt, wenn sie sich Lorbeer verdient haben. Genauso selbstverständlich pflückt sie ein Blatt und tut es in den Gulasch.

Sie hat ein reales Verhältnis zum Leben, zum Altern, zum Tod. Sie hat, was so selten ist, Talent zum Leben und Talent zum Glück. Für ihren Partner ist es ein Gewinn, mit ihr zusammen alt zu werden. Für mich.

Otto Heinrich Kühner

Mein Vater: Der Pfarrer

Am zweiten Weihnachtstag des Jahres 1921 taufte der Pfarrer Carl Gottfried Emde in der Kirche eines kleinen waldeckschen Dorfes ein Kind. Weil es das Christfest war, taufte man es auf den Namen Christine. Der Winter war kalt, die Kirche ohne Heizung; dem Täufling stand ein Rauchfähnlein vorm Mund. Es wurden wenig Kinder in jenem Winter geboren, man sah das später deutlich, als der Jahrgang eingeschult wurde. Die Kinder hatten auf einer einzigen Schulbank Platz, eine Zwergschule, einklassig. Der Pfarrer predigte über ein Wort aus dem Matthäusevangelium (Kap. 18, Vers 5): »Wer ein solches Kind aufnimmt in meinem Namen, der nimmt mich auf.« Er nahm den Predigttext als Taufspruch für das Kind.

Der Pfarrer war nicht mehr jung. Am Weltkrieg, der damals noch kein Zahlwort trug, hatte er nicht aktiv teilgenommen, sondern passiv. Er hatte die Trauergottesdienste gehalten und die Todesbotschaften in die Häuser gebracht. Seine Gemeinde horchte auf den Spruch, den er einem Kind mit auf den Lebensweg gab, einem Brautpaar mit in die Ehe, dem Toten mit ins Grab. Sie nahm den Spruch als Losungswort.

Ein solches Kind war ich. Die Leute im Dorf haben das nicht vergessen, sie erinnern mich daran, wenn ich zurückkehre. Unser alter Pastor, sagen sie.

Dieser Pastor war mein Vater. Nicht Pfarrer: Pastor. Hirte. Er trug einen graumelierten Bart, war viel zu alt für so ein kleines Kind, ein Mittfünfziger bei meiner Geburt, hoch über mir, 1 Meter 80 oder mehr. Ich mußte anklopfen, wenn ich ihn zum Essen rufen sollte. Patriarchalische Verhältnisse im Pfarrhaus. Aber: Der Vater klopfte ebenfalls an die Tür des Kinderzimmers, bevor er eintrat. Ein Erwachsener ist in seine Arbeit vertieft, ein Kind in sein Spiel. Respekt wurde erwartet. Respekt verdient auch ein Kind. Bei Tisch: Kinder reden nur, wenn sie gefragt werden! Das Kind sagt: Fragt mich bitte mal was! Der Vater zur Mutter: Laß das Kind reden! Gleiches Recht.

Dieser Pfarrer, der mein Vater war, wurde als Sohn des Lehrers geboren, in demselben Dorf. Man hat mir Ohrläppchen gezeigt, die schlecht angewachsen waren, nachdem er sie halb abgerissen hatte im Zorn. Aber: Wer bei dem Lehrer Heinrich Emde in die Schule gegangen war – und 40 Jahrgänge waren es –, der konnte einen Brief aufsetzen, dessen Handschrift war wie gestochen, der konnte bis ins hohe Alter die wichtigsten Choräle auswendig, der deklamierte Schillers »Glocke«, ohne zu stokken, der konnte kopfrechnen, der konnte auch singen. Er sprach Platt mit ihnen, wenn er zufrieden war, Hochdeutsch, wenn er zornig war. Höcher, Henner, höcher! pflegte er in der Gesangstunde zu sagen, das sagt man im Dorf noch heute. Er züchtigte die Schulkinder und gewiß auch die eigenen. Der älteste Sohn, der mein Vater wurde, schlug nie, nicht seine Konfirmanden, auch nicht die Gymnasiasten, denen er im Weltkrieg Latein- und Religionsunterricht erteilte, auch nicht die Schulkinder, als er zwölf Jahre lang Kreisschulaufseher war, nicht die eigenen Töchter. Er verließ sich auf die Überzeugungskraft seiner Worte, seines Beispiels.

Mit zehn Jahren verließ er sein Heimatdorf, kam auf ein Alumnat, studierte dann Theologie, wurde Einjähriger, dann Vikar, dann Prinzenerzieher im fürstlichen Schloß. Fürstin-Mama fuhr später oft mit der Kutsche am Pfarrhaus vor, und wir knicksten ehrerbietig. Keine Rede davon, daß man auf gleicher Stufe stünde, nicht einmal der Tod macht alle gleich, für die fürstliche Familie ein Erbbegräbnis. So habe ich es gelernt. Wenn ich in das Residenzschloß gehe, das heute von den Erbprinzen bewohnt wird, um es Freunden zu zeigen, bin ich befangen und lache darüber, halte mit Filzpantoffeln den Waldeckschen Stern blank.

Als mein Vater dreißig Jahre alt war und schon andernorts ein Pfarramt versehen hatte, schickte ihn seine Kirchenbehörde in sein Dorf zurück. Nun nicht mehr der Carl, der älteste Sohn des Lehrers, sondern der Pastor, der Diener Gottes. Das Du hörte auf, das schien ihm notwendig. Die Leute im Dorf gewöhnten sich daran. Er hörte auf, Platt mit ihnen zu sprechen, verlernte es sogar, sprach ein Hochdeutsch ohne jeden mundartlichen Anklang. Der Talar trennte ihn ebenfalls. Kein Vorname mehr, auch kein Familienname mehr, nur noch Titel, nur noch Amt. Der Herr Pastor.

Drei Dörfer gehörten zum Kirchspiel. Ein Berg trennte das Kirchdorf von den Filialdörfern; er fuhr mit dem Fahrrad über die Landstraße, ging den Fußweg über den Berg. Zwei Gottesdienste an jedem Sonntag, einmal im Monat ein dritter in dem kleinsten Dorf, um den Alten den mühsamen Weg über den Berg zu ersparen. Seine Spaziergänge machte er erst, wenn es dämmerte, wenn kein Bauer mehr auf dem Feld arbeitete. Solange noch jemand in Stellmacherei oder Schmiede hämmerte, setzte er sich nicht in den Garten. Er lebte in seinem Studierzimmer in freiwilliger Absonderung.

Pfarrer sein, das hieß für ihn, ein Predigtamt zu haben, seiner Gemeinde Gottes Wort zu verkünden. Das an erster Stelle. In den frühen Morgenstunden des Freitag suchte er nach dem Textwort, in der darauf folgenden Nacht wurde die Predigt fertig; jede handschriftlich ausgearbeitet, auf kleinen, sparsam beschnittenen Zetteln, in einer zierlichen, leserlichen Handschrift. Nie griff er auf eine alte Predigt zurück. Zweiundfünfzig Sonntage im Jahr, dazu Karfreitag, Himmelfahrt und Buß- und Bettag, sechzig Predigten im Jahr, von 1890–1934, mehr als zweitausendsechshundert Predigten, alle in Schubladen aufbewahrt und dann im Zweiten Weltkrieg verbrannt. Er war zunächst ein liberaler Christ des ausgehenden 19. Jahrhunderts gewesen. Am Ende seiner langen Amtszeit wurde er ein Anhänger der Bekennenden Kirche. Er hat mit den theologischen Studien nicht aufgehört, in seinem Nachlaß fanden sich die frühen Bücher Karl Barths, Paul Tillichs, Rudolf Bultmanns; sie waren sorgfältig durchgearbeitet und mit Randbemerkungen versehen. Ferien und Urlaub waren fremde Worte für ihn. Er war der Ansicht, daß ein Pfarrer seine Gemeinde nicht verlassen dürfe. Anspruch auf Anwesenheit. Die Leute im Dorf kannten Ferien ebenfalls nicht, er gehörte zu ihnen. Als er sich bei Glatteis das Bein gebrochen hatte, trugen ihn einige Männer im Korbstuhl in die Kirche, er predigte im Sitzen, vom Altar aus.

Am Sonnabend lernte er seine Predigt auswendig. Sein Konzept war mit Lineal und Farbstift rot und grün unterstrichen, forte und fortissimo. Er mußte die Bauern wachhalten, die müde wurden, sobald sie zum Sitzen kamen. Er lernte laut, er lernte im Gehen, er folgte dem Rosenmuster seines Teppichs, bis die Rosen verschwunden waren, er ging im Oval, nicht auf und ab. Der Lebensweg meines Vaters. Wir hörten seine Stimme, wenn wir wach wurden und wenn wir einschliefen. Manchmal schwoll sie zu Donner an, dann klopfte meine Mutter an seine Tür: Carl! Die Kinder!

Von Freitag früh bis zum Gottesdienst am Sonntag herrschte unbedingte Stille im Pfarrhaus. Vater macht die Predigt! Er verlor das Kanzelfieber nie. Kein Frühstück am Sonntag, nicht einmal einen Schluck Kaffee. Er wurde erst ruhig, wenn der Höhepunkt der Predigt erreicht war. Beim Mittagessen war er erleichtert und entspannt, heiter, gesprächig.

Er predigte, er taufte, er konfirmierte, er segnete die Brautpaare ein. Er hielt auf Tugend. Eine Braut, die schwanger war, traute er nicht in Kranz und Schleier. Er brachte den Sterbenden das Abendmahl, er beerdigte die Toten. Das waren seine Amtspflichten. Aber er ging selten ins Dorf. Seine Besuche bei Kindtaufen und Hochzeitsfeiern währten nur kurz. Die sozialen Aufgaben übernahm die Pfarrfrau. Sie wußte, wo jemand krank lag, sie versorgte die Verletzten; einen Arzt gab es nicht. Sie besuchte die Alten. Sie war der verlängerte Arm des Pfarrers, sie, die Ortsfremde, schwarzhaarig unter den Blonden, die Großstädterin. Sie veranstaltete Gemeindeabende, führte Regie, wenn Turnverein und Jungmädchenbund Theater spielten, leitete den Frauenverein, gab Kurse in Säuglingspflege. Für alles Soziale war die Pfarrfrau zuständig.

Der Pfarrer, der mein Vater war, ging ungern aus dem Haus. Er war scheu. Er fühlte sich sicherer in seinem Studierzimmer. Bücherwände, Kachelofen, hochstämmige Rosen und Bienenhaus. Idylle. Die Männer, die zu ihm kamen, um die Pacht für das Kirchenland zu zahlen oder um Stundung zu bitten, zogen im Flur die Schuhe aus, stiegen in Strümpfen die Treppe hinauf, gingen den Flur entlang; ans äußerste Ende des Hauses hatte er sich verzogen. Abstand. Er setzte sich mit seinem Amt gleich, er war das Amt. Er gehörte zu seiner Gemeinde, aber er stand über uns. Das mag auch an der Kanzel überm Altar gelegen haben, zu der eine hohe Treppe führte. Eine alte Kirche, die Innenausstattung barock. Wir blickten zu ihm auf. Vertrauen, nicht Vertraulichkeit. Ehrfurcht, aber nicht Furcht. Aber auch Fälle, wo es hieß: Darüber kann man mit dem Herrn Pastor nicht reden. Über vieles ließ er nicht mit sich reden.

1934, im Herbst, ließ die Gemeinde ihren Pfarrer ziehen. Ungern, aber erleichtert. Er paßte nicht mehr in das Dorf, in dem ein paar junge Erbhofbauern, Mitglieder der SS-Reiterstandarte, nun den Ton angaben; sie versuchten, den alten Pastor zu ihrem »Fördernden Mitglied« zu machen, sie wollten seine Stimme, die ihnen recht gab, er gab sie nicht, gab seine Stimme für nichts. Man nahm ihm das Amt des Kirchenrates; eines Nachts fand eine Hausdurchsuchung statt.

Sie wollten sicher vor ihm sein, und sie wollten ihn in Sicherheit wissen, beides. Der Kirchenvorstand stellte sich nicht hinter ihn, erst recht nicht vor ihn. Er mußte gehen. Er war gehorsam gegenüber der Kirchenbehörde, gegenüber jeglicher Obrigkeit. Sein Widerspruch ging nach innen, nicht nach außen. Er litt. Er wurde leidend. »Wenn Erziehung und Ermahnung irgend etwas fruchteten, wie könnte dann Senecas Zögling ein Nero sein.« Das Dorf, in dem mein Großvater vier Jahrzehnte als Lehrer gewirkt hatte, in dem mein Vater mehr als drei Jahrzehnte Pfarrer gewesen war, geriet unter den Einfluß einiger SS-Männer.

Er kehrte nie mehr in sein Dorf zurück, obwohl es nur 50 km

von seinem späteren Wohnort entfernt lag. Er hat nie wieder eine Kanzel betreten. Er ist wenige Jahre später gestorben. Es war sein Wunsch, in der Heimat begraben zu werden. Es war Krieg, eisiger Dezember. Die SS-Männer standen als Soldaten an den Fronten. Alte Männer trugen den Sarg aus der Kirche bis zum Friedhof am Waldrand. Dort liegt er zwischen denen, die er getauft und konfirmiert und begraben hat. Auf seinem Grabstein stehen der Name und die Lebensdaten. Nicht Titel und nicht Amt, so hat er es gewünscht. Er ist heimgekehrt in das Dorf, in dem er geboren wurde. Vor seinen Gott tritt er nicht als Pfarrer. Er war demütig und ein wenig einsam. »Psalm 119, 76« steht unter seinem Namen. »Deine Gnade müsse mein Trost sein, wie du deinem Knecht zugesagt hast.« Die Gemeinde nahm ein zweites Mal von ihrem Pastor Abschied. Die Tränen galten nicht nur ihm. Es gab vieles, das zum Weinen war.

In den letzten Lebensjahren hat er seine Erinnerungen niedergeschrieben. Fünfzig Seiten über den Kirchenstreit zwischen Deutschen Christen und Bekennender Kirche, dreißig Seiten über die Theologen, die seine Lehrer waren, zwanzig Seiten über den Kirchenvorstand. Was er über die eigenen Kinder zu sagen hatte, ging auf fünf Seiten.

Manchmal durfte ich auf seinem Fuß sitzen, und er ließ mich wippen, manchmal sang er Bellman-Lieder, Lieder von Heinrich Heine.

»In meinem Elternhaus hingen keine Gainsboroughs«, es war wie im Pfarrhaus, in dem Gottfried Benn aufwuchs, aber bei uns wurde Chopin gespielt. Gab es Schwierigkeiten in der Schule, erkundigte er sich: Kannst du dem Unterricht nicht folgen? Wenn deine Begabung nicht ausreicht, dann mußt du das Gymnasium verlassen. Fehlt es dir aber an Fleiß, dann hat es keinen Zweck, dann wird nichts aus dir. Er erwartete Einsicht. Die Folgen des Tuns oder Nichttuns wurden den Kindern deutlich gemacht. Alles hat seine Ursache und seine Folgen. Keine Strafe, keine Strafandrohung. Keine Nachhilfe. Du kannst oder du kannst nicht. Er behandelte seine Töchter wie zwar kleine, aber doch zurechnungsfähige Erwachsene, nur eben noch unerfahren, man mußte ihnen einiges erklären, aber sie waren voll verantwortlich.

Der Vater, der Pfarrer, Gott Vater, Lieber Vater, Unser Vater, der du bist im Himmel, das war eine Einheit, das mußte nicht unterschieden werden, alle waren sie zuständig für mich, allen war ich verantwortlich, ich gehörte ihnen, sie sahen, was ich tat. Erst viel später trennten sie sich voneinander, aber ich habe meinen Vater nie völlig von dem Pfarrer, der er war, trennen können. Er blieb der Mittler und Fürsprecher; erst recht, seit er tot ist. Da ist vieles unkontrolliert und unkritisch. So soll es bleiben.

Er steht nicht mehr über mir, er steht am Rande meines Lebens, Beobachter und Kritiker meines Tuns. Ich weiß, was ihm mißfällt. Er ist mir von Jahr zu Jahr näher gerückt, ich erkenne den Antrieb seines Lebens: zu predigen, was er glaubte; zu leben, was er predigte. Noch einige Jahre, dann bin ich so alt, wie er war, als ich geboren wurde. Etwas wie Gleichaltrigkeit und Partnerschaft entsteht.

Der Satz »Die Kunst darf alles und muß nichts« kann für mich nicht gelten: Ich stehe unter Kontrolle. Die Kontrollaufgabe hat dieses Dorf, das ich mein Dorf nenne und in dem mein Vater Pfarrer war, übernommen. Nichts tun, nichts schreiben, was in den Augen dieser Menschen falsch oder unrecht ist. Sie sind unbestechlich in ihrem Urteil. Da gilt nicht Ansehen und nicht Erfolg. Sie sind bereit anzuerkennen, was ihnen unverständlich ist, nicht weil es von mir kommt, sondern weil ich die Tochter ihres Pastors bin. Sie erheben Anspruch auf mich, ich bin eine der Ihren, sie sagen du zu mir. Sie haben ein Recht auf mich, ich erkenne sie als Gericht an.

Dieses Dorf ist mein Nährboden, dort ist mir Urvertrauen zugewachsen, das nur ein anderes Wort ist für Gottvertrauen.

[aus: »*Überlebensgeschichten*«]

Das wenige, das ich von meiner Mutter weiß

Immer wieder habe ich mir vorgenommen, das wenige, das ich von meiner Mutter weiß, aufzuschreiben. Ich verdanke ihr jeden Atemzug, jeden Lebenstag, aber gedankt habe ich es ihr erst lange nach ihrem Tod, als ich alles besser übersehen konnte. Nie hat sie selbst den Versuch unternommen, sich schriftlich über ihr Leben zu äußern, einen kurzgefaßten Lebenslauf zu schreiben – wozu auch, sie hat sich niemals irgendwo um einen Posten bewerben müssen. Schreiben ist ein Vorgang des Vergessens; ich entleere mein Gedächtnis.

Sie hat die letzten fünf Jahre ihres Lebens bei mir gewohnt, oft krank, fast immer leidend, selten klagend. Einige Monate vor ihrem Tod verwirrte sich ihr Geist. Dämonen umlagerten ihr Bett. Sie rief meinen Namen, auch wenn ich neben ihr saß und ihre Hand hielt. Bis ich mit dem gleichen Entsetzen in die Zimmerecke starrte, in die meine Mutter starrte. Aber in den letzten Wochen war ihr Geist wieder ganz klar. Ich saß bei ihr, sang Choräle. Wir lebten in Todesnähe. Wir waren nicht mehr allein in diesem Haus in Düsseldorf, nahe beim Flughafen. Damals habe ich einen kleinen Roman geschrieben. Man merkt ihm nichts an, er ist beinahe heiter geraten. Schreiben, um zu überleben ...

Das Wiedersehen eines Toten im Traum trifft uns unvorbereitet, bestürzend. Ich stieg eine Treppe hinauf, ging durch eine Tür, trat in ein Zimmer, das ich nicht kannte. Meine Mutter saß auf dem Boden, gegen einen Sessel gelehnt, war klein geworden, zart und zierlich. Sie erkannte mich nicht, sie schien heiter und zufrieden zu sein in ihrer eigenen, mir nicht zugänglichen Welt. Ich wollte ihr mein Fernbleiben erklären, spürte aber, daß sie mir nicht zuhörte. Ich wachte betroffen auf: Ich war nicht mehr wichtig ...

Ich habe in den letzten Briefen meiner Mutter gelesen, sie war keine geübte Briefeschreiberin; Briefe hatte meist mein

Vater geschrieben, erst nach seinem Tod übernahm sie die Korrespondenz. Ihre Hände zitterten, eine Folge der schweren Bombenangriffe auf Kassel. An manchen Tagen fiel ihr das Schreiben besonders schwer, dann brach ein Brief ab, dann stand unvermittelt unten auf der Seite ›Mutti‹. Wir nannten sie ›Mutti‹, was mir als Briefunterschrift ungeeignet erschien. Der Vater schrieb ›Dein Vater C. Emde‹ unter seine Briefe, von denen keiner gerettet werden konnte.

Ihr häufiges Kranksein und die sich anschließenden Schonzeiten verschafften mir als Kind einen Freiraum, den ich nutzte: Ich verschwand in aller Frühe, wenn es noch still im Haus war, ins Dorf. Der Schweinehirt blies von ferne sein Horn, die Stalltüren öffneten sich, und die Schweine machten sich auf den Weg zu ihrem Hirten, der mit ihnen auf ›die Drift‹ zog. Ich lief zum Stellmacher, zum Schmied, sah in die Schuster-Werkstatt, durfte beim Nachbarn im Stall die Häckselmaschine drehen und kehrte so unbemerkt zurück, wie ich verschwunden war. Ich hatte ein Talent zum Unsichtbarmachen entwickelt. Brachte ich aus dem Dorf ›Wörter‹ mit nach Hause, hieß es: »Da spricht man nicht von.« Auch über Geld sprach man nicht, es stand unter Tabu. Ich habe später weder das Geld, das ich nicht hatte, noch das Geld, das ich hatte, für wichtig genug gehalten, um darüber zu sprechen, habe mich untergründig für beides, Haben und Nichthaben, geschämt. Zur Genußfähigkeit hat man mich nicht erzogen.

Keine Bekenntnisse, keine Geständnisse. Fragte meine Mutter mich – als ich erwachsen war – nach irgend etwas, worüber ich nicht reden wollte, sagte ich lachend: »Da spricht man nicht von!«, benutzte ihre eigenen Waffen. Von der Scheidung meiner Ehe habe ich sie erst viel später unterrichtet. Kein Vertrauensverhältnis, aber unser Verhältnis war auch nicht lieblos. Vertrauen und Schonung kann man nicht gleichzeitig haben . . .

»Blamier mich nicht!« war ihre Erziehungsdevise. Keine aufgeklärte Mutter würde das heute zu ihrem Kind sagen, aber alle Eltern hätten es wohl gern, wenn ihre Kinder sie nicht blamierten. Ich galt als wohlerzogen, als ›liebes Kind‹. Es ist nicht überliefert, daß ich irgendwann ›bockig‹ gewesen wäre . . .

Meine Mutter war eine fortschrittliche Frau; sie hätte gewiß Bücher über Kinderpsychologie und Pädagogik gelesen, wenn sie ihr zur Verfügung gestanden hätten.

In ihrem ›roten Zimmer‹ stand ein eleganter kleiner Bücherschrank mit Romanen von Thomas Mann und Joseph Roth, auch ein Buch, das »Disteln und Dornen am Wege des Kindes« hieß, Richtlinien zur Kindererziehung. Später zitierten wir bei Mißgeschicken und bei Fehlern, die wir gemacht hatten, den Titel in jenem ironischen Tonfall, den wir uns im Umgang mit ihr angewöhnt hatten, gegen den sie machtlos war. Ungezogenheit wurde von ihr mit Liebesentzug bestraft; so nennt man das heute. Ich zweifle nicht daran, daß sie ihre Erziehungsmethode für richtig hielt. Ich habe nie an ihren guten Absichten gezweifelt, tue es auch heute nicht. Sie drohte nicht mit Strafe, sondern führte sie sofort und eigenhändig aus. Einmal erschien mein Vater auf der Treppe und rief: »Tilla, vergiß dich nicht!« Sie strafte im biblischen Sinne: Wer seine Kinder liebt, der züchtigt sie . . .

Meine Mutter, die mich zur Ordnung ermahnte und anhielt und Unordnung bestrafte – wollte sie eine ordnungsliebende Tochter heranziehen, weil sie selbst gar nicht so ordentlich war, wie ich jahrzehntelang angenommen habe? ›Halte Ordnung, übe sie, Ordnung spart viel Zeit und Müh‹, stand blau auf weiß gestickt überm Küchenherd. In diesem Elternhaus ließen sich häufig Schubladen nicht aufziehen, weil Gegenstände, Küchengeräte oder Bürsten, sich verklemmt hatten. Das kommt in meinem Haushalt nicht vor, was daran liegen mag, daß meine Schubladen nicht so voll sind . . .

Woher meine Angst, sie würde mich beim Haarwaschen in der Badewanne ertränken? Sie drückte meinen Kopf weit zurück, ich mußte einen Schwamm vor die Augen pressen, konnte mich daher nicht mit beiden Händen am Rand der Wanne festhalten ...

Der ersten Frau meines Vaters wurde das Kindbett zum Sterbebett, sie nahm das Söhnchen mit ins Grab. Als mein Vater nach langen Jahren sich ein zweites Mal verheiratete, schien sich das Unheil zu wiederholen, wieder starb das erste Kind, aber meine Mutter wurde gerettet. Das zweite Kind wurde mit größerer Freude, aber auch in größerer Sorge erwartet; es wurde in einer Klinik geboren, ein Mädchen. Als ich – drei Jahre später – ohne viel Aufhebens geboren wurde, teilten meine Eltern auf Visitenkarten mit, daß ihr Töchterchen eine Schwester bekommen habe, mein Name wurde auf der Anzeige nicht genannt. Ich bin als Schwester meiner Schwester aufgewachsen. Meine Mutter war vierundvierzig, mein Vater fünfundfünfzig Jahre alt, ich hatte Großeltern als Eltern. Ich habe das nie bedauert ...

Meine Mutter sah aus wie eine Frau, die geliebt wurde. Blieb sie – geliebt – deshalb so lange schön? Ihr Gesicht zeigte im Alter keine Fältchen, sondern wenige tiefe Falten, ein geprägtes Gesicht. Kurz vor ihrem Tod hatte man ihr das lange schwere Haar abgeschnitten; wer sie besuchte, stellte ihre Ähnlichkeit mit Beethovens Totenmaske fest ...

Sie wusch sich mit einem roten Gummischwamm, vor dem ich Abscheu empfand. Wir Kinder hatten unsere Waschläppchen, der Vater wusch sich mit den Händen. Sie benutzte keine Schönheitsmittel. Palmolive-Seife für Körper und Gesicht, Kaloderma-Gelee für die Hände. Das Fläschchen Uralt Lavendel reichte von einem Geburtstag zum anderen ...

Ich habe als Kind und auch später, als ich erwachsen war, unter ihrem Schweigen, das sie erzieherisch einsetzte, gelitten. Aber sie selbst wird mehr darunter gelitten haben als ich, die dieses Schweigen jederzeit beenden konnte. Sie war gezwungen zu schweigen, sie war darauf angewiesen, daß das Kind kam und sagte: »Ich will wieder lieb sein«, »Hab mich bitte wieder lieb!« Das erlösende Wort! Dann konnte auch sie wieder ›lieb sein‹, konnte wieder reden. Es ging etwas Dunkles von ihr aus, das lag nicht am tiefschwarzen Haar, dem dunklen Teint, den dunklen Augen. Sie breitete in der Karwoche die schwarzen Samtdecken über Altar und Kanzel und legte ihr schwarzes Samtkleid an. Da erstarb alles Lachen ...

Immer habe ich sie bewundert, weil sie schön war und weil sie immer wußte, was richtig war und was man tat. Nie, auch heute nicht, zweifle ich daran, daß sie die gebratene Geflügelleber bekommen mußte, die Spargelköpfe, zum zweiten Frühstück das mit Rotwein und Traubenzucker geschlagene Ei. Sie aß die Spargelköpfe und die Geflügelleber aus Pflichtgefühl, nicht um des Genusses willen. Es geriet ihr alles zur Pflicht. Sie war zart, sie mußte geschont werden, weil sie sich selbst nicht schonte und nie gelernt hatte, mit ihren geringen Kräften hauszuhalten. In unregelmäßigen Abständen brachte der Vater sie ins Krankenhaus oder in ein Sanatorium. Jeder Psychologe würde mir nachweisen, daß sie sich in Krankheiten geflüchtet habe. Aber kann man sich in Mittelohrvereiterungen flüchten? Lebensgefährliche Operationen bei Nacht? Typhus, Scharlach, Rheuma, Tuberkulose, Gallenkoliken? Und immer wieder Gastritis und Gemüsebrei und Toast und ein wenig Rauchfleisch. Sie mußte ihr Leben lang Diät essen, Schonkost. Monatelang kam täglich der Arzt und spritzte Bienengift. Alle ihre Hexenschüsse! Zwei Herzinfarkte und jahrelange Angina pectoris ...

Morgens, wenn man besorgt fragte: »Wie hast du geschlafen?« oder die Frage abwandelte in »Konntest du ein wenig schlafen?«, antwortete sie mit: »Ach, Kind!« Hat sie mir ihre Schlaflosigkeit vererbt? Schlief ich vor ihrem Tod schon schlecht? Auch ich werde, mit Besorgnis und Anteilnahme, gefragt, wie ich geschlafen habe; man kennt meine Schlafschwierigkeiten, ruft mir in der Frühe bereits zu: »Ach, Kind?!« Wiederholungen. Ähnlichkeiten. Manchmal verstumme ich wie sie ...

Üblich ist, daß Mütter am Bett ihres Kindes sitzen, bei uns war es umgekehrt. Ich hatte keine zärtliche Mutter, aber ich hatte eine liebebedürftige Mutter. Sie war dankbar, wenn man sie in den Arm nahm, wenn man sie küßte; sie ließ sich küssen...

Sie war eine umsichtige Pfarrfrau, sie kümmerte sich um Kranke und Alte, auch um Verletzte. Sie verband Fleischwunden. Bevor man zum Arzt fuhr, suchte man erste Hilfe im Pfarrhaus. Blutspuren auf der Haustreppe, im Flur. Meine Mutter verband sorgfältig und geschickt die Wunden. Wenn der Verletzte das Haus verlassen hatte, legte sie sich totenbleich auf ihr Bett. Abgehackte Fingerkuppen, Brandwunden, vereiterte Splitter. Sie sorgte dafür, daß Trinker in Trinkerheilanstalten kamen. Einmal bedrohte ein Schwachsinniger sie mit einem Messer; sie konnte ihn zur Ruhe bringen, sie ließ ihn nicht in eine Anstalt einweisen. In den Zeitabschnitten, in denen sie gesund war, war sie doppelt tüchtig, arbeitete bis zum Einbruch der Dunkelheit in den großen Gärten, die zum Pfarrhaus gehörten. Manchmal verließ dann mein Vater seine Studierstube, suchte sie und sagte: »Mach ein Ende davon, Tilla!« Auch diesen Satz zitierten wir oft, zitieren ihn noch heute. Für diese Überanstrengungen rächte sich ihr zarter Körper mit immer neuen, schweren, ernst zu nehmenden Krankheiten, eher als Leiden zu bezeichnen. Ich erinnere mich nicht an gewöhnliche Erkrankungen wie Erkältungen oder verdorbenen Magen. Ich durfte ihr, kaum daß ich zählen konnte, die Arznei auf einen Teelöffel tropfen und reichen. Niemand konnte das Kopfkissen so gut aufschütteln wie ich! Sie lobte, sie war dankbar für alle diese kleinen Hilfen, die sie benötigte. Aber ich habe eine Abneigung gegen Krankheiten zurückbehalten, besonders gegen eigene. Mein Gedächtnis unterscheidet: Sie lag krank im Elternschlafzimmer oder im Fremdenzimmer...

Mein Vater schreibt in seinen Lebenserinnerungen: »Sie stellt mit ihren leiblichen Heilerfolgen mich, den berufenen Seelsorger, ganz in den Schatten.« Aber er liebte den Schatten, er zog sich gern in ihn zurück. Sie erfüllte gewissenhaft alle Pflichten, die sich ihr stellten, solange sie gesund war; genauso gewissenhaft benahm sie sich als Kranke. So wie sie das Leben als Aufgabe nahm, so auch das Gesundwerden. Sie aß Diät, ohne zu klagen, sie legte sich nach den Mahlzeiten mit einer Wärmflasche ins Bett. Sie klagte auch nicht, als ›das eigene Haus‹ im Krieg durch Phosphorbomben ausbrannte und wir heimatlos wurden. Aber ihr schweigendes Leiden war nicht leicht zu ertragen...

Sie war keine ökonomische Natur. Als sie noch viele Pflichten hatte, wurde man weniger gewahr, daß es ihr an Lebensfreude fehlte...

Meine Mutter war eine gute Köchin; sie hatte ein Mädchen aus dem Dorf als Hilfe und eine ›Haustochter‹ – meist die Braut eines Pfarrers –, die sie anlernte. Pfarrfrau, ein Anlernberuf. Sonntags gab es oft gebratene und gefüllte Täubchen zum Mittagessen. Der Vater besorgte das Füttern der Tauben. Vom Dachboden führte eine steile Leiter zum Taubenschlag. Jährlich sechzig oder siebzig junge Tauben. Er drehte ihnen die Köpfchen um, es tropfte Blut. Daran erinnere ich mich und an mein Entsetzen und meine Bewunderung, daß dieser gütige, weltferne Vater ein Tier töten konnte. Aber er stammte vom Land, er war bereit, das Nötige zu tun. Man erntet, was reif ist, den Kohl im Garten und Hühner und junge Tauben. Aber was ging in meiner Mutter vor, dieser schönen jungen Frau aus der Stadt? Sie nahm Gänse aus, was viel Kraft erforderte. War ihr das Schlachtfest zuwider? Das urhafte Schreien der Tiere? Wenn unser Schwein, das ein halbes Jahr lang gefüttert worden war, abgestochen wurde, blieben wir Kinder in den Betten, zogen uns die Decken über den Kopf, um das Quieken nicht hören zu müssen. Hat sie die Schüssel gehalten, in die das Blut floß? Sie hat sich nichts merken lassen, durfte, ihres schwachen Magens wegen, nichts vom Schlacht-Essen zu sich nehmen. Aber der Vater ließ sich eine Portion Kesselspeck in sein Studierzimmer bringen, aß es und wußte dabei, und alle wußten es, daß er es nicht vertragen würde...

Sie klagte über kalte Füße, zog aber keine wärmenden Pantoffeln an, es wäre ihr nachlässig erschienen; sie ließ sich nie gehen...

Die Väter im Dritten Reich, davon hört und liest man zur Zeit ständig; mit ihnen wird – meist erbarmungslos – abgerechnet. Aber die Mütter! Frauen haben eine verhängnisvolle Neigung, aus ihren Männern und Söhnen Helden zu machen, auf die sie stolz sein können. Leidensfähigkeit und Opferbereitschaft als Tugend. Im Ersten Weltkrieg hätte es meine Mutter wohl gern gesehen, wenn mein Vater sich freiwillig als Feldgeistlicher gemeldet hätte, statt dessen nahm er ›in der Heimat‹ die verschiedensten zusätzlichen Aufgaben auf sich. Vor Anbruch des Dritten Reiches hat es im Pfarrhaus politische Auseinandersetzungen gegeben, die sich in der Regel an Rundfunkreden ›des Führers‹ entzündeten. Die Gespräche brachen ab, sobald die Töchter zugegen waren. Wir wurden politisch nicht beeinflußt, aber auch nicht unterwiesen.

Meine Mutter hatte an ihren künftigen Mann, der vom Lande stammte, einige Forderungen gestellt: Der ›Hohenzollernmantel‹ mußte durch einen Überzieher ersetzt werden; der dicke rötliche Bart mußte fallen. Mein Vater gibt in seinen Erinnerungen den Trauspruch wieder: »Seid fröhlich in Hoffnung, geduldig in Trübsal, haltet an am Gebet!« An Hoffnung und an Fröhlichkeit hat es meiner Mutter wohl gefehlt, aber nicht an Geduld, und gewiß hat sie nie aufgehört zu beten...

Mein Vater schreibt über meine Geburt: »Um fünf Uhr setzten die Wehen ein, um acht Uhr tat das Kind bereits den ersten Schrei.« Keine Klinik, kein Arzt, nur die Hebamme des Dorfes...

Bis auf die Zähne und die langen schwarzen Zöpfe, die sie um den Kopf gelegt trug, war an meiner Mutter nichts gesund. Zu Beginn des Ersten Weltkrieges erkrankte sie an Tuberkulose, die aber ausgeheilt wurde. Mein Vater: »Sie hat ihre mannigfachen Beschwerden mit viel Geduld ertragen, tapfer allem standgehalten, was die Ärzte über sie beschlossen, und der Welt auch noch ein heiteres Gesicht gezeigt. Einen starken Willen, gesund zu werden und alles dazu Erforderliche zu ertragen, hatte sie immer, und an diesem Willen, zusammen mit den ärztlichen Künsten, wird es liegen, daß ich sie noch immer habe.« Sie, die von Krankheiten Heimgesuchte, überlebte ihren Mann, der im ganzen gesund war, um fast zwei Jahrzehnte. Aber ob sie das auch wollte? . . .

Nachdem ich noch einmal aufmerksam diese Lebenserinnerungen gelesen habe, weiß ich über die Ehe der Eltern nicht mehr als vorher. Immerhin ein Satz: »Nächte, in denen sie ihre Kissen nahm und in ein anderes Zimmer zog und weinte und ich sie wieder holte und tröstete . . . «

Als mein Vater im Jahr 1901 als Pfarrer in sein Heimatdorf berufen wurde, bat er sich in seiner ersten Predigt aus, daß die jungen Männer, die auf der Empore saßen, die Kirche nicht zum Schlafsaal machen sollten. Er predigte in Bildern, setzte, wie der Fürst der Prediger sagt, ›Fenster in seine Predigten‹ ein. Er schreibt: »Ein Kirchgänger, der zur Erntezeit ein wenig einnickt, ist besser als ein leerer Platz.« Es ist mir nicht schwergefallen, aus meiner Erinnerung an den Vater sein Lebensbild zu entwerfen, obwohl ich knapp achtzehn Jahre alt war, als er starb; er war als Person übersichtlicher als meine Mutter. Er ist mir im Lauf der Jahrzehnte verständlich geworden, meine Mutter, mit der ich soviel länger zusammengelebt habe, nicht . . .

Sie, die soviel leiden mußte, behielt ihre schöne glatte Haut, ihr schweres Haar, die gesunden Zähne, die aber kaum etwas zu kauen hatten, da ihr schwacher Magen nichts Schweres vertrug. Lauter Widersprüche . . .

Sie wusch sich ihr Gesicht lange und gründlich mit jenem roten Gummischwamm, als wolle sie das Alter abwaschen, als erwarte sie, daß ihre Schönheit darunterliege und wieder sichtbar werde. Ihr Eislaufkostüm, ihre Hüte, ihre Sonnenschirme verschwanden in den großen Truhen, die auf dem Dachboden standen, bei Kindergeburtstagen durften wir uns damit ›verkleiden‹ . . .

Der Grabstein, der auf den Gräbern meiner Eltern steht,

senkt sich immer wieder, steht dann schief und muß aufgerichtet werden. Warum halten sie sich nicht ruhig? denke ich. Auf welcher Seite des Grabes liegt die Mutter? Auf welcher der Vater? Es ist nicht mehr wichtig, es ist: das Grab der Eltern...

Was war das für eine Frau, die 24jährig in das Pfarrhaus auf dem Lande einzog? Nur einmal in der Woche fuhr eine Postkutsche nach Arolsen, zur Bahnstation; es gab nur zwei Petroleumlampen in dem großen Haus, nur zwei Kachelöfen; das Wasser mußte am Mühlenbrunnen geholt werden. Sie war die Tochter eines Gas- und Wasserwerkdirektors. Dieser beachtliche Großvater war ein Mann der Gründerjahre, nur um seiner acht Kinder willen war er nicht mit einem Segelschiff zur Weltausstellung nach Chicago gereist! Solche Sätze versetzten uns in Staunen. Der Großvater, der seine schöne älteste Tochter mitnahm, wenn er zu Kongressen fuhr, ›die schöne Tilla aus Unna‹. Sie führte auf Messen Geräte vor. ›Koche mit Gas!‹ Anschließend nahm ihr Vater sie mit zu geselligen Veranstaltungen. Er schmückte sich mit seiner Tochter, seine Frau nahm er nicht mit. Und zu Silvester Sekt, ein Dutzend Austern für sich und ein Dutzend für seine Frau! Als er um die Pfarrerstochter aus Thüringen angehalten hat, soll er versprochen haben, sie zur Kommerzienrätin zu machen. Aber er starb früh; unter seinem Tod hat meine Mutter lange gelitten. Seine Besuche während der ersten Ehejahre müssen ihr sehr geholfen haben. Mein Vater hat seinen Schwiegervater verehrt.

Dreizehn Jahre lang hat die Mutter meines Vaters mit im Pfarrhaus gewohnt. Die Wochen, in denen sie bei ihren anderen Kindern zu Besuch weilte, beschreibt er behutsam mit ›Schonzeiten unserer Ehe‹. Es wurde über diese Großmutter nicht gesprochen, sie war die Frau des Lehrers gewesen, war zwei Jahrzehnte lang verwitwet, sie ist fünf Jahre vor meiner Geburt gestorben. ›Sächtelken! Sächtelken!‹ – kein anderes Wort ist von ihr überliefert. Mein Vater verdankte es ihr, daß er hatte studieren dürfen; diesen Dank hat er zwei Jahrzehnte lang abgetragen. Und meine Mutter auch. Wenn eine solche ›Schonzeit‹ vorbei war und die Mutter des Pfarrers wieder im Pfarrhaus anwesend war, »merkten wir wieder, daß der Menschen Leben nicht ausschließlich Glück, Freude und Vergnügen sei«, schreibt mein Vater ...

Ich bin nicht in einem Elternhaus, sondern in einem Pfarrhaus aufgewachsen. Der Mittelpunkt des Hauses war oft das Krankenbett der Mutter. Sie war nicht egoistisch, aber Krankheit wirkt sich auf die Umwelt wie eine Abart von Egoismus aus. Ihre Geduld und ihre Tapferkeit bewirkten, daß zum Bedauern auch noch die Bewunderung kam ...

Oft vergleiche ich: Als ich vierzig war – als meine Mutter vierzig war; als meine Mutter sechzig wurde – wenn ich sechzig werde ...

Sie hat den Beruf der Pfarrfrau mit großer Gewissenhaftigkeit ausgeübt. Sie war eine unbezahlte Gemeindehelferin, sie war im Außendienst tätig und für den scheuen Vater unentbehrlich. Ein erfülltes Leben, so ist es mir immer erschienen. Aber als sie alt war und eine neue Frauengeneration nach Gleichberechtigung verlangte, hat sie gesagt: »Ich wäre lieber Ärztin oder Juristin geworden.« Der Satz hat mich traurig gestimmt, er erschien wie ein Verrat an meinem Vater, dem Pfarrhaus, der Gemeinde, auch an mir ...

Sie wollte ein Vorbild sein: der Familie, dem Dorf. Sie wollte christlich leben, das muß sie sich vorgenommen haben, als sie einen Pfarrer geheiratet hat. Manchmal sagte sie: »Man darf sich den Leuten nicht auf die Zähne hängen!« Sie benutzte kräftige waldecksche Ausdrücke. Sie verstand Plattdeutsch, konnte es lesen, sprach es aber nicht. Sie las uns keine Kinderbücher vor, sondern ›Ut mine Stromtid‹ von Fritz Reuter. Wenn ich darin lese, was ich oft tue, kann ich die Stimme meiner Mutter hören ...

Das Haus, das die Eltern nach der Pensionierung meines Vaters in Kassel bauten, hieß immer ›das eigene Haus‹. Als es am 22. Oktober 1943 bei jenem Luftangriff zerstört wurde, der die Stadt vernichtete, wurde meine Mutter heimatlos und besitzlos. Wir brachten sie in Pfarrhäusern unter, wo wir Freundschaft erhofften, brachten sie zu ihrem Bruder nach Pommern, dann nach Thüringen zu ihrer Schwester, schließlich nach Marburg. Sie ertrug das eigene und das deutsche Schicksal klaglos. Wir schickten ihr Lebensmittelmarken, und sie schickte uns von ihren Lebensmittelmarken, hilflos, mit dem Willen zu helfen. Einmal schrieb sie, daß sie das Kriegsende geträumt habe. »Fahnen wehten, Lampen brannten.« Als sie dann in Marburg Zuflucht bei ihrer ältesten Tochter fand und in einem eigenen Zimmer zwischen fremden Möbeln lebte, erkannte sie die Traum-Stadt wieder. Das Haus, in dem sie wohnte, wurde von Amerikanern beschlagnahmt, auf einem geliehenen Handwagen brachte man ihre kleine Habe zu anderen freundlichen Leuten. Als ich dann eintraf, im Herbst 1945, lag sie mit siebzehn anderen Frauen in einem Behelfskrankenhaus, monatelang, klaglos. Später fanden wir für sie einen Platz in einem Altersheim, wo sie wieder ›wirken‹ konnte. Sie machte Krankenbesuche, stiftete Frieden, wo Streit ausbrach, suchte im nahen Wald Kienäpfel für ihre Töchter, sparte sich Speisen vom Munde ab, um ihre Töchter bewirten zu können, wenn wir sie besuchten, und wir brachten ihr, was wir für sie gespart hatten...

Als sie schon sehr alt war, berichtete sie einmal unseren Gästen von meiner Geburt. »Ich lag im Fremdenzimmer, um mein Kind zu empfangen –«, sagte sie. Fröhliches Gelächter, in das sie dann einstimmte. Über körperliche Vorgänge wurde nicht gesprochen. Mein Geburtszimmer wurde ›das Fremdenzimmer‹ genannt, ein großes helles Eckzimmer, nach Süden und Westen gelegen, aber schwer zu heizen. Dort schliefen meine Eltern im Sommer. Das Winterschlafzimmer ging nach Norden, lag über der Küche und hatte einen Dauerbrenner-Ofen. Wenn es kalt war, durften wir abends in den Betten der Eltern liegen. Lebendige Wärmflaschen, die der Vater dann ins Kinderzimmer trug und in die kalten Kinderbetten legte. Ich bin ein Winter-Kind...

»Glückselig, wessen Arm umspannt ein Mädchen aus Westfalenland.« Er habe die volle Wahrheit dieser Zeile des Westfalenliedes erfahren und erfahre sie noch immer, schreibt mein Vater. Nach seinem Tod wiederholte meine Mutter oft, was er auf seinem Krankenlager, ein Bibelwort zitierend, zu ihr gesagt hatte: »Sie tat ihm viel Liebes und kein Leides.« Aus der Ehe meiner Eltern drang nichts nach draußen...

Als er seine Frau zum erstenmal gesehen hat, soll er ausgerufen haben: »Wie kann man nur so schön sein!« Er hat nie aufgehört, sich darüber zu wundern, daß eine so schöne, so kluge, so tüchtige Frau aus der Stadt ihn, der vom Land stammte, der ein Dorfpfarrer war, genommen hatte. Sie war 24 Jahre, er war 35 Jahre alt. Es wurde manchmal von einem geheimnisvollen polnischen Grafen gesprochen, der sich um meine Mutter ›beworben‹ hatte. »Ich konnte ihm seine Grafenkrone nicht vergolden«, sagte sie. Alles, was sonst war oder nicht war, fiel unter ihre Maxime: »Da spricht man nicht von.« Mein Gedächtnis gibt nichts her, immer nur diese makellose Fassade. Aber es war keine Blendfassade; das Gebäude, das sie aufgerichtet hatte, hielt stand, bis zu ihrem letzten Atemzug: eine Christin, bereit zu sterben, keine Anzeichen von Todesangst, als es endlich soweit war...

Jährlich 80 Strophantinspritzen, mehr hielt ihr Arzt nicht für ratsam, die Milch der alten Leute. Ein gestütztes und gepflegtes Herz, damit stirbt es sich schwer. Todesangst gehört zur Angina pectoris, sagt man. Sie ist 81 Jahre alt geworden, das hat sie sich nie gewünscht: alt werden...

[aus: »*Mein schwarzes Sofa*«]

Wenn wir nicht an Gott glauben – vielleicht glaubt Gott an uns?

Frühling 1945

Ein Krieg beginnt für den einzelnen nicht mit dem Tag, der später in den Geschichtsbüchern steht, und er endet nicht mit einem offiziellen Datum. Die Übergänge finden allmählich statt. Aus jahrelanger Kriegsfurcht wird unweigerlich Krieg, und aus Friedenssehnsucht wird irgendwann Friede. Die Vorbereitungen auf beides dauern lange.

Ein Gedächtnis ist ungenau, wo Geschichte zur eigenen Lebensgeschichte wird. Was hat es aufbewahrt aus jenem Frühling 1945, als der Krieg zu Ende ging? Welche Korrekturen hat es eigenmächtig vorgenommen, was hat es registriert, was verdrängt? Ich habe kein Tagebuch geführt. Wann hätte ich es tun sollen, ich arbeitete 72 Stunden in der Woche in einem Flugzeugwerk, kriegsdienstverpflichtet, nebenher studierte ich weiter. Ich besitze keine Briefe mehr aus den letzten Kriegsjahren, es ist alles verbrannt. Ab Januar 1945 wurden keine Briefe mehr zugestellt. Eine Postkarte mußte als Lebenszeichen genügen. Es durfte weder zum Schreiben noch zur Zensur unnötig Zeit verschwendet werden. Eine Postkarte, die ich meiner Mutter geschrieben hatte, existiert noch. Sie trägt eine lila Sechspfennigmarke mit dem Kopf Adolf Hitlers, daneben den Stempel: »Melde Dich für den freiwilligen Ehrendienst.« Und auf der linken Seite: »Der Führer kennt nur Kampf, / Arbeit und Sorge. / Wir wollen ihm den Teil abnehmen, / den wir ihm abnehmen können.« Diesen Spruch habe ich zweimal angestrichen und daneben geschrieben: »Siehst Du, das willst Du mir immer nicht glauben!« Sonst nur besorgte Fragen und: »Mir geht es zeitgemäß.« Das muß die Formel gewesen sein, in der wir damals unseren persönlichen Lagebericht zusammenfaßten, das übrige erfuhr man über den Wehrmachtsbericht.

Es war ein Frühling ohnegleichen, der die zerstörte Erde überblühte. Ich erinnere mich an einen Sonntagmorgen. Es muß in den ersten Apriltagen gewesen sein. Wir waren auf der Rabeninsel. Die Glocken läuteten, und die Wasser der Saale rauschten über ein Wehr. Die Sonne schien, und die Luft war voll Veilchenduft. Wir hörten die Motoren der Flugzeuge nicht, die niedrig über die Stadt flogen, wir hörten die Flak nicht schießen, sahen nur die schwarzen Rauchwölkchen, die der Wind ins Blaue trieb, und hörten die Glocken und das Rauschen des Wassers. Es waren feindliche Kampfgeschwader, die nach Leuna flogen oder nach Leipzig, ich weiß es nicht mehr. An diesem Sonntagmorgen fing für uns beide der Friede an. Der Krieg hatte für den, der neben mir war, schon im Polenfeldzug ein Ende. Ein Kriegsversehrter seit 1940.

Ich habe diesen Platz nie wiedergesehen, will ihn nie wiedersehen: ich war Anfang zwanzig und glücklich, es war Frühling, und bald würde Frieden sein. In den Kirchen sang man, stehend, nach jedem Gottesdienst: »Verleih uns Frieden gnädiglich, Herr Gott zu unsren Zeiten...« Das haben wir jahrelang getan. Ich weiß nicht, seit wann wir es nicht mehr tun. Zu unseren Zeiten.

Wenige Tage nach diesem Sonntag wurden alle Saale-Brücken gesprengt, um den Vormarsch der amerikanischen Truppen aufzuhalten. Das Datum ist in die neue Saalebrücke bei Giebichenstein eingemeißelt: 14. April 1945. Ganz in der Nähe habe ich gewohnt. Wir saßen oft auf einer Bank unterhalb der Burgruine, Eichendorff hat diesen Platz besungen: »... Da hab ich so oft gestanden / Es blühten Täler und Höh'n / Und seitdem in allen Landen / Sah ich nimmer die Welt so schön / ... «

Halle, die Stadt, die für ein paar Jahre meine Stadt war, eine meiner vielen Heimaten, wurde im Wehrmachtsbericht genannt, wir hörten es mit Spannung und Stolz. Wir waren ehrgeizig, was das Unheil anging, jede Stadt nahm für sich in Anspruch, die zerstörteste zu sein, die mit den meisten Toten. Halle war nicht konkurrenzfähig in diesem makabren Wettstreit, die Stadt blieb weitgehend unzerstört. Ich habe in den Kriegstagebüchern des Oberkommandos der Wehrmacht nachgelesen, die Percy Ernst

Schramm herausgegeben hat. Ich habe gelesen: »Der zähe Kampf um Halle und Leipzig hat die Gegner hohe Verluste gekostet.« Am 20. April kam dann die letzte Meldung über Halle: »Der Widerstand der auf engstem Raum zusammengedrängten Besatzung von Halle ist der Übermacht erlegen.« Es handelte sich um eine kleine Gruppe von SS-Leuten, die im Süden der Stadt eine Schule besetzt hielten, ihr verdankten wir die ruhmreiche Nennung im OKW-Bericht. Gauleiter und Kreisleiter erschossen sich. Die letzten Helden. Sie wurden in der Moritzburg aufgebahrt. Aber das war vielleicht ein Gerücht. – Der 20. April. Eine ungültig gewordene Geschichtszahl, die mein Gedächtnis nicht mehr hergibt. Nie versäumt es, mich darauf hinzuweisen, daß es der ›Geburtstag des Führers‹ war; bei gutem Wetter pflegten wir von ›Führerwetter‹ zu sprechen. Ich erinnere mich nicht, ob wir ein letztes Mal Führerwetter hatten. Wir saßen tage- und nächtelang im Keller, wo es behaglicher war als in den halbleeren Wohnungen. Wir hatten einen Krug mit blühenden Mandelzweigen auf den Tisch gestellt, Sessel in den Luftschutzkeller getragen, Bilder aufgehängt. Ich erinnere mich, daß ich einen Napfkuchen gebacken hatte, der stand mitten auf dem Tisch, und wir wußten nicht, wann es Zeit sein würde, ihn anzuschneiden. Wie ist diese Feststimmung zu erklären, die über uns gekommen war? Wir wußten: es sind die letzten Tage des Krieges, aber wir wußten nicht, ob es auch unsere letzten Tage sein würden. Plötzlich erschien es unfaßlich, daß man überleben würde. Wir redeten von Selbstmord, von Flucht und oft von dem, was uns erwartete, wenn aus dem Endkampf eine Endabrechnung würde.

Im obersten Stockwerk des Hauses, in dem ich damals ein Studentenzimmer bewohnte, feierten in einer dieser Nächte drei junge Mediziner ihr Notexamen. Ich feierte mit ihnen. Wir saßen auf dem Fußboden, die Wohnung war ausgeräumt, die Besitzer evakuiert, irgendwo auf dem Lande. Wir tranken Wein aus Bierhumpen, hatten Brot und Harzer Käse, ein paar Kerzen und ein Radiogerät, Modell Volksempfänger. Um 22 Uhr hörten wir das Lied von Lili Marleen, ich weiß nicht, ob der Soldatensender Belgrad noch sendete, vielleicht war es ein andrer. Einer von uns drehte ständig am Radiogerät. Wir hörten Nachrichten in deutscher Sprache aus den besetzten und den unbesetzten Gebieten des Großdeutschen Reiches. Zum Entsetzen waren sie alle. Jenes ›. . . ging verloren . . . ging verloren‹ vergesse ich nie wieder. Marburg, Heidelberg, Würzburg, Höxter – Städte, die ich kannte, wo ich Freunde hatte.

Wir hörten Feindsender und stellten das Gerät nicht mehr leiser ein. Zwischendurch Jazz. Im Laufe der Nacht wurde Panzeralarm gegeben. Wir blieben in der Dachwohnung, redeten und tranken. ›Prost auf den totalen Krieg!‹ und ›Prost auf den totalen Frieden!‹ Mit Pathos erklärte ich, daß ich nie mehr etwas Totales erleben wollte. Einer erzählte Witze. Tünnes und Schäl machen Pläne, was sie nach dem Krieg tun wollen. Der eine sagt, er würde sich ein Fahrrad kaufen und sich Deutschland ansehen. Da fragt ihn der andere: Und was tust du am Nachmittag? Darüber haben wir gelacht. Eben habe ich mir den Band mit den Flüsterwitzen aus dem Dritten Reich vorgenommen, ich habe kein einziges Mal gelacht. Der politische Witz enthält nur Zündstoff für das Lachen der Betroffenen. Galgenhumor für Galgenvögel.

Am folgenden Nachmittag rannten zwei Jungen durch unsere Straße, sechzehnjährige Werwölfe. Sie fuchtelten mit Panzerfäusten herum und brachten uns alle in Gefahr. Meine Wirtin, schon über siebzig, zog die beiden ins Haus, nahm ihnen die Panzerfäuste weg, befahl ihnen, die Uniform auszuziehen, und steckte sie in Bademäntel. Sie gehorchten ihr, als wäre sie ihre leibhaftige Großmutter. Sie saßen tagelang bei uns herum. Meine Wirtin und ich versteckten die Panzerfäuste unter den letzten Briketts, holten sie wieder hervor, vergruben sie nachts im Garten, gruben sie gegen Morgen wieder aus. Hitchcock hätte einen Gruselfilm daraus machen können: Zwei Frauen, die versuchen, sich von ein paar Panzerfäusten zu befreien...

Dann tauchte jemand in Uniform bei uns auf, ein Mann vom SD, keiner kannte ihn. Sicherheitsdienst. Der blühende Mandelbaum vorm Haus schien alle anzulocken. Wir fürchteten uns vor dem Mann. Aber er fürchtete sich noch mehr vor uns. Er erklärte uns, daß er diese Uniform unfreiwillig trüge, daß er von Anfang an dagegen gewesen wäre. Um glaubhafter zu wirken, schenkte er allen zwei Paar Damenstrümpfe, die er aus seiner Aktentasche holte. Dann verschwand er für eine Weile, und wir dachten schon, wir wären ihn los. Aber dann kam er wieder. Er trug jetzt einen blauen Monteuranzug und eine Schirmmütze. Aus einem glaubwürdigen Nazi war ein glaubwürdiger Sozi geworden. Im Waschküchenofen fanden wir später die Knöpfe seiner Uniform in der Asche. Die große Verwandlung hatte begonnen.

Die Führerbilder waren bereits verbrannt. Aus der einzigen Fahne, die es im Haus gab, hatte die Hausbesitzerin den weißen Kreis mit dem schwarzen Hakenkreuz herausgetrennt, das rote Tuch wurde versteckt, für den Fall, daß man es noch einmal gebrauchen konnte. Weiße Bettlaken lagen bereit. Ich selber besaß kein zweites Bettlaken, das ich hätte aus dem Fenster hängen können. Ich hatte keine Vorbereitungen zu treffen; was ich besaß, paßte in einen Koffer.

Dann hieß es, die Amerikaner wären in unserem Stadtteil. Wir wurden ungeduldig in unserem Keller. Nichts passierte. Keine Tiefflieger mehr, kein Artilleriebeschuß. Meine Wirtin wagte sich im Morgengrauen vors Haus, tippte einem Soldaten, der auf der Straße herumlungerte, auf die Schulter und erkundigte sich, wie weit die Amis wären. Der Soldat drehte sich um: Sie sah zum ersten Mal in ihrem Leben in das Gesicht eines Negers. Sie stürzte zurück in den Keller und verkündigte uns das Kriegsende. Wir teilten den Napfkuchen auf.

Im WC hing Hitlers »Mein Kampf«, die Dünndruckausgabe

von 1933, zur gefälligen Benutzung. Wir verblieben länger als sonst an jenem Ort, kamen schimpfend, manchmal auch lachend, ein herausgerissenes Blatt in der Hand, wieder zum Vorschein und deklamierten: »Ich beschloß, Politiker zu werden.« Wir waren alle vorzügliche Stimm-Imitatoren geworden. Wir nahmen ihn immer noch nicht ernst. Ich habe »Mein Kampf« erst Anfang der sechziger Jahre wirklich gelesen, Satz für Satz. Zwanzig, wenn nicht dreißig Jahre zu spät. Ich erkannte Zitate: »Wer leben will, der kämpfe also, und wer nicht streiten will in dieser Welt des ewigen Ringens, verdient das Leben nicht!« Das ist nicht Nietzsche, das ist Adolf Hitler. Der Spruch hing an der Wand meines Klassenzimmers. Jeder Gedenktag, Machtübernahme, Kristallnacht, Kriegsanfang, 20. Juli, Kriegsende, zehn Jahre danach, zwanzig Jahre danach, fünfundzwanzig Jahre danach, fordert meine Generation zur Rechenschaft. In den fünfziger Jahren haben wir versucht zu vergessen. Was damals vernarbt schien, ist in den sechziger Jahren wieder aufgebrochen. Was man ins Vergessen verdrängt, rächt sich allemal.

Dann brannte der Rote Turm, das Wahrzeichen der Stadt. Es hieß, mexikanische Soldaten hätten ihn aus Mutwillen in Brand gesetzt. Der hohe Dachstuhl brannte nächtelang, wie eine Fackel. Er war aus hartem Holz. Der Krieg hört nicht von heute auf morgen auf. Wir wagten uns zu zweien in die Stadt, vorsichtig, von Straßenecke zu Straßenecke. Wir kamen in Stadtviertel, die noch nicht besetzt waren, und zogen uns zurück. Wir drangen bis an den Stadtrand vor, bis an das ausgeplünderte Heeresverpflegungsamt, das ein gewissenhafter Zahlmeister mit einem einzigen Gewehr verteidigt hatte. Erbsen, Zucker, Kaffee-Ersatz lagen knöcheltief auf dem Hof. Wir verachteten und beneideten die Plünderer, die mit ihrer Beute rechtzeitig nach Hause gekommen waren. In einem ausgebrannten Panzerwagen spielten Kinder. Wir pflückten Löwenzahn für Salat und Brennesseln für Spinat und untersuchten diesen Frühling auf seine Eßbarkeit. Wir standen in Schlangen vorm Bäckerladen und schämten uns für die, die sich im Kochgeschirr Reisbrei bei den Amerikanern holten. Von CARE wußten wir noch nichts.

Waren wir besiegt oder waren wir befreit worden? Man hatte uns bis dahin informiert, was wir zu glauben und zu denken hatten. Plötzlich sagte uns das keiner mehr.

Im Januar waren die Flüchtlinge aus Schlesien durch Halle gezogen. Nachts war ich vom Hufgeklapper wachgeworden. Ich zog das Verdunklungsrollo hoch und sah die Trecks, Stunden um Stunden. Im Februar hatten wir die Flüchtenden aus Dresden gesehen, die bei den Luftangriffen mit dem Leben davongekommen waren. Im März die deutschen Truppen auf dem Rückzug, ebenso elend und abgerissen. Und im April die amerikanischen Truppen. Wir hatten nichts zu fürchten. Sie konnten uns nichts wegnehmen, wir hatten nichts. Sie waren gut genährt, gut gekleidet, gut gelaunt. Auch ihr Krieg ging zu Ende. Ich erinnere mich an einen riesengroßen Neger, der unser Haus durchsuchte. Er trug die Maschinenpistole lässig unter den Arm geklemmt. Was er suchte, wußten wir nicht. Fotoapparate und Uhren seien beliebt, sagte ein Gerücht. Er entdeckte die goldene Uhr des verstorbenen Mannes meiner Wirtin. Sie gefiel ihm. Er betrachtete sie von allen Seiten, öffnete den Sprungdeckel: es war eine Blindenuhr. Er warf sie auf die Erde.

Curfew wurde verhängt, Ausgehverbot für die Bevölkerung, nach 18 Uhr. Sternklare Frühlingsnächte, in denen man ohne Furcht hätte in den Himmel sehen können, wenn man unter dem Himmel hätte stehen dürfen. Eines Tages durften wir die Stadt verlassen, sechs Kilometer, dann zehn, dann dreißig. Man teilte uns die Freiheit zu wie eine nicht ungefährliche Droge.

Bald darauf gab es die ersten amtlichen Mitteilungen, lose Zeitungsblätter. Wichtiger waren die Gerüchte. Zehn Jahre Brauereiverbot, hieß es, Eheverbot für mindestens 5 Jahre. Wir überlegten, ob wir jetzt gleich heiraten sollten. Ob man uns weiterstudieren ließ? Wir arbeiteten beide freiwillig in der Bibliothek, die von Naziliteratur gesäubert werden mußte. Das

Flugzeugwerk stellte seine Produktion auf Kochtöpfe und Kinderbetten um. Ich stand vor den Holzwänden der Tauschzentrale und studierte die handgeschriebenen Zettel, ob ich irgend etwas besaß, das ich hätte umtauschen können gegen etwas, das ich nötiger brauchte. Noch waren die Bankkonten nicht gesperrt, noch immer konnte man über einige Sender den deutschen Wehrmachtsbericht hören. Hitler nahm sich das Leben und hinterließ ein politisches Testament. Ich habe es in den letzten 20 Jahren wiederholt gelesen: Gegeben am 29. April 1945 zu Berlin. Es endet mit dem Satz: »Vor allem verpflichte ich die Führung der Nation und die Gefolgschaft zur peinlichen Einhaltung der Rassengesetze und zum unbarmherzigen Widerstand gegen den Weltvergifter aller Völker, das internationale Judentum.«

Wir saßen wieder auf der Bank in Giebichenstein; inzwischen blühte dort der Flieder. In jenen Tagen hörten wir von der Befreiung der überlebenden Häftlinge in den Konzentrationslagern. Hörten Zahlen und hörten nie gehörte Namen. Hörten und wollten an das Ausmaß des Unheils nicht glauben. Wollten noch immer nicht glauben. Wir fühlten uns betrogen, fühlten uns schuldig und wußten noch nicht, wo unsere Schuld lag. Wir waren jung und wollten leben und lernen und besser machen. Es war Frühling, und wir glaubten, daß nun bald Frieden würde.

[aus: »*Städte 1945*«]

Ein altbewährtes Mittel gegen die eigene Traurigkeit ist es, einen anderen trösten zu müssen.

Ständiger Wohnsitz Kassel

In Kassel lebt man, weil man hier geboren oder hierher versetzt wurde, an eine der Bundes- oder Landesbehörden oder zur Bundeswehr, weil man ans Staatstheater engagiert wurde oder an der Gesamthochschule zu lernen oder zu lehren hat. Aber wer wie ich freiwillig nach Kassel gezogen ist, der muß das begründen. München, das hätte man verstanden; die Insel Ischia hätte jeden überzeugt, sogar ein waldecksches Dorf, schließlich stamme ich vom Lande. Aber ausgerechnet Kassel! Ich zähle viele Gründe auf, aber die Summe des Aufgezählten scheint nie so recht zu überzeugen, allenfalls im documenta-Jahr; dann gerät Kassel in den Blickpunkt der Weltöffentlichkeit, dann erinnern sich alle Freunde, sogar die aus Übersee, an uns, rufen an, fallen nach fünfstündigem Ausstellungsbesuch erschöpft oder verärgert, niedergeschlagen oder begeistert in die Sessel, blicken sich um, horchen, sagen: Ruhig habt ihr's hier! Nah bei der Stadt wohnt ihr auch! Die Umgebung ist eigentlich auch hübsch. Viel Wald! Ihr wandert doch so gern! Ein Lob noch für die Museen, den Herkules: im Grunde ein Monstrum, aber doch eine grandiose Verbindung von Natur und Kunst!

Das Wort »Rückkehr« habe ich nie gelten lassen. Das Haus, das meine Eltern sich in Kassel gebaut hatten, wurde wenig später total zerstört; die Schule, die ich einige Jahre besucht hatte: zerstört; das Theater: zerstört; die Freunde gefallen oder bei Luftangriffen getötet. Jenes Generalkommando des Dritten Reiches, in dem ich Kriegsdienst tat, steht unverändert als Bundesarbeitsgericht der Bundesrepublik Deutschland, ist aber als Beweismittel ungeeignet. Ich wünsche nicht erinnert zu werden, die Stadt ist eine andere geworden, ich selbst bin eine andere geworden. Hier gab es keine Fäden mehr, die ich nach zwanzigjähriger Abwesenheit wieder hätte aufnehmen können, hier war alles zerstört, Häuser und Erinnerungen.

Als erstes nahm ich Fahrstunden, um mich neu zurechtzufinden. Aber der Fahrlehrer sagte nicht: Fahren Sie nach Wilhelmshöhe oder: Fahren Sie an die Fulda, sondern kommandierte: Links einbiegen! Rechts einbiegen! Gab kurze Befehle. Anhalten am Berg! Daran war ich nicht gewöhnt; ich lernte auf diese Weise weder die Stadt kennen noch Auto fahren. Also kein Automobil, statt dessen sehr bald eine »Immobilie«, in der Gartenstadt Auefeld gelegen, als moderne, raumsparende Wohnsiedlung im Grünen noch immer gerühmt. Ein Häuschen, ein Gärtchen, nur in der Verkleinerungsform kann man darüber sprechen. Aber: ein fester Wohnsitz, eine Eintragung im Grundbuchamt, Grundsteuer und Kanalgebühr, ein Briefkopf mit ständiger Anschrift, ein gewerblicher Betrieb nach Ansicht der Stadtwerke.

Seit zehn Jahren unterhalten wir hier eine Schriftstellerei, eine Autorengemeinschaft, ich habe meinen Mann, einen Alemannen, aus Stuttgart kommend, hier eingemeindet.

Seither erst recht die besorgte Frage: Wie lebt es sich denn in Kassel? Wie schreibt es sich dort?

Wer schreibt, muß seßhaft sein! Kafka meinte, daß das Dasein des Schriftstellers wirklich vom Schreibtisch abhängig ist, daß er sich niemals entfernen dürfe, sich mit den Zähnen festhalten müsse ... Mein Blick geht durchs Fenster auf diese 200 Quadratmeter Hessen, eher ein grünes Zimmer als ein Garten; Rosen und Birnbaum. Morgens, mittags, abends das Geläut der Kirchenglocken als Zeitmaß, vertraut seit Kindertagen, ich bin in einem Pfarrhaus aufgewachsen. Kein Verkehrslärm, aber spielende, schreiende Kinder, Hunde. Ich schließe das Fenster, senke den Blick aufs Papier, begebe mich nach Pommern oder nach Ischia, lebe mehr dort als hier, betrüge meine Stadt mit den Schauplätzen meiner Romane, dort kenne ich mich besser aus; noch immer unbekannte Wohnviertel, nie gehörte Straßennamen in der Stadt, in der ich lebe.

Kassel ist eine autofreundliche Stadt. Die Parkplätze reichen in der Regel aus, ein paar große Straßentangenten ordnen den Verkehr zur Zufriedenheit. Das große Projekt, Kassel an die

Nord-Süd-Durchgangsstrecke der Bundesbahn anzuschließen, geht langsam voran: das soll mir recht sein. Für mich ist Kassel kein Durchgangsbahnhof; hier enden die Reisen, hier beginnen die Reisen. Auch in Kassel besteht die Neigung, die Fußgänger wie die Maulwürfe unter die Erde zu schicken, freie Bahn dem Kraftfahrzeug! Aber es gerät nicht, die Tunnel mit Blumenläden, Boutiquen und Cafés zu beleben; wir wollen an die frische Luft, wir leben nicht gern unter Tage. Die nahe und die weitere Umgebung der Stadt ist dagegen menschenfreundlich. Staatliche Parks und städtische Grünanlagen, mehr als anderwärts. Die Stadt frißt sich zwar auch hier ins Grüne hinein, aber die Natur bringt es in Form von Alleen und Rasenflächen auch wieder zurück. Ein Blick vom Herkules hinunter auf die Stadt zeigt, daß der Kampf zwischen Natur und Zivilisation noch unentschieden steht.

Nach allen Himmelsrichtungen hin liegt Kassel in der Mitte, auf halber Strecke. Das hat seine Vorzüge. Ein halber Tag, und wir sind an der Nordsee, ein halber Tag bis zu den Alpen, in zwei Autostunden in Düsseldorf, die doppelte Zeit bis Berlin; allerdings: kaum 45 Kilometer zur DDR, von uns noch immer »Zonengrenze« genannt, eine der heißen Grenzen der Welt.

Wer aus dem Süden kommt und in den Norden will oder umgekehrt, macht bei uns Station; von der Autobahnausfahrt her erreicht man uns in einer Viertelstunde, gerade so viel Zeit, wie man braucht, um den Teetisch zu decken. »Besuchen Sie uns doch als mal in Kassel«, schrieb Jacob Grimm unter einen Brief.

Die Bevölkerung? Es handelt sich da weitgehend um Chatten, den einzig wirklich seßhaften Volksstamm; nicht einmal die Völkerwanderung haben sie mitgemacht. Nicht blond und nicht dunkel, nicht groß und nicht klein, statt dessen mittelgroß und mittelblond und mitteldeutsch; rundköpfig, ein wenig stämmig, im ganzen gutwillig. Jacob Grimm sagt den Hessen – und er wird an seine Kasseler Mitbürger gedacht haben – einen »Mangel an Zierlichkeit und Bequemlichkeit« nach, aber er lobt doch auch den »gewissen Ernst einer gesunden, tüchtigen, tapferen Gesinnung, einer Strenge und Dürftigkeit der Lebensweise ...«

Man versucht, die Innenstadt zu beleben, aber das hält schwer, dies ist kein lebhafter Menschenschlag. Ich kam als Düsseldorferin nach Kassel. Das Lächeln einer Fußgängerin bringt hier keinen Autofahrer zum Anhalten, dagegen ist er immun; er hält sich an sein Recht, er gilt als ein wenig stur, verläßt sich auf die Kraft seines Motors und seiner Bremsen und auch auf die Angst der Fußgängerin.

Ein Katalog der Vorzüge dieser Stadt müßte auch enthalten, was hier fehlt; was, fehlend, zu meinem Wohlbefinden beiträgt. Wegen der Grenznähe gibt es keine Starfighter! Nur selten und nur in großer Höhe einmal ein Düsenflugzeug. Ruhe am Himmel. Manchmal ziehen Segelflugzeuge lautlos über uns hin. Es fehlt hier an Ablenkungen! Ein Drei-Sterne-Restaurant besitzen wir nicht. Entweder kocht man hier so gut, daß man gern zu Hause ißt, oder die hessischen Zungen sind genügsam. »Ahle Wurscht« gehört zu unseren Spezialitäten, luftgetrocknet, zu trockenem Brot. Im Frühling essen wir gern »Grüne Soße« aus dickem sauren Rahm mit elferlei Kräutern und hartgekochten, kleingehackten Eiern darin. Oder Schmandheringe, Speckkuchen, Weckewerk und Pellkartoffeln. Deftig, kräftig und billig dazu. Wenn wir schon einmal ausgehen, dann essen wir griechisch oder serbisch, italienisch oder chinesisch. Der Sinn fürs Exotische geht uns keineswegs ab. So ein richtiges Renommierhotel besitzen wir ebenfalls nicht. Soweit ich weiß, war Kassel keine berühmte Schlaf-Stadt. An keinem Haus steht, daß hier Goethe oder Napoleon oder Bismarck, die großen Schläfer Europas, in der Nacht vom Soundsovielten geschlafen hätten. Allerdings Jérôme! Er hat sieben Jahre lang von Kassel aus das Königreich Westfalen regiert und ein wenig französischen Geist und französische Lebensart in die Stadt gebracht. Er benutzte das Jagdschloß »Augustenruh« als Lustschloß, dort gingen die Arnims und Brentanos und Grimms ein und aus, dort – im heutigen Schlößchen Schönfeld – quartieren wir unsere Gäste ein und feiern unsere Feste.

Das Klima ist selten zu heiß, selten zu kalt. Die Wetterfühligen klagen, daß wir alle Randausläufer der atlantischen Hochs und Tiefs abbekommen, die das Wetter unbeständig machen. Die Landschaft ist hessisch-harmlos. Begeisterte Ausrufe werden nicht erwartet; die Steigungen reichen für ein leichtes Herztraining aus; das Auge freut sich an hübschen Ausblicken auf kuppiges, vulkanisches Gelände. Wintersport, Wassersport. Der Golfplatz im Habichtswald kann sich sehen lassen. Eine Viertelstunde mit Bus oder Straßenbahn, dann stehen wir am Waldrand, 200 Meter über der Stadt, wo die Luft frischer weht als in den Niederungen des Flusses, über denen oft Dunst und Nebel liegen.

Bibliotheken sind nah, die Buchhändler gutwillig, das Telefon verbindet uns mit der Welt, das Bankkonto ermöglicht Reisepläne, wenn wir kulturelle Anregungen oder neue Schauplätze brauchen. Der Blick auf die Kinoprogramme entmutigt zumeist; vor zehn Jahren haben wir die wenigen Versuche, ein Nachtleben ausfindig zu machen, eingestellt.

Eine Stadt mit Musiktradition und somit einem Musikpublikum. Das Angebot an Konzerten ist groß, ebenso die Nachfrage. An warmen Sommerabenden finden Serenaden im Hof der Löwenburg statt. Beim Zissel, dem Volksfest im August, sitzen wir am Ufer der Fulda unter alten Kastanienbäumen an langen Holztischen, der dunkle Fluß zieht vorüber, belebt von geschmückten und beleuchteten Booten; Musik und Karussells, wir tanzen im Freien, des Volkes wahrer Himmel, Herkules-Bier und Currywurst, Hessisches mischt sich mit Anatolischem.

Kassel ist weder als Geburts- noch als Sterbeort großer Künstler und Wissenschaftler berühmt. In deren Leben war Kassel selten mehr als eine Zwischenstation oder ein Sprungbrett. Sie hatten es schwer hier, auch die Brüder Grimm hat man nicht zu halten versucht, als sie einen Ruf nach Göttingen erhielten. Heinrich Schütz, Louis Spohr, Gustav Mahler – keiner ist hier geblieben. Vielleicht schätzt man hier Eigenart und Genialität nicht so sehr? Dynamischen Naturen wird es leicht ein wenig eng. Wenn sie dann tot sind, die Großen, benennt man Schulen und Plätze nach ihnen, gründet Museen für die Grimms und Gesellschaften für Spohr und Schütz, ein Denkmal für Denis Papin . . .

Aber die Stadtverwaltung ertrug die Einfälle eines Arnold Bode über Jahrzehnte! Und Arnold Bode ertrug diese Stadt! Der eine übers Ziel hinausschießend, die anderen ihn daran hindernd. Auf der Reibungsfläche entstand und entsteht alle vier, fünf Jahre die ›documenta‹, von den meisten Einwohnern der Stadt wenig beachtet.

Wo es an Anregungen fehlt, ist man gezwungen, sie selbst herzustellen. In dieser Stadt braucht man Freunde und Bekannte! Unter 200 000 Einwohnern hat man die Wahl, das muß genügen. Man ist Hersteller, nicht nur Verbraucher: literarische Zirkel, Hausmusikkreise, Picknicks und Gartenfeste. Man trifft sich bei den »Meisterkonzerten« in der Stadthalle, bei den Vernissagen des Kunstvereins oder der Galeristen, bei den literarischen Veranstaltungen der Goethe-Gesellschaft. Wir haben ein Premierenpublikum, bürgerlich, mit ein wenig Jeans-Look. Man lebt hier in der Provinz, aber man möchte nicht provinziell genannt werden. Buht das Publikum bei skandalösen Szenen auf der Bühne, mokiert sich die auswärtige Presse; buht es nicht, mokiert sie sich ebenfalls.

Mit höherem Lebensalter wächst das Wohlgefallen an Parks, an geordneter Natur; man möchte nachdenklich-genießend über Parkwege mehr schlendern als gehen. Man liebt die geraden Alleen, hat mehr Rilkesches in sich, als man ahnte. Einfälle kommen aus dem Chaos, mag sein, aber sie müssen in Ordnung gebracht werden, das tun sie leichter in geordneter Umgebung. Seit Jahren trägt die Karlsaue ein besitzanzeigendes Fürwort: »unser Park«. Täglich Neues im Altbekannten. Die Schwäne stellen die Flügel hoch, Imponiergehabe: Frühling! Die ersten Enten sind ausgeschlüpft! Der Blitz hat die Eiche getroffen!

Es ist angenehm, unter einer demokratischen Regierung Nutznießer eines jahrhundertelangen Absolutismus zu sein, Bürger einer ehemaligen Residenz und nicht Untertan eines Landgrafen oder Kurfürsten. Schloß Wilhelmshöhe, Schloß Wilhelmsthal, Schloß Schönfeld, Löwenburg; Bergpark Wilhelmshöhe, Karlsaue, Park Schönfeld – wir sind reich an Schlössern und Parks. Höfisches verbindet sich mit Ländlichem.

Vorm Marstallgebäude sitzen an Sommertagen die Bäuerinnen aus den umliegenden Dörfern und verkaufen duftende Waldhimbeeren und Gartengemüse. Im Herbst bringen die Bauern ihren Kunden die Winterkartoffeln zum Einkellern. Wir haben einen »Eier-Mann«, dessen Frau uns Streuselkuchen und Rhabarberkuchen mit Schmand backt.

Habe ich Wurzeln geschlagen in dieser Stadt, frage ich mich. Ich bin kein Baum. Ich könnte diese Stadt verlassen, aber ich will es nicht. Wir sind schon einmal über den Wehlheider Friedhof gegangen, ein Spaziergang, nichts weiter, aber wir überlegen nun doch: Möchten wir hier begraben sein?

[aus: *Merian*]

Alles verändert sich mit dem, der neben einem ist oder neben einem fehlt.

Man muß Ballast abwerfen, um an Höhe zu gewinnen.

Dem gleichen Jahrgang anzugehören, das schafft eine Basis, die fester ist als viele andere.

Im Schatten des Birnbaums

Waren Sie schon im Urlaub? – Wohin fahren Sie denn? – Ihr bleibt zu Hause? Offenkundiges Befremden, unverhohlenes Mitleid. Man bedauert uns, weil wir die 237 Quadratmeter Erde, für deren Aussehen wir laut Eintragung im Katasteramt zuständig sind, jetzt nicht verlassen wollen. Kein Zaun, nur eine Hecke markiert deutlich unsere Besitzansprüche. Keiner, den wir nicht ausdrücklich dazu auffordern, wird das Gelände betreten. Eine Birke überragt das Haus. Wacholder und Rosen; auch an Lorbeer fehlt es uns nicht. An der Hauswand eine lilafarbene Klematis, die sich in einer geeigneten Vase zur Orchidee steigern läßt. Hohes Buschwerk; niemand kann den Garten einsehen. Auf dem Rasen bin ich ohne Konkurrenz. Keine Frau ist jünger oder schöner oder schlanker als ich. Dieser Garten ist ein Paradies.

Die Terrasse, ebenerdig, bietet Sonne oder Schatten, beides zu seiner Zeit. Einen hessischen Sommermorgen macht uns so leicht keiner nach! Frühstück im Grünen. Deutschsprachig. Honig, weichgekochtes Ei, Toast, ostfriesischer Tee, in der Kanne aufgebrüht und rechtzeitig abgegossen. Die Terrassentür ist weit geöffnet, damit wir Musik hören können; der Plattenspieler ist auf Gartenlautstärke eingestellt, Stereo, Sommermusik; provençalische Hirtenlieder, griechische Volksmusik oder mein Frühstückslieblingslied: ›Oh, what a beautiful mornin', oh, what a beautiful day‹, aus dem Musical ›Oklahoma‹. Die Tageszeitung vom Tag der Ausgabe, pünktlich um 6 Uhr 30 zugestellt. Mit uns frühstücken die Amseln, sie sind längst domestiziert und erwarten, daß wir sie nicht nur im Winter ernähren. Vollkornbrot, gekochter Schinken. Sie lassen nichts aus, stopfen sich die Schnäbel voll und befördern die Beute zu ihren Jungen, die aufgeplustert unterm Fliederbusch hocken und die Schnäbel aufsperren. Im Frühling saß das gelbschnäblige Männchen auf dem Dachfirst und schmetterte seine Werbesongs. Jetzt hat es, was es haben wollte: ein Weibchen und drei Junge dazu. Jetzt beschränkt es sich auf Warn- und Lockrufe. Die Wespen frühstücken ebenfalls mit uns. Sie tauchen auf, bevor noch das Tablett auf dem Tisch steht. Sie sind denaturiert, statt sich Nektar aus dem rosa duftenden Phlox zu holen, nehmen sie Kalbsleberwurst zu sich. Seitdem scheinen sie friedlicher geworden zu sein. Proteine gegen Aggressionen. Unsere Radiomusik erhält Konkurrenz: Die Übernachbarn hängen den Vogelkäfig an die Sonnenseite des Hauses, und da brilliert der Kanarienvogel nun mit seinen endlosen Rezitativen, unabhängig von Jahreszeit und Geschlechtstrieb, schmettert seine Arie, daß man sich in einer neapolitanischen Gasse wähnt.

Die Vorzüge des eigenen Hauses sind augenfällig. Kein Streik beim Dienstpersonal. Wir bringen ohne Murren unsere Schlafzimmer selbst in Ordnung. Mein Bett: durchgehende Matratze, Federkern, Länge und Breite meinen Wünschen entsprechend; Daunensteppdecke oder Laken, je nach der Temperatur. Die Kleider hängen griffbereit und gebügelt im Schrank, Wolle oder Baumwolle. Die sanitären Einrichtungen: Bad, Dusche, WC. Die Abflüsse in Ordnung, auch die Warmwasserversorgung. Sollten kalte Tage kommen, brauchen wir nur am Thermostat der Ölheizung zu drehen. Die Küche ist durchgehend geöffnet. Kirschkaltschale, eine Portion rote Grütze mit Milch – so etwas findet man immer im Kühlschrank. Bedienung oder Selbstbedienung, nach Wahl. Keine Trinkgelder! Der Whisky – on the rocks, kurz oder lang – kostet in keinem Fall mehr als DM 0,80. Jalousien filtern das Sonnenlicht und geben den Arbeitszimmern ein wohltuend gedämpftes Licht. Arbeitsklima. Schriftsteller können ihren Beruf zu jeder Zeit ausüben, unbehindert von Betriebsferien, Streiks, Sonntagen, Schlechtwetter. Von keinem Telefonanruf gestört, sitzen wir im August an unseren Schreibtischen. Kein Verlag, keine Rundfunkanstalt, niemand ruft uns an. Man vermutet uns überall, nur nicht zu Hause.

Unsere Schreibtische haben eine angenehme Größe und die richtige Höhe, ebenso der Schreibtischstuhl. Der Blick geht ins Grüne. Alles ist vertraut, nichts lenkt mehr ab. Die Bücher stehen in Reichweite. Wir sind nicht angewiesen auf ein paar, meist ungeeignete, Bücher, die man im Koffer mitgenommen hat oder die man in den Hotelpensionen für die Gäste bereithält. Zum Nachschlagen steht der zwanzigbändige Große Brockhaus zur Verfügung. Wer nimmt dieses Werk mit in eine Ferienwohnung? Selbst Leute mit einem Mercedes 300 oder einem Wohnanhänger nicht. Mein Schaukelstuhl steht unter der Stehlampe (220 Volt, 200 Watt). Einen solchen Leseplatz finde ich nirgendwo, auch nicht für DM 90,– Vollpension.

Doch noch ein Anruf, der einzige an diesem Vormittag! Freunde brechen zu einer Kreuzfahrt auf. Mit einem russischen Dampfer ab Wien, donauabwärts, Schwarzes Meer, Odessa. Ihr Auto bleibt hier. Sie wollen es uns zur Verfügung stellen, damit wir ›beweglicher‹ sind. Fußgänger werden mehr und mehr zum Ärgernis. Wir sind eine Herausforderung für unsere Freunde; sie wittern eine Weltanschauung hinter unserem Konsumverzicht. Wir haben in der Tat etwas gegen Autos, in denen wir nicht selber sitzen. Jetzt in der Ferienzeit gähnen auf dem Parkplatz vor unserem Haus große Lücken. Morgens bleibt es lange ruhig, kaum einer fährt noch früh zur Arbeit. Erst am späten Vormittag werden einige Wagen für die Fahrt ins Schwimmbad bepackt.

Die Post: An jedem Morgen sind wir überrascht, daß sie noch immer ausgetragen wird, wo doch nur Ansichtskarten kommen und ein paar Drucksachen, von Firmen, die uns Öltanks aus Aluminium anbieten. Postkarten von überall her. An der Costa Brava oder auf Mallorca ist in diesem Jahr keiner, den wir kennen. An der Adria erst recht nicht. Unsere Freunde sind anspruchsvoll geworden. Die Inseln, die sie aufsuchen, werden immer exclusiver. Skiathos zum Beispiel. Ich sehe mir auf der Ansichtskarte die Bucht an: blaues Meer, weißer Strand, Schirmpinien: Mittelmeer-Klischee! Ich lese den Text. ›Die schönste Terrasse der Insel! Das Panorama! Der Duft der

Seekiefern! Die blühende Macchia! Ouzo! Der Seewind! Die Zikaden!‹ Ich werde dem Absender ein Blatt Papier mit Ausrufungszeichen schicken müssen. Per Luftpost! Ich betrachte unseren Birnbaum und sage: Auch schön! Manch einer würde von weit herkommen, um diesen Birnbaum zu sehen, dessen Früchte von Tag zu Tag dicker werden, grün wie Avocados. Worin unterscheidet sich bei 35 Grad und geschlossenen Augen der Schatten eines Birnbaums von dem einer Pinie? Das möchte ich wissen! Am Rand der Karte steht: ›Vor der Rückfahrt graut mir! Diese Charterflüge! Der Flughafen in Ffm!‹

Soeben nimmt ein Dompfaffenpärchen in der Vogeltränke ein Vollbad. Hänflinge, Spatzen und Amseln halten die Trinkschale für eine Vogelbadeanstalt. Alle paar Stunden kippe ich den Sand heraus und fülle Wasser nach. Ich könnte jetzt gar nicht von hier weg.

Kein Rasenmäher stört die Mittagsstille. Die Nachbarn sind fort; aber auch bei denen, die zu Hause geblieben sind, wächst der Rasen nicht. Es ist zu trocken. Ruhige Zeiten für den Gartenbesitzer. Man könnte ein wenig hacken und zupfen, aber man muß nicht. Der Garten braucht Ruhe nach der Anstrengung des Treibens und Wachsens und Blühens. Auch wir müssen uns vor Überanstrengung hüten, denn wir sind ohne ärztliche Versorgung. Unsere Hausärztin weilt zur Kur in Bad Kohlgrub. Ihr Vertreter hat vier Praxen zu versorgen. Unser Zahnarzt verbringt seine Ferien bei einem Jagdfreund in der Eifel. Unser Friseur ist in Jugoslawien, Insel Raab; mein Mann stutzt sich den Bart selbst. Auch das Glaubensleben ruht. Kein Gesprächskreis im Pfarrhaus mehr, erst im Oktober wieder. Keine Mittwoch-Abend-Andachten. Nur noch das Nötigste an Gottesdiensten, Beerdigungen und Taufen. Geläutet wird automatisch. Die Wochenzeitungen beanspruchen nur noch die halbe Lesezeit. Weniger Anzeigen, weniger Text.

Ab 14 Uhr leide ich unter Halluzinationen: Meeresbrandung, Felsenküste. – Geh doch ins Schwimmbad! sagt mein Mann. – Kommst du denn mit? frage ich. Er lehnt ab. Schwimmbäder mag er nicht. Wo du nicht hingehst, da will ich auch nicht hingehen, sage ich. Buch Ruth! – Er verbessert mich: Ruth wollte dorthin gehen, wo ihre Schwiegermutter hinging. – Ich sage: Eben! und gehe unter die Dusche. Wenn der Tag kühl ist, beschließen wir, eine Wanderung zu machen, rufen uns ein Taxi, lassen uns an den Waldrand fahren, dorthin, wo der schönste der Wanderwege beginnt.

Hin und wieder gehen wir zum Paddeln an die Fulda, leihen uns ein Boot, lassen uns flußabwärts treiben, hängen abwechselnd Arme und Beine ins Wasser. Dann wenden wir, paddeln gegen den Strom, legen uns ins Zeug, sind sportlich. Ein Abstecher dorthin, wo sich der Fluß mit Hilfe ehemaliger Kiesgruben zu kleinen Seen mit buschigen Ufern weitet. Pappeln, Weiden und Erlen werfen ihre Schatten, verdunkeln das Wasser. Ein Blick noch auf den Campingplatz, wo man unter beschwerlichen Umständen warme Mahlzeiten auf Trockenspiritus herstellt. Dann geben wir das Boot beim Verleiher wieder ab. Keine Anschaffungskosten, keine Unterhaltskosten, keine Unterbringungsschwierigkeiten. – Der Mensch will allzu oft das besitzen, was er auch ausleihen könnte, stelle ich fest. Mein Mann sieht mich daraufhin prüfend an. Ich ergänze: Dinge! Nicht Menschen!

Wenn es regnet, geht mein Mann zum Orgelspielen in unsere Kirche. Er zieht sämtliche Register! Niemanden stört das. Der Küster hat Ferien, die Kindergärtnerin hat Ferien, die Kantorin ebenfalls. Auch das kulturelle Leben der Stadt ruht. Große Pause! Kein Theater, keine Konzerte, auch keine Sommerfestspiele. Kein drittes Programm auf dem Bildschirm, das sonst viele unserer Abende beansprucht. Die beiden Fernsehanstalten zeigen alte und noch ältere Filme, auch politisch geht es in der Welt ruhiger zu, ferienmäßig. Die Staatsführer weilen in ihren Sommersitzen.

In der Dämmerung trete ich dann meinen Rundgang an. Mein Schlüsselbund gleicht dem einer Burgfrau des Mittelalters. Jeden Abend eine andere Wohnung, deren Schlüssel man mir zu treuen Händen überlassen hat. Briefkasten leeren, Drucksachen aussortieren, Briefe umadressieren, Wohnung lüften, Blumen gießen, sorgfältig abschließen.

Darüber wird es Abend. Wieder sitzen wir auf der Terrasse. Die Sonne ist untergegangen. Die Kiefer, die wir vor einigen Sommern aus den schwedischen Wäldern mitgebracht haben, und der Wacholder von der Schwäbischen Alb verwandeln sich in Pinie und Zypresse. Wir schalten die Lampe ein. Nein, mit Mücken haben wir hier keine Last. Auch keine Schnaken, keine Zanzare, keine Mosci. Wir rufen uns deren impertinentes Surren und ihre juckenden Einstiche ins Gedächtnis. Allerdings auch keine Zikaden. Das vermissen wir. »Erinnere dich!« sagt mein Mann. »Kein Auge haben wir zugetan, damals auf Ägina, wenn der Schirokko blies.« Ich erinnere mich und bewundere einen Falter mit grünen durchsichtigen Flügeln, der lautlos um unsere Lampe kreist. Als einziger hat er die Insektenvernichtungskampagne unseres Nachbarn überlebt.

Ein kühlender Abendwind hat sich aufgemacht. Irgendwo feiert man ein Gartenfest. Musik, Gelächter und Bratwurstduft weht über die Hecken. Der Mond geht auf, verschwindet im Laub des Birnbaums, kommt wieder zum Vorschein, hängt sich in den Goldregenbaum und läßt die Dächer der Häuser weit unter sich. Wir zeigen uns die Venus, den Großen Wagen, die Kassiopeia. Wie sich die Sternbilder gleichen, auf Ägina, auf Bornholm ... Zu den Spätnachrichten gehen wir ins Haus. Kein Flugzeugabsturz, keine Schiffskatastrophe, kein Eisenbahnerstreik. Wir atmen auf. Die Nachrichten in Fernsehen und Rundfunk melden uns mittelbar die glückliche Ankunft unserer Freunde. Aber: Auffahrunfälle auf der Autobahn! Erdrutsch bei Kaprun! Neuschnee am Stilfser Joch! Schwere Regenfälle in ... Welchen Unannehmlichkeiten sich die Leute doch aussetzen. Wolkenbrüche haben Campingzelte in die oberitalienischen Seen geschwemmt! Aus der Ferne hören wir das Martinshorn eines Unfallwagens und fühlen uns in Sicherheit.

Was für ein schöner Zusammenhalt unter denen, die das

bißchen Geselligkeit in der Stadt noch aufrechterhalten! Wie wäre es mit einem Sommerfest? Ohne Umstände! Ganz improvisiert. Nur einfach ein langer Rock. Für Gartenfeste sind wir in diesen Wochen gar nicht zu entbehren. Man holt uns, wenn auf einem Balkon im fünften Stockwerk eines Altbaues ein Sonnenuntergang bei Pfirsichbowle bewundert werden soll; wir essen im Licht von Lampions Spanferkel vom Spieß und bei Windlichtern unzählige Rostbratwürste. Krakauer sind nach unseren Erfahrungen die besten, auf Holzkohle gegrillt.

Dann laden wir ebenfalls ein. Zu einer Pizza Cristina, die sich von einer italienischen Pizza nur durch ihren internationalen Belag unterscheidet: ungarische Salami, holländische Tomaten, griechische Oliven, Schweizer Käse, Öl aus Spanien, Sardellen von werweißwo und der Hefeteig hessisch. Dazu trinken wir Rosé aus der Provence und reden über Kreuzfahrten in die Karibische See, von den Langusten an der bretonischen Küste, Ferienhäusern in Finnland. Renommier- und Imponiergespräche derer, die zu Hause geblieben sind.

Gefilmt haben wir übrigens nicht. Auch keine Dias. Wir haben vier Tage später dann doch die Koffer gepackt und sind – der Zikaden und der Küste wegen – nach Dalmatien gefahren, immer hinter unserem Freund her, dem Maler und Schriftsteller Erich Landgrebe und seiner reizenden Margret, die uns auf einer Ansichtskarte geschrieben hatten, es locke sie das südliche Licht und die Pinien von Hvar ...

[aus: »*Erfahren und erwandert*«]

Nichts ist endgültig. Aber wo man erkannt hat, daß etwas endgültig falsch ist, da muß man kehrtmachen, Konsequenzen ziehen. Sonst stirbt man ab.

In meiner Küche

In meiner Küche gibt es keine Waage. Aber auch im Badezimmer: keine Waage. Wer da Zusammenhänge vermutet, vermutet recht. Keine Uhr! Nicht in der Küche, nicht auf dem Schreibtisch; auch kein Wecker, weder hier noch dort.

Kochbücher lese ich aufmerksam wie andere Bücher. Was für schöne Überschriften: ›Mirabell mit Spargelspitzen‹! Jedes Foto ein Stilleben. Während des Lesens denke ich: Ah, das klingt gut, das werde ich versuchen. Aber schon beim Hervorholen der Zutaten weiche ich aus. Reis? Wären da Nudeln nicht besser? Ich muß eine tiefgründige Abneigung gegen Rezepte haben, gegen Richtlinien, Parkordnungen, gegen jede Befehlsform: Man nehme! Die Kochbücher stehen im Arbeitszimmer, griffbereit in der Küche steht keines.

Diese Küche ist ein Experimentierfeld, eine Versuchsküche. Angaben in Gramm und Liter nutzen mir nichts. Ein Schuß Kräuteressig, eine Prise frischen Pfeffer, eine Messerspitze Salz, das sind die mir gebräuchlichen Maße. Eine Handvoll Champignons, ein paar Oliven, ein Schuß Cognac, einige Walnüsse; kaum ein Gericht, dem diese Zutaten nicht guttäten. Ein Zweig Rosmarin, am Weg zum Castel del Monte in Apulien gepflückt und in Olivenöl getaucht und damit das blasse Fabrikhähnchen eingepinselt: Was wird da an Erinnerungen geweckt! Aus allem, was grünt, kann man Salate machen: Kresse, Fenchel, Chicorée, Rapunzel, Löwenzahn; und alles verträgt sich miteinander. Dem Mutigen gehört die Küche! An die Marinade heute einen Löffel Senf, morgen Meerrettich. Gehackte Sellerieblätter an den Treibhaussalat.

Nichts geschieht in meiner Küche automatisch, selbsttätig bin nur ich. An Geräten gibt es ein Küchenmesser, einen Schneebesen und eine Handmühle, mit der ich Nüsse, Rettiche oder Äpfel zerkleinere. Zum Teigkneten und Salatmischen benutze ich die Hände. Wenn jemand sagt: Diese Süßspeise ist ja ein Gedicht, frage ich mich natürlich, womit er dann meine Gedichte vergleicht, mit einer Schokoladenspeise?

Manchmal bittet mich eine Freundin: »Kann ich das Rezept vom griechischen Hirtenbrot bekommen? Vom Zigeunersalat? Der Fleischpastete?« – »Oh«, sage ich dann, »ich lebe und koche ohne Rezept, aufs Geratewohl.«

Wenn mir am Schreibtisch nichts einfällt, gehe ich in die Küche und backe einen Kuchen oder koche Kirschmarmelade. Der Weg zum Schreibtisch führt durch die Küche und zurück.

Pünktlich in die Küche, pünktlich an den Schreibtisch! Ich schreibe und koche in kleinen Portionen; dabei bleiben die Bücher und die Autoren schlank; darauf lege ich Wert. Hin und wieder schenkt mir jemand eine Eieruhr. Eine Weile steht sie dann auf dem Schreibtisch. Wie doch die Minuten verrinnen! Wie Sand. Was einem eben so einfällt bei Sanduhren, und dann stelle ich sie zu den anderen in den Schrank. Die Eier setze ich weiterhin mit kaltem Wasser auf und lasse sie ›ein Weilchen‹ kochen, eine Zeitangabe, die auch dem Bedürfnis meines Mannes nach Genauigkeit genügt. Nichts, was klingelt oder pfeift. Antreiben lasse ich mich nicht!

Ich bin keine Frau, die gern aus dem vollen schöpft. Der gefüllte Kühlschrank macht mich eher ratlos, verpflichtet zu Perfektion. Die Phantasie entzündet sich am Mangel. Als ich eine Nebenher-Hausfrau wurde – es war in den Notzeiten der Nachkriegsjahre –, backte ich ein Weihnachtsgebäck, das wir ›Ohne-alles-mit-Essig-Plätzchen‹ nannten. Das Ei, das in den Teig gehört, konnte man durch Milch ersetzen, die Milch durch Magermilch, die Magermilch durch Wasser; Weizenmehl konnte durch Roggenmehl ersetzt werden, der Zucker durch Süßstoff, die 50 Gramm Fett konnten weggelassen werden, nur der Essig, der war unerläßlich. Ohne-alles-mit-Essig-Plätzchen, hauchdünn und knusprig.

Vor Weihnachten hole ich Oetkers Backbuch aus dem Regal und auch das Quempas-Heft mit den Weihnachtsliedern, das gleich daneben steht. Das Backbuch ist nach zwanzig Jahren noch ansehnlich, obwohl ich in jedem Jahr die Guten Elisen, Vanillekipferl und Zimtsterne backe. Aber das Quempas-Heft! Da sind die Seiten fettig, weil ich beim Zubereiten des Teigs nach den Strophenanfängen suchen muß. ›Was soll das bedeuten, es taget ja schon‹, singe ich und gebe noch einen Schuß Rum in den Teig. Ich backe Weihnachtslieder ins Weihnachtsgebäck.

Wenn wir verwöhnte Verleger oder Lektoren zu Gast haben, bleibe ich unbekümmert. Was kann schon passieren? Entweder sie sagen: Kochen kann sie besser! Oder: Schreiben kann sie besser! Dieses Entweder-Oder macht mich leichtsinnig.

Einfallslosigkeit in der Küche werte ich wie Einfallslosigkeit am Schreibtisch. Was soll ich denn kochen? Was soll ich denn schreiben? Bei einem so reichen Angebot an Zutaten und Schicksalen! Wenig Themen, aber unendlich viele Variationen.

Jedoch auch mich überfällt manchmal Verzagtheit: Was ich herstelle, wird so rasch gegessen, so rasch gelesen, ist so rasch abgetan. Immer wieder Fehlschläge, mal hier, mal dort; aber täglich die Möglichkeit, die Schlappe, die ich hier erlitt, dort auszumerzen.

Ich koche gern, und ich esse gern. Ich schreibe gern, und ich lese gern. Herstellung und Verbrauch sind mir gleich wichtig.

[aus: »*Mein schwarzes Sofa*«]

Wenn man anfängt, sich jung zu fühlen, ist man es bereits nicht mehr.

Selbst in einem Irrtum ist irgendwo ein Funken Wahrheit, ohne den er nicht hätte entstehen können.

Wenn du nicht lachst

Rosenmontag in Düsseldorf. Zwei Luftballons schwammen auf dem Rhein; die eine Welle holte sie vom Ufer weg, die nächste warf sie zurück. Wer würde da siegen? Die Erde? Das Wasser? Aber sie wollten doch in die Luft steigen!

Bekannte hatten mir einen Fensterplatz in ihrem Erkerzimmer reserviert, am Markt. Als ich die Treppe zur Wohnung hinaufgehe, kommt mir ein ›Jeck‹ entgegen, hält mich an beiden Armen fest. »Du kommst nicht durch, wenn du nicht lachst!« Lächeln genügte ihm nicht, lachen mußte ich.

Immer neue, immer andere Gäste kamen, aßen Bohnensuppe, tranken Altbier, es gab saure Gurken, Landbrot. Die Bierkästen leerten sich, Schnaps trank keiner, auch auf der Straße nicht. Man aß und trank, was man mitgebracht hatte. Die Geschäfte geschlossen, die Schaufenster mit Brettern vernagelt.

»Der Zoch kütt!« In Düsseldorf bin ich lange Jahre zu Hause gewesen. Wie viele Karnevalsfeste! Diesmal dient die Ölkrise als Motto für den Karnevalszug. Fahrräder, Karren, Tandems, Pferdekutschen. Immer neue Musikkapellen, immer andere Uniformen, Mädchenbeine in weißen Stiefeln. Es wird auf der Straße getanzt, die Polizisten bekommen ihr ›Bützchen‹. Kamellen werden hochgeworfen, auch zu unserm Erker, zwei davon fange ich auf, stecke sie in die Tasche, entdecke sie nach Wochen. Ich habe ein Alibi: Ich war zum Karneval am Rhein.

Unmittelbar hinter dem Zug fahren die Sprengwagen und die Kehrmaschinen her. Konfetti, Luftschlangen, Bierdosen, Pappteller, alles schwimmt im Kehricht. Was eben noch bunt und festlich war, wirkt nach Minuten wie Abfall.

Nachts gehen wir unbehelligt auf der Rheinpromenade spazieren. Die Brücken sind angestrahlt, die Mondsichel und die Venus stehen in schöner Konstellation zueinander. Die vertraute

Silhouette der Stadt, die sich im Fluß spiegelt.

Am Dienstagmorgen, als ich zum Bahnhof fuhr, war es still in den Straßen, war alles vorbei. Damals hatten wir noch gesungen: Am Aschermittwoch ist alles vorbei.

Niemand schwimmt zweimal im selben Fluß.

Ich habe erfahren, was ich doch hätte wissen müssen: Ich bin kein Zuschauer, bin ungeeignet für Erkerplätze. Im Theater, im Museum, beim Karneval – immer möchte ich mitmachen, möchte die Bilder selber gemalt haben, möchte die Theaterstükke geschrieben haben, möchte mit im Karnevalszug gehen. ›Zuschau'n mag i net.‹ Operette.

Einzige Eintragung in der schwarzen Kladde: »Du kommst nicht durch, wenn du nicht lachst.«

[aus: »*Mein schwarzes Sofa*«]

Der Bittende erhöht den, den er um etwas bittet.

Nach langem Nachdenken, nach vielen Erfahrungen: Die Liebe schafft immer Moral.

Das Leben ist gerecht. Man bekommt sein Teil, man bezahlt sein Teil, mal vorher, mal nachher.

». . . und mein Leben ein Ziel hat«

Alles wiederholt sich, diesmal liegst du C 3; das erste Zimmer rechts, wenn man aus dem Fahrstuhl kommt.

Jemand sagt: »Er liegt in Nummer 257. Zwei und fünf sind sieben. Zweimal die Sieben!« Als wir deine Utensilien in die Nachttischschubladen räumten, saß auf deinem Kopfkissen ein Marienkäfer. Im Dezember! Er flog uns als Glückskäfer davon. Eine Freundin schickte dir vierblättrigen Klee, er wuchs, trieb immer neue Blätter; ich weiß, wie leicht er welkt und eingeht. Ich hätte es nicht riskiert, dir Glücksklee mitzubringen, diesmal nicht. Ich bin nicht abergläubisch. Aber jedes dieser kleinen Zeichen freute mich.

Man hat ihn mir enteignet; für nichts mehr zuständig, nicht für die glattgezogenen Laken, die Bekömmlichkeit des Essens, das gelüftete Zimmer, die Wäsche. Ein Teil des Darms muß entfernt werden. Man hat dich vor der Operation fünf Tage und fünf Nächte lang gereinigt; erst noch Astronautenkost, dann künstliche Ernährung, bis du ganz ›rein‹ warst. Reinen Herzens! Reinen Gewissens! Wir lachten noch manchmal. Du wurdest immer durchscheinender, vergeistigter. Was zu sagen war, war gesagt: Ich bin nicht mit einundzwanzig Jahren im Krieg gefallen. Ich habe nahezu sechzig Jahre lang gelebt, und oft habe ich gern gelebt. Wir hatten fünfzehn gute Jahre miteinander.

Die Todesfurcht wird geringer, je näher man dem Tod ist.

Wenn es dämmrig wurde, zündete ich Kerzen an. Bevor ich ging, stellte ich die Blumen auf den Gang. Und ich strickte, strickte um dein Leben, daß der Faden nicht riß, wie eine Norne saß ich stumm neben deinem Bett. Manchmal suchte mich dein Blick, fand mich, ruhte auf mir. Erst Tage nach der Operation konntest du ein wenig lächeln.

Wir haben ein neues Datum: vorher – nachher.

In der Heiligen Nacht blies auf dem Flur ein Mann Posaune. Daß er falsch spielte, rührte ans Herz. ». . . zwei Engel sind hereingetreten, kein Auge hat sie kommen seh'n ...« Alles stand mir wieder vor Augen: das Pfarrhaus, die Kirche, meine Mutter, die das Krippenspiel einstudiert hatte, die Engelsflügel, die in den alten Futterkästen auf dem Dachboden aufbewahrt wurden. Ich sang Choräle für dich und für mich. Oft wußte ich nicht, ob du schliefst oder wach warst. Dein Körper war mir an keiner Stelle zugänglich, Kanüle, Schläuche, Behälter, die anzurühren ich mich fürchtete. Ich legte meine Hand auf deinen linken Fuß, die Gummistrümpfe (drohender Thrombose wegen) ließen die Zehen frei. Alles war technisch und künstlich geregelt. Einmal bist du nachts, von Schmerzmitteln betäubt, aufgestanden, hast dich von all den Schläuchen losgerissen, aber dann doch die rettende Klingel gefunden. Von da an zeichnete ein Monitor deinen Herzschlag auf.

Oft bin ich den weiten Weg nach Hause zu Fuß gegangen, aus Furcht, jemand könnte mich in der Straßenbahn anreden. Ich sang vor mich hin, das tue ich oft, aber noch nie hatte ich jene Stelle aus dem ›Deutschen Requiem‹ von Brahms gesungen, die du damals, als wir uns noch wenig kannten, oft gesungen hast: »Herr, lehre doch mich, daß ein Ende mit mir haben muß, und mein Leben ein Ziel hat, und ich davon muß.«

Zu Hause blieb die Weihnachtspost und die Neujahrspost ungeöffnet liegen, manchmal riß ich Briefumschläge auf, las dann doch nicht, wußte schließlich nicht mehr, wer mir was geschickt hatte, dieses Psalm-Wort zum Beispiel: »Du tust kund den Weg zum Leben: vor dir ist Freude die Fülle und liebliches Wesen zu deiner Rechten ewiglich.« Wie hätte ich das nicht als ein weiteres Zeichen nehmen sollen!

Ich habe in diesen Wochen eine neue Erfahrung gemacht. Es ist besser, wenn man zwei Lasten zu tragen hat als nur eine, die mich zu Boden gezogen hätte. Ich trug an zwei Lasten. Ich stamme vom Lande, immer hängen zwei Eimer am Joch, und je ruhiger man geht, desto weniger Wasser schwappt über. Ich schrieb einer Verwandten, deren Mann ebenfalls krank lag: »Jede ernste Krankheit ist eine Lektion im Sterben, auch für den, der am Bettrand liegt.« ›Liegt‹, ich hatte liegt geschrieben und nicht sitzt, sie sagte es mir am Telefon. Ich war sterbensmüde, schlief wenig.

Und eine Freundin schrieb: »Ach – wissen Sie! Als man mir mein jüngstes Kind nach geglückter Operation wieder in die Arme legte: neugeboren! So viele schimpfen auf die Ärzte, aber seit damals, als der Arzt zu mir sagte: ›Da haben Sie ihn wieder!‹, seitdem weiß ich, daß Ärzte große Künstler sind. Ich rufe Ihnen zu: ›Fürchtet Euch nie!‹ Oder darf man die Worte der Engel nicht korrigieren?«

Ich trat auf die Minute pünktlich in sein Zimmer, ich ging pünktlich wieder. Er brauchte dieses ruhige Gleichmaß. Sein Zimmer füllte sich mit Blumen. Wenn ich kam, standen alle Sträuße nebeneinander auf einem einzigen Tisch, und es sah nach Aufbahrung aus; dann verteilte ich die Sträuße in dem großen Raum, in dem sonst zwei Betten stehen; dem alten Quindt aus Poenichen ist es zu danken, daß du allein liegen konntest, er übernimmt die Kosten.

Eine Leserin hat mir als Weihnachtsgabe ein Heft geschickt, in das sie die Quindt-Essenzen des alten Quindt und die Maximen der Maximiliane Quindt eingetragen hat. Ich lese dir daraus vor, und wir kehren zusammen nach Poenichen zurück, in eine uns beiden vertraute Welt, in der nichts Unvorhergesehenes mehr passieren kann.

Wir haben nie darüber gesprochen, nur damit du es weißt: Kein Zinksarg! Keine Eiche, nichts Stabiles. Etwas, das rasch zerfällt. ›Vom Fleisch fallen‹, sagt man in meinem Dorf. Leicht werden, dann könnte man mich in einen Sarg legen, aus Reisstroh geflochten wie die leichten Koffer, mit denen meine Eltern gereist sind.

Dreimal am Tag, auch an den Weihnachtstagen, Silvester, Neujahr, kam der Chefarzt, der dich operiert hat; dann verließ ich das Zimmer wie ein Besucher. Ein fester Händedruck und ein fester Satz für die Ehefrau. In der Heiligen Nacht hat er dir die

Magensonde, die durch die Nase führte und die dich am meisten quälte, eigenhändig entfernt. Ich habe weder aus meiner Bewunderung noch aus meiner Dankbarkeit ein Hehl gemacht; die Freunde, denen ich von der Kunst des Arztes berichtete, vermuten, daß ich nun den Roman eines Chirurgen schreiben werde. An einem der Weihnachtstage wurde im Radio die ›Walküre‹ übertragen, Freunde hatten dir das mitgeteilt. Du sagst: »Lieber lasse ich mich noch einmal operieren!« Zwei Tage später sagst du: »Entschuldige mich bei ihnen und bei Wagner!« Plötzlich, als ich noch nicht damit gerechnet hatte, läßt man dich aufstehen, löst die Kanüle, stöpselt sie ab. Du stehst auf eigenen Beinen! Dann gehen wir eines Tages auf dem Klinikflur hin und zurück, dann zweimal, dann empfängst du mich im Sessel sitzend und sagst: »Ich bin nun nicht mehr mit dem ›Roten Kreuz‹ verbunden!« Keine Zuleitungen mehr, keine Ableitungen mehr. Du bekommst zu trinken; dann ein Hafersüppchen. Das Lob gilt von nun an nicht mehr dem Arzt, sondern dem Patienten. Die langen Wollstrümpfe, für unsere Wanderungen vorgesehen, sind fertig, sie sind ungleich geraten, aber durch kleine rote Kreuze, die ich an den Rand gestickt habe, als zusammengehörig kenntlich.

Du erzählst mir vom Schicksal des Krankenpflegers, der aus Rumänien stammt, ›Siebenbürgen‹, wie er noch immer sagt, aus Hermannstadt, das ich als Sibiu kenne. Eine der Frauen, die das Zimmer saubermachen, stammt aus der Ukraine, sie hat einen Letten geheiratet. Einer der Ärzte ist Syrer. Ganz andere Menschen stehen dir jetzt nahe. Ein Stockwerk höher befindet sich der Landeplatz des Hubschraubers, der die Verletzten abliefert, das Geräusch, das du zunächst nur als Störung empfunden hast, erschreckt dich jetzt, du denkst wieder an andere, die eingeliefert und in den Operationssaal gebracht werden.

Dann hole ich dich nach Hause. Alles zum ersten Mal. Zum ersten Mal wieder Schuhe an den Füßen! Zum ersten Mal wieder feste Nahrung. Zum ersten Mal bis an den Briefkasten. Der erste

Schluck Wein. Du hörst Musik, du liest, du telefonierst, und du schreibst.

›Schonen‹ heißt die neue Lebensform. Kontrolluntersuchungen unser Zeitmaß.

Ich fürchte deinen Tod
mehr als den eigenen. Wohin
gehst du? Wirst du wiederkehren,
wirst du sagen:
Da bin ich, da
hast du mich wieder?
Gibst du mir Wegzeichen,
Treffpunkte? Wirst
du als letztes sagen:
Komm bald –

Wir werden beide auf neue Weise lebendig, angefüllt mit Leben, jetzt, wo es bedroht ist, rücken wir näher zusammen, einer gibt dem anderen Kraft.

Ein Freund empfiehlt Tucholsky als Bettlektüre »›Der Zerstreute‹. Kennen Sie das?« fragt er. »Ein mehrfach Operierter erzählt, wo seine Organteile in den verschiedensten Kliniken geblieben seien. Gott fragt ihn: ›Und wo ist dein Humor geblieben?‹ Ich vermute, daß man den Herrn Pummerer nicht danach wird fragen müssen. Mit anderen Worten: Das Lachen wird ihm doch nicht vergangen sein?«

Das Haus lebt wieder, ich lebe wieder: Vorhin konnte man uns durchs Viertel gehen sehen, wir kamen vom Weinhändler, jeder eine Flasche Rotwein unterm Arm.

[aus: »*Mein schwarzes Sofa*«]

Ich lebe zwischen Furcht und Gnade. Die Furcht verbrauche ich im Diesseits, im Jenseits muß Gnade herrschen.

Traum

Traum: Ingeborg Bachmann, Ilse Aichinger und Marie Luise Kaschnitz saßen beieinander und schwiegen. Und dann sagte Marie Luise Kaschnitz, das Schweigen zusammenfassend: »Wir haben keine andere Wohnung als das Wort Haus.«

Ich erwachte und behielt diesen Satz, vergaß ihn auch in den folgenden Tagen nicht und schrieb schließlich einen Brief an Frau Kaschnitz, um ihr den Satz, der ja von ihr stammte, zurückzugeben. »Wir haben keine andere Wohnung als das Wort Haus.« Es vergingen zwei Wochen, dann kam der Brief zurück mit dem Vermerk ›Adressat verstorben‹. Zeitungen und Rundfunk hatten mir ihren Tod bereits mitgeteilt. Ich legte den Brief in eines ihrer Bücher und gebe den Satz nun weiter, wie ich es zu tun gewohnt bin: Erdachtes, Erträumtes weiterzugeben an andere.

Am Jahresende räume ich die Bücher jener Autoren, die im Laufe des verflossenen Jahres gestorben sind, in ein anderes Regal; sie kommen zu den Toten, den Klassikern. ›Nekropole‹ nenne ich diesen Teil der Bibliothek, der weit größer ist als die Bibliothek der Lebenden und der sich rasch vergrößert. Ich erinnere mich deutlich an die Ortsveränderungen von Thomas Mann, Bert Brecht, Günter Eich, Ingeborg Bachmann. Und in jenem Jahr also Marie Luise Kaschnitz. ›Lange Schatten‹; ›Beschreibung eines Dorfes‹; ›Orte‹; ›Überallnie‹; ›Wohin denn ich‹ – zu den Toten, zu den Unsterblichen. Ich nahm noch einmal Abschied, las in den Büchern und las daraus vor, wie ich gewohnt bin, abends das vorzulesen, was ich im Laufe des Tages an Wichtigem entdeckt habe, um den daran teilhaben zu lassen, mit dem ich in ständigem Dialog lebe. Von Marie Luise Kaschnitz habe ich gelernt, daß auch der Tod des einen dieses Gespräch zwischen zwei Menschen nicht abbrechen, nicht einmal unterbrechen kann. Sie hat gegen sein Schweigen angeschrieben. Das Zwiegespräch mit ihrem Toten ist mehr und mehr ein Gespräch mit dem Tod geworden. Ihr Mann war der Gegenstand ihrer Liebe und wurde zum Gegenstand ihres Gedichtes. Sie hat ihm ein Stück Unsterblichkeit verschafft, hat gesagt, was unsagbar schien, hat beschrieben, was unbeschreiblich schien. Sie holt ihn mit Worten zurück. Selbst untröstlich, tröstet sie. Sie hat dem Toten den Platz neben sich freigehalten und gewußt, was man nicht wissen kann, daß er dasselbe für sie tun würde. Unwissen und Unglauben bekämpfend. An diesem Vorgang hat sie den Leser teilnehmen lassen, hat ihn in ihren Dialog einbezogen; ihn, den Partner des Dichters, auf dessen Verständnis sie sich verlassen mußte. Mit aller Kraft hat sie die Entfernung zwischen dem Toten und der Lebenden überbrückt, aber auch die Entfernung zwischen dem, der schreibt, und dem, der liest. ›Einer von Zweien‹, was für ein schönes Gedicht!

[aus: *»Mein schwarzes Sofa«*]

Niemanden stören
Niemandem Angst machen
Aus dem Weg gehen
Aus der Sonne des anderen gehen
Niemandes Wein trinken
Niemandes Reis essen

Aufhören zu leben.

Erfahren und erwandert

Bücher sind Treffpunkte

Als Schülerin ließ ich keine Dichterlesung aus. Ich saß zu Füßen von Hans Carossa, Ina Seidel, Werner Bergengruen und Rudolf Alexander Schröder, der aus einer ledergebundenen Dünndruckausgabe seiner Werke las ... Später hörte ich Hildesheimer, Schnurre, Grass, Marie Luise Kaschnitz, Piontek, Kempowski; immer noch andächtig, aber nun aufmerksam beobachtend, wie sie sich ihrem Publikum gegenüber verhielten, welche Texte sie auswählten, wann sie zum Wasserglas griffen, wie sie die Brille auf- und absetzten, putzten, auf die Stirn schoben oder über sie hinwegblickten, wie sie sich vor ihren Lesern verbeugten, wie sie mit schöner Handschrift kleine bedeutungslose Sätze in die Bücher schrieben, die man ihnen hinreichte, auf die Titelseite oder auf das Vorsatzpapier...

Ein paarmal im Jahr begebe ich mich ebenfalls auf Autoren-Reise, meist im Oktober und November, wenn die Leser auf neue Bücher aufmerksam gemacht werden sollen, wenn man sich wieder auf die inneren Werte besinnt. Die Volkshochschulen, die Stadtbibliotheken, die Buchhändler, die Goethe-Gesellschaften und die Literarischen Vereine laden ein, meist telefonisch. Man sagt dann eher zu als in Briefen, wo Entschuldigungen sich in liebenswürdige Worte kleiden lassen. Man erfährt, wer alles schon dort gelesen habe, ist beeindruckt und auch geehrt, sagt zu und trägt das Datum weit hinten in den Termin-Kalender ein, irgendwann im November. Im Mai kommt es mir so vor, als läge Bensheim gar nicht weit von Traben-Trarbach entfernt. »Bald les' ich am Neckar, bald les' ich am Main...«

»Ich gehe tingeln«, sage ich, wenn es soweit ist, und packe die Reisetasche. Je nach Jahreszeit, Ort und Zuhörerkreis stelle ich mein Programm zusammen, aber noch bevor ich überlege, was ich lesen könnte, überlege ich, was ich anziehen soll. Unauffällig? Oder elegant? Wie stellt man sich eine Schriftstellerin vor? Man hat eineinhalb Stunden lang nichts anderes vor Augen als mich, von der Frisur bis zu den Schuhen.

Der Veranstalter übernimmt die Betreuung seiner Alleinunterhalterin bereits auf dem Bahnsteig, bringt sie ins Hotel, ißt mit ihr zu Abend. Oder essen Sie vor der Veranstaltung nichts? Er weiß es von anderen: die Magennerven! Um 19 Uhr 45 setzt er mich in einen stillen Nebenraum, da ich mich gewiß noch sammeln möchte, steckt aber mehrmals den Kopf durch den Türspalt und sagt aufmunternd: Jetzt kommen doch ein paar Leute! Jemand von der Presse! Der Fotograf! Oder: Als Günter Grass da war! – Im letzten Winter war der große Kollege, wo ich auch hinkam, immer schon dagewesen.›Ick bün all hier, seggt de Butt!‹

Spätestens in dieser Viertelstunde vor dem Auftritt frage ich mich, wozu ich eigentlich hier bin. Aus Büchern vorlesen, die bereits gedruckt vorliegen? Vor Menschen, die des Lesens kundig sind? Draußen regnet es in Strömen, die Straßen sind vereist. Nie würde ich an einem solchen Abend zu meiner eigenen Lesung gehen. Im Fernsehen wird ein Spiel der Vorrunde zur Fußballweltmeisterschaft direkt übertragen! Der Kirchenchor übt die h-Moll-Messe ein, der Golf-Club veranstaltet seinen Winterball. Das alles hat der Veranstalter mir besorgt schon auf dem Bahnsteig mitgeteilt. Zehn Minuten kann er noch zugeben, dann ist es soweit. Es muß inzwischen ein Wunder geschehen sein: sogar die Fensterbänke sind besetzt! Der Veranstalter begrüßt das Publikum und begrüßt die Autorin, macht ein paar Angaben über den Lebenslauf und die bisherigen Veröffentlichungen, bringt dabei einiges durcheinander, was ich mit einem Lächeln quittiere, sagt dann: Und nun ...

Ich besteige das Podium. Tischdecke und Blumenstrauß, Sessel und Stehlampe verschaffen die Illusion von Intimität und Lesestunde. Ich lege meine Bücher zurecht, schiebe Wasserglas und Blumenvase beiseite, greife zur Brille. Aber nur Männer dürfen in solchen Augenblicken umständlich ihre Brille putzen und zurechtrücken, eine Frau nicht. Ich stelle die Lampe so, daß ihr Schein auf das Buch, nicht auf mich fällt; in diesem Augenblick verläßt mich das Lampenfieber, jetzt gilt nur noch der Text, den ich vorlesen werde, nicht mehr der, der ihn geschrieben hat.

›Der Weg des Ohres ist der nächste Weg zum Herzen‹, sagt Schiller. Ich suche nach drei oder vier Gesichtern in den vorderen Reihen, die Zutrauen erwecken. Erste Kontakte entstehen. Zwischendurch Augenblicke der Unsicherheit. Ich zähle die Reihen und dann die Sitze innerhalb einer Reihe, multipliziere quer mal längs, komme auf 80 oder 150 und manchmal auf 300 Personen, sehe im Geist eine überfüllte Boxkampfhalle vor mir, lese weiter, rechne derweil aus, ob der Veranstalter auf seine Kosten kommen wird. Autoren werden gehandelt wie Artikel zu Festpreisen, fünf Mark oder zwei Mark. Gibt das Kulturamt der Stadt einen Zuschuß? Schüler die Hälfte? Ich verliere die Zeile, verspreche mich, hole mir neue Zuversicht aus einem der vier Lesergesichter. Der alte Herr in der zweiten Reihe schlief bereits, noch ehe ich überhaupt angefangen hatte zu lesen; aber ich bekomme ihn wach, ohne die Stimme zu heben, ohne Gestik; ich bin keine Schauspielerin. Einmal gingen zwei junge Ehepaare schon nach der ersten Geschichte, die ich gelesen hatte. Ich erschrak, war gekränkt, wurde unsicher. Niederlage nach der ersten Runde. Einmal ließ ich während der Anfahrt zu einem Autorenabend meine Brille liegen; sie wurde mir von einem Streifenwagen der Polizei nachgebracht.

Rüsselsheim. Ein Freizeitzentrum soll eröffnet werden. Bürgermeister, Bauherr, Bibliotheksleiter sind anwesend. Ich lese in einem Raum mit gedämpftem Licht, gedämpften Farben und gedämpfter Stimmung. Nach fünf Sätzen blicke ich auf und stelle fest, daß man offenbar meine Stimme kaum vernehmen kann. Ich lese lauter, steigere mich, leere dabei das Wasserglas und bin am Ende heiser und erschöpft. Ich klappe das Buch zu, und schon eilt ein Herr auf mich zu und sagt beglückt: »Der

Raum hat seine Bewährungsprobe bestanden! Wände, Decke, Fußboden, alles schallschluckend!« Es handelte sich um den zuständigen Architekten und bei dem Raum um den Lesesaal der Bibliothek.

Routine kann nicht aufkommen, immer neue Situationen. Plötzlich erwartet man, daß ich an einem Pult lesen soll. »Siegfried Lenz tut das auch!« Ich protestiere, niemand liest im Stehen ein Buch! Wenn der Saal sich als zu klein erweist und man in einen größeren umziehen muß, gehe ich am Ende der Prozession, meine Bücher und das Glas Wasser in der Hand. Ich trinke geduldig Wildunger ›Helenenquell‹ und bin dankbar, wenn man mir keine Limonade hingestellt hat.

Ein überregionaler Frauenclub lädt mich als Alleinunterhalterin zu seinem Jahresfest ein. Die Frauen kommen von weit her, nicht nur ich. Reichgarnierte Torten, Schwarzwälderkirsch, Nougat, Schokolade-Nuß auf festlich gedeckten Tischen in Hufeisenform, jede Torte ein Kunstwerk und jede selbstgebakken. Durch meine Geschichten weht würziger Kaffeeduft; man muß nur noch abwarten, bis ich mit Lesen fertig bin und man miteinander plaudern kann. Aber: keine Anzeichen von Ungeduld und Unruhe; ich frage die Damen, ob ich weiterlesen soll. Ich muß weiterlesen! Und esse anschließend vier Stück Torte aus Dankbarkeit. In Marburg ließen sich viele gebildete Damen Kaffee und Buttercremetorte schmecken, während ich vom Tod der armen alten Filomena las. Kuchengabeln klapperten die Begleitung.

Literarischer Frühschoppen. Signierstunde beim Buchhändler. Und dann das Refektorium einer Benediktinerinnen-Abtei, an der Weser gelegen. Stunde der abendlichen Rekreation. Zwanzig Minuten Lesezeit. Im Halbkreis hundert aufmerksame Gesichter. Man war gewohnt, Gottes Wort zu hören – und nun mich! Was ich las, änderte die Bedeutung, bekam Tiefe. Die Ordensfrauen waren nicht Zuhörer, sondern Hinzuhörer.

Ein anderes Mal. Lüneburg. Oder Stade. Oder Wiesbaden.

Mein Programm ist beendet. Das letzte Kapitel von ›Poenichen‹ ist ernst, das Publikum klatscht nicht. Ich stehe auf, packe die Bücher zusammen, der Veranstalter sagt, daß jedes weitere Wort von seiner Seite sich erübrige, die lautlose Stille, die Atemlosigkeit der Zuhörer seien Beweis genug. Trotz Gleichberechtigung und Rentabilitätsberechnung überreicht er mir einen Blumenstrauß; seit einigen Jahren handelt es sich meist um Levkojen, stark duftend und rasch welkend. Nachher, so sagt er zu den Zuhörern, werde man in einem kleinen literarisch interessierten Kreis noch ein wenig beisammensitzen, vorerst aber sei die Autorin gern bereit, ihre Bücher zu signieren. Ein Büchertisch steht am Ausgang des Saals, nicht zu übersehen. Ich höre, daß jemand anerkennend sagt: »Die ist aber fleißig!« Ich setze mich wieder, lege den Filzstift bereit, es bildet sich eine kleine Leserschlange. Zaghaft fragt jemand: »Schreiben Sie denn auch in Taschenbücher?« Ein nächster fragt: »Auch in das Reclamheft?« Name, Datum, Ort. Und vielleicht noch einen persönlichen Satz? Obwohl ich mir vorher mehrere geeignete Sätze ausgedacht habe, fällt mir jetzt keiner ein. ›Erinnern ist immer ein Risiko!‹ oder: ›Rechne mit allem, rechne mit nichts!‹ Ich blättere, hoffe, einen gewichtigen Satz, eine ›Quindt-Essenz‹ oder eine ›Maxime‹ der Maximiliane Quindt zu finden, finde keine, schreibe schließlich: ›Bücher sind Erfahrungen, die man kaufen kann.‹ Der Satz steht auf den Plastiktüten des Buchhändlers. Heiterkeit breitet sich aus. Ich höre, wie die Wartenden sich miteinander unterhalten. »Das Buch besitze ich schon lange!« oder: »Der erste Roman gefällt mir immer noch am besten, die ›Spuren‹.« Einer sagt, daß er mich vor zwanzig Jahren, als er in Bad Wildungen zur Kur war, schon einmal habe lesen hören. Ich setze Jahresringe an.

Eine junge Frau versichert mir, daß sie, während ich die ›Griechischen Kardiogramme‹ las, einen Sonnenbrand bekommen habe. Ich schreibe auf Eintrittskarten und zerlesene Exemplare einer Lesering-Ausgabe. Und in Flensburg schrieb ich, auf ausdrücklichen Wunsch, meinen Namen mit Kugelschreiber auf einen gebräunten, blondbehaarten jungen Männerarm ...

Es gibt Abende, an denen ich keiner Statistik glaube, die mir weismachen will, daß mehr als die Hälfte der Bevölkerung niemals ein Buch lese. Ich bin von Lesern umgeben: von Brückner-Lesern! Was für ein Trugschluß.

Zwischendurch schiebt mir der Veranstalter unauffällig einen Umschlag zu, unverschlossen und ohne Aufschrift, aber sein Blick besagt: das Honorar. Jene Jahre, in denen ich hoffte, Geldscheine und nicht ein Scheck steckten darin, sind unvergessen und sollen unvergessen bleiben. Ich halte es mit dem alten Baron Quindt: ›Geld kann gar nicht bar genug sein.‹ Ich will mich nicht daran gewöhnen, ein Erfolgs-Autor zu sein.

Der Hausmeister schaltet bereits die Lampen aus, der Buchhändler räumt die Restbestände zusammen. Der gesellige Teil beginnt. Man sitzt im Kreis der Leser am reservierten Tisch, trinkt das Landesübliche und steht Rede und Antwort. Seit wann man schreibe und was man so gelernt habe und ob man Schreiben lernen könne. Wenn man selber nur Zeit hätte, ganze Romane könne man schreiben! Jemand erkundigt sich, ob ich jeden Tag eine bestimmte Anzahl von Seiten schriebe, Hemingway zum Beispiel oder Thomas Mann habe ... Ich antworte: Erst versorge ich meinen Haushalt, aber spätestens um neun Uhr sitze ich am Schreibtisch. Was ich sage, scheint nicht zu befriedigen, denn schon fragt einer: Warum schreiben Sie überhaupt? Bohrt ruhig und sachlich meine Existenz an. Fünf Antworten auf diese Frage weiß ich, meist fällt mir keine davon ein. Es wird 23 Uhr, oft auch später.

Der Veranstalter liefert mich im Hotel ab, im ›ersten Haus am Platz‹ und manchmal auch im dritten. Im Restaurant des Hotels sitzen noch ein paar Vertreter, trinken Bier, machen ihre Abrechnung, haben vermutlich schlechtere Abschlüsse erzielt als ich, was schlägt schon zu Buche! Das Fernsehgerät ist eingeschaltet. Ich blättere in zerlesenen Illustrierten, rufe zu Hause an, klage ein wenig, suche dann mein Zweibettzimmer auf, lege den Blumenstrauß ins Waschbecken, der Wasserhahn tropft beharrlich, die Nachttischlampe ist defekt, die Toilette befindet sich auf der halben Treppe. Erschöpft und aufgeregt liege ich schlaflos. Andere Kapitel hätte ich lesen sollen, das dunkle Kostüm hätte ich nicht anziehen sollen, bessere Antworten fallen mir ein.

Am nächsten Morgen gehe ich bangen Herzens ins Gymnasium, Leistungsfach Deutsch, werde auf Treppen und Gängen von vorbeijagenden Schülern gestoßen. Die Direktorin hat mir am Telefon bereits gesagt, daß einige der Schüler am besten zuhören könnten, wenn sie ihren Kopf auf den Motorradhelm legten; bei manchen Schülerinnen scheint Stricken die Aufmerksamkeit zu fördern. ›Für wen schreiben Sie überhaupt?‹ – da ist sie wieder, die tödliche Frage. Die Teilnahme an der Veranstaltung ist freiwillig, einige gehen denn auch. Es hat Vormittage gegeben, in denen ich mich wie eine Urchristin in einer römischen Arena fühlte, von jungen hungrigen Löwen umgeben. Kein Gespräch mit der Autorin, sondern massiver Angriff auf sie, weil sie die Gesellschaft nicht verändert hat. Ich bin im Unrecht. Warum schreibe ich überhaupt.

Die Lokalpresse benotet mein Auftreten: schwarzhaarig, sportlich, zierlich, bescheiden, elegant, zeitkritisch, humorig, weise, spröde, liebenswürdig; ich erfahre, daß meine Stimme warm, kühl, melodisch, von schneidender Kälte, betont artikulierend, leise und eindringlich war; ich betrachte erschrocken und mitleidig mein abgespanntes Gesicht auf dem Foto, trage mich an der Rezeption des Hotels in das Gästebuch der Prominenten ein, unter die Namen von Fußballspielern, fühle mich wie ein Star, bis ich dann mit einem unverpackten Blumenstrauß auf dem zugigen Bahnsteig stehe und der Zug voraussichtlich vierzig Minuten später einlaufen wird ...

Hin und wieder gehen wir zu zweit auf Lesereise. Ein Kuriosum, eine Rarität: ein Schriftstellerehepaar. Ich übernehme den ersten Teil, Kühner den zweiten, den heiteren, scheinbar heiteren, Teil. Er liest Satiren, liest aus seinem Schelmenroman, liest skurrile Lyrik; es darf gelacht werden, und es wird gelacht. Der ›Pummerer‹ bekommt Beifall auf offener Szene, eine Kunstfigur, ein angeheirateter Vetter von Palmström und Kuddeldaddeldu. Manchmal lesen wir Briefe mit verteilten Rollen, beide ›Das glückliche Buch der a.p.‹ in der Hand. Später kommen dann die Fragen: Wie geht das denn, eine Schriftstellerehe? Nimmt da nicht einer dem anderen die Einfälle weg? Korrigieren Sie sich gegenseitig? Jemand sagt laut: »Das sieht man doch!«

Es reist sich leichter zu zweit, die Verantwortung für das Gelingen des Abends ist gehälftet. Zu zweien standen wir in Sturm und Regen auf der Nordseeinsel Juist und warteten vergeblich auf die Pferdedroschke, die uns in den Gemeindesaal bringen sollte; einander den Rücken stärkend, stellten wir uns den Angriffen von hundert aggressiven Primanern, die in der Aula eines Gymnasiums in ihren Felljacken lagerten. Oder jener Märztag, an dem wir auf der B 33 im Schwarzwald mit dem Auto verunglückten, zwei Stunden vor der Lesung, bereits für den gemeinsamen Auftritt gekleidet. Mein Mann, den Kopf im Preßverband, der Anzug blutverschmiert, las meinen Teil mit; ich lag in der Klinik: Happening in Königsfeld.

Die Frage, warum man als Autor zu Leseabenden fährt, beantwortet sich an den Abenden selber. In einem meiner Bücher sagt eine alte Frau einmal: ›Danach darf man im Leben nicht fragen, ob es sich lohnt.‹

Für die Dauer von eineinhalb Stunden wird die Anonymität des Schreibens und Lesens aufgehoben. Man hat seinen Leser vor Augen, der Leser hat seinen Autor vor Augen. Ein Text wird erprobt, ein Mensch wird erprobt. Wortlosigkeiten und Einsamkeiten werden durchbrochen, Oasen des Vertrauens entstehen, an denen man seinen Leser trifft. Man trennt sich wieder, aber: Bücher sind Treffpunkte. Da geht ein Leser an Land. Jeder Leser ein Kritiker, erwartungsvoll, aber auch voller Mißtrauen.

Einmal saß weit hinten im Saal ein Herr mit einem

chronischen Bronchialkatarrh. Zehn Minuten lang las ich, und er hustete dagegen an. Ein Duell. Dann war der Husten bekämpft. Einer meiner stolzesten Leseerfolge.

[aus: *»Erfahren und erwandert«*]

Ich glaube nicht
daß die Mülltonne wichtiger ist
als der Quittenbaum
Ich glaube nicht an Grau
ich glaube

daß es Weiß gibt und Schwarz
und vor allem glaube ich an
Blau
Ich versuche zu glauben
daß es Blau gibt
Blau
im Wasserspiegel dieser Pfütze
neben der Mülltonne.

Mit Rucksack und Meßtischblatt

Vom Wandern ist die Rede, nicht vom Spazierengehen. Von Meßtischblättern, Höhenwegen und Rucksäcken.

Will man auf Wanderschaft gehen, dann ist die Wahl des geeigneten Schuhwerks ebenso wichtig wie die Wahl des geeigneten Wandergefährten. Mit beiden muß man sich einlaufen, sonst gibt es Blasen an den Füßen oder Blasen an der Seele. Ein Langschläfer sollte sich keinen Frühaufsteher wählen, ein Kilometerfresser keinen Bummler. Die Schrittlänge muß übereinstimmen.

Man kann zu zweit, zu dritt, zu viert wandern; darüber hinaus würde es sich um einen Verein handeln. Jeder Fuß mehr bedeutet die Gefahr einer weiteren Blase an fünf weiteren Zehen, an der dann das Gelingen eines ganzen Wandertages scheitern kann. Es sollte jemand sein, mit dem man singen kann, womöglich zweistimmig. Jemand, der zur selben Stunde hungrig wird, zur selben Stunde Lust verspürt, unterm Holunderstrauch zu rasten, der lieber den Libellen am Bach zusieht als dem Fernsehprogramm im Gasthof. Aber vor allem jemand, dem man es nicht verübelt, wenn er die Gefährtin fünfundzwanzig Kilometer im Kreis herumführt; nach sorgsamem Studium des Meßtischblattes; nachdem er mehrfach den Kompaß zu Rate gezogen und dabei dessen Benutzung eingehend erklärt hat; der zeigt, welche anderen untrüglichen Orientierungszeichen einem noch zur Verfügung stehen, wenn Wanderkarte, Kompaß, Uhrzeiger und Sonne ausfallen; wie man am Wuchs der Bäume und der Bemoosung des Stammes die Himmelsrichtung jederzeit ausmachen kann; einer, der nach Westen geht, in der Annahme, es sei Süden, und deshalb das beim Frühstück verheißene Schlafdorf abends nicht erreicht. Wenn man, erschöpft und verschwitzt, mit schmerzenden Füßen zu diesem Mann nicht sagt: »Siehst du!«, dann ist man die richtige Wandergefährtin.

Als Wanderer müssen Frauen sich noch bewähren, da gilt es

sich zu emanzipieren; vorerst hat der Müller des Wanderns Lust für sich allein in Anspruch genommen, die schöne Müllerin ist zuständig für die Forelle nach Müllerin Art, die der Wanderer am Abend verspeist, während ihn die Gefährtin heiter und geistvoll unterhält. ›Kinderwiegen – Sorgen – Last und Not um Brot‹, das hängt den Frauen noch heute an, davon müssen sie sich erst befreien. Eichendorffs Taugenichts war männlichen Geschlechts; auch Don Quichotte dachte nicht daran, seine Dulcinea mit auf die Reise zu nehmen. Die Blumen- und Hippie-Mädchen scheinen lieber zu lagern als zu laufen, auf Wanderwegen trifft man sie nicht.

Es darf nicht jede Wegegabelung zu Auseinandersetzungen führen! Zumal dieser Mann gewiß im Krieg bei einer Aufklärungsabteilung oder als Artillerie-Beobachter eingesetzt war, weglose russische Sümpfe durchquert hat und schon als Knabe ein ›Wandervogel‹ war, was ihn noch heute zum Aufspüren von zugewachsenen Waldwegen befähigt. Vertrauen ist unerläßlich!

Beim Frühstück, noch bevor man sein Ei löffeln konnte, breitet er die Generalstabskarte aus, räumt Wurstplatte und Honigtopf beiseite. Er markiert mit einem Bleistift den Weg, den wir vor uns haben, gibt an, welche Höhen es zu überwinden gilt, auf welchen Serpentinen man wandern wird, nur sachte ansteigend, die Anstrengungen des Vortages, mit Rücksicht auf die Gefährtin, meidend. Mittags wird man an der bewirtschafteten Schutzhütte Rast machen, die er jetzt bereits vorsorglich ankreuzt. Für den Abend verheißt er eine größere Ortschaft; er geht, vom Kaffee belebt, so weit, ein Zimmer mit Bad und eigener Toilette zu prophezeien. Keinesfalls mehr als 25 Kilometer an diesem Tag, eher weniger, falls man die möglichen Streckwege wählt . . . Dann wirft er noch ein Stück Würfelzucker in die gefüllte Kaffeetasse und sagt nach Art und Weise, wie die Luftblasen aufsteigen, das Wetter voraus: ein wolkenloser Tag, wenn die Perlen sich in der Mitte versammeln, bedeckter Himmel, wenn sie auseinanderstreben – es hängt, wie er erklärt, mit Luftdruck und Oberflächenspannung der Flüssigkeit zusammen; einige kleine gewittrige Schauer hält er für möglich. Man nickt zu allem und mißt derweil mit dem Zeigefinger – pro Zeigefinger eine reichliche Wanderstunde – des Tages Mühsal verstohlen aus.

Man hilft einander beim Umhängen der Rucksäcke, und bei der ersten Serpentine sagt unser Feldmarschall nach einem prüfenden, bergaufwärts gerichteten Blick: »Hier können wir erheblich abkürzen!« Von nun an geht es querfeldein. Das weiße Kreuz, das der zuständige örtliche Wanderverein alle hundert Meter sorglich an einen Baumstamm gepinselt hat, sehen wir nie wieder. Es geht durch Fichtenschonungen, durch Brombeergesträuch und Brennesseln. Und über Viehkoppeln: morgendliches Rodeo mit ein paar jungen Rindern, über Gatter hinweg, unter Stacheldrähten hindurch, Bäche müssen übersprungen oder durchwatet werden, die Schutzhütte erreicht man nie und das für den Abend zugesagte Zimmer mit Bad und Toilette ebenfalls nicht.

Wann Mittag ist, bestimmt unser Feldherr. Die Quelle, die man für diese Stunde herbeisehnt, findet sich nur selten. Das Aufsuchen geeigneter Picknickplätze erweist sich als eine Krisensituation, nicht nur bei Autofahrern, auch bei Fußwanderern. Man ist hungrig und müde, und die Gefahr, bei der ersten Ameise, die auf dem Knie auftaucht, empört: ›Siehst du!‹ zu sagen, ist gegeben. Wegen dieses ›Siehst du!‹ nehmen Männer uns nicht gern mit.

An glücklichen Tagen findet man am sonnendurchschienenen Waldrand eine hohe Buche mit weitem Blick ins Tal. Halbschatten. Man streckt sich, dehnt die von den Rucksackriemen befreiten Schultern, betrachtet den geliebten Schläfer, der sich den Hut aufs Gesicht gelegt hat und bereits friedlich vor sich hin schnarcht, die Hände auf dem Bauch gefaltet. Man selbst blinzelt in die Höhe, wo der Wind in den Bäumen blättert, sieht noch eine Weile den Ameisen zu, die allerlei Baumaterial zu einer unbekannten Arbeitsstelle schleppen. Die Vögel sind zu dieser Stunde einsilbig wie man selbst. Langeweile der allerschönsten Sorte breitet sich aus, und man schläft ebenfalls ein.

Wenn unser Wandersmann sich ausgeruht hat, die Mittagswärme vorüber ist, die Hauptmarschleistung getan, dann hat er seine beste Stunde. Er schnitzt der Gefährtin einen Wanderstock, an dem sie den Rest des Weges zu tragen hat und den sie unbemerkt, ohne den Freund zu kränken, irgendwo stehenläßt. Er schnitzt ihr außerdem noch eine Flöte aus Holunderholz, und sie bläst darauf so recht und schlecht, wie er's sie lehrt. Kindheitserinnerungen steigen in ihm auf, an eine Zeit, als er acht Jahre alt war und ein Mädchen liebte, das Augen wie Schlehen hatte. Die braunäugige Wandergefährtin erinnert sich an den Jungen, der ihr die ersten Flötentöne beigebracht hat, als sie ebenfalls acht Jahre alt war; sie lächelt und schweigt. Eintracht herrscht.

Jetzt gilt es nur noch, das Nachtquartier auszumachen. Vorausblickende, umsichtige Wanderer rufen unterwegs aus einer Telefonzelle im einzigen Gasthof des Zielortes an und lassen sich zwei Betten reservieren, damit man sich, nörglig und müde, sieben zusätzliche Kilometer erspart. Wer hält sich schon abends an das morgens unbekümmert gesungene ›Und find ich keine Herberg', so lieg ich zur Nacht/ Wohl unter blauem Himmel, die Sterne halten Wacht‹? Nur fanatische Fußgänger rufen in Notfällen kein Taxi herbei. Der idealen Wandergefährtin ist jedes Bett recht, wenn sie nur erst einmal auf dem Bettrand sitzt und die Beine ausruhen kann.

Sie muß gut zu Fuß sein, kräftig genug, einen Rucksack zu tragen. Außerdem sollte sie hübsch anzusehen sein, anmutig, wenn sie den Felspfad hinuntereilt. Ein Mann darf in der Mittagshitze das Taschentuch in den Bach tauchen, die Zipfel knoten und sich als Sonnenschutz auf den schwitzenden Kopf legen; seinem Aus- und Ansehen kann das nichts anhaben, das weiß er.

»Was schleppst du alles mit dir herum!« sagt er morgens, aber abends betrachtet er mit Wohlgefallen die frische Bluse und hat gegen die Anwendung eines Lippenstiftes nichts einzuwenden. Nach dem dritten Glas Wein wird er grundsätzlich, sagt: »Wandern! Das ist die menschlichste Art der Fortbewegung! Aus eigener Kraft bewegt der Mensch sich mit einer Stundengeschwindigkeit von vier bis fünf Kilometern vorwärts, wenn es hochkommt, sind es sechs Kilometer. Das entspricht seinem Körpergewicht, seiner Antriebskraft und seiner Aufnahmefähigkeit. Hätte es schneller mit ihm vorangehen sollen, wäre er mit Flügeln ausgestattet worden, oder er hätte vier Beine mit auf den Lebensweg bekommen. Man sieht nicht mehr, als man mit Augen, Ohren, Füßen und Händen wahrnehmen und als Erinnerung in sich bewahren kann! Man lernt eine Landschaft wirklich kennen und lernt sie zu lieben!«

Und dann, wenn auch er der Richtige für sie ist, wird er das Glas heben, seine Gefährtin ansehen und hinzufügen: »Und erst recht den, mit dem man sie durchwandert hat!«

[aus: *»Erfahren und erwandert«*]

Mit keinem Wort wird soviel Mißbrauch getrieben wie mit dem Wort ›brauchen‹. Brauchen und verbrauchen und mißbrauchen–.

›Du kannst dich auf mich verlassen!‹ Der ewige Ruf der Männer.

Be-leben, das ist die Aufgabe des Künstlers.

Inseln

Nie habe ich Griechenland als Reiseziel genannt; schon der Peloponnes erschien mir als Ziel zu groß. Ich nannte Patmos und fuhr nach Patmos. Wir sagten Hvar und fuhren nach Hvar, nicht nach Jugoslawien.

Wenn das Schiff anlegt, weiß ich, hier werden wir nun eine Zeitlang bleiben, wir werden nicht beim ersten Regenschauer Fluchtgedanken hegen. Wir werden ein Boot besteigen und auf die Insel vor der Insel vor der Insel fahren; sie ist so klein, daß man sie in zwei Stunden umrunden kann, über schartige Muschelkalkfelsen, die sie wie ein Dornenkranz umgeben, an Nausikaabuchten vorbei, ab und zu ein Bad in den Felsenwannen, die uns das Meer immer aufs neue mit Wasser füllt, das die Sonne uns erwärmt.

Ich scheue mich nicht, auch Ägina ›meine‹ Insel zu nennen, ich habe sie mir mit allen Sinnen zu eigen gemacht. Nie würde ich ›mein‹ Griechenland sagen, nie ›mein‹ Italien, aber Ischia ist ›meine‹ Insel; ich habe sie mir erschrieben. Auch Bornholm nenne ich ›meine‹ Insel.

Bornholm! Unser kleines Ferienhaus hieß ›Samedi‹, weil es der Besitzer an seinen freien Samstagen gebaut hatte; es stand unter hohen Föhren, dicht hinter den Dünen. Der weiße Sand von Dueodde knirschte wie gefrorener Schnee unter den Füßen; ich streute ihn über meine Briefe, wie es früher die Mönche taten: Schreibsand aus Dueodde! Nachts schwammen wir in der breiten Mondstraße, die übers Meer nach Rügen führte. Ich hatte in unserer Großfamilie die Rolle der Köchin übernommen. Kirschgrütze, frisch geräucherte Bücklinge, ›Bornholmer‹ genannt. Wir machten Ausflüge in den Norden der Insel, ein Schottland auf dänische Art. Die bunten, einstöckigen Häuser, die sich hinter Stockrosenwänden verbargen; die Gartenzäune von Wicken und wilden Levkojen überwuchert; die weißen wehrhaften Kirchen, rund wie nirgendwo sonst. Spielplätze, auf denen man sich tummelte, wenn man zwischen fünf und fünfzig Jahren alt war ...

Patmos! Zum ersten Mal unterwegs als alleinreisende Frau, die ihre ersten Schritte in eine ungewollte Freiheit tat, furchtsam, sprachlos, dankbar für die Freundlichkeit der Frauen und für die Zurückhaltung der Männer. Ich lernte, den Kopf zu schütteln, wenn ich ›ja‹ meinte, zu nicken, wenn ich verneinte. Ich saß im Schatten der hohen Eukalyptusbäume; ich stieg durch die gnadenlose Hitze zum Kloster hinauf, lehnte an den Windmühlen, blickte über die Inseln hinweg, blickte übers Meer zu anderen Inseln des Dodekanes, bis hin nach Kleinasien. Man respektierte, daß ich allein sein wollte, bot mir keinen Esel an; kein Auto stoppte, um mich mitzunehmen. Man sah noch die Spuren des letzten Erdbebens, noch war nicht alles wieder weiß übertüncht. Das griechische Licht tat seine Wirkung. Es vergoldete das verdorrte Gras, tauchte die verkarsteten Berge in rosafarbenes Licht, veränderte auch mich. Eine andere fuhr ab als die, die gekommen war ...

Ischia! Wo ich beinahe der Verführung des Südens erlegen wäre. Ein Stück Land besitzen, ein Haus bauen! Ich glaubte damals noch, man könne das erreichen: ein Sommerleben im Süden, italienisch sprechend; ein Winterleben im Norden, deutsch schreibend. Ein Breitengrad als Trennungsstrich zwischen Leben und Schreiben. Kein Haus und kein Weinberg, statt dessen ein Buch, das diese schön-böse Insel zum Thema hat ...

Juist! Ein Federstrich von einer Insel, kaum Land. Alles Strand und Düne und Damm und Watt. Ich fühle mich dort wohl, aber ich bin für die Insel eine Fremde. Diese Insel hat sich viel Mühe um mich gegeben: 21 Sonnenuntergänge an 21 Septembertagen! Und Junitage, in denen wir draußen am Billriff in den Prielen schwimmen konnten. Ein strahlend schöner Januartag mit klirrendem Eis und frischgefallenem Schnee, in dem die Perlschnüre der Sanddornfrüchte leuchteten; auf Schlittschuhen und Fahrrädern waren die Juister unterwegs, und als am Mittag die Herrlichkeit vorüber war, setzten wir uns zu ostfriesischem Tee und heißem Grog zusammen und sprachen bedächtig über diesen schönen Tag ...

Elba! Ein Haus auf Elba für mehrere Wochen. Im Innenhof wuchs eine hochstämmige Seekiefer, unter deren Schirm wir auf dem flachen Dach saßen; wir hatten vor Augen, was ich liebe: Ölbaumhaine, Weingärten, Zypressen, das Meer mit seinen Buchten. Wir besaßen einen eigenen Skorpion, der im Kamin lebte und den wir nicht zu töten wagten, weil wir uns vor der Mafia der Skorpione fürchteten. Wir waren noch unerfahren mit südlichen Inseln, und die Inseln waren noch unerfahren mit Touristen. Niemand sprach oder schrieb von Haien, verwundert betrachteten wir die Ölflecken an den Fußsohlen; auf den Fischmärkten schlürften wir unbekümmert das rohe Muschelfleisch, mit Limonensaft beträufelt. In den Restaurants servierte man uns Spaghetti mit geriebenem Käse und erwartete nicht, daß wir auch noch ein Hauptgericht äßen. Trunken von Sonne und Wein suchten wir nachts unseren Weg durch die Macchia, den uns die Glühwürmchen beleuchteten...

Hvar! Ein Glücksfall unter den Inseln. Keine Spuren mehr aus der griechischen Kolonialzeit, nichts aus der jahrhundertelangen türkischen Besatzungszeit, allenfalls noch der türkische Kaffee; aber die Venezianer haben ihre Paläste hinterlassen, hier ein gotischer Erker, dort ein romanischer Kampanile, ein Renaissancebrunnen. Bei jeder Wiederkehr entdeckt man Neues, verschwiegene Buchten, alttestamentarische Wege über Land; Lavendelduft, der sich mit Rosmarinduft mischt, wenn die alten schwarzen Frauen das gepreßte Öl aus großen Flaschen in kleine Flaschen umfüllen, abends, wenn sie aufgereiht auf den marmorglänzenden, mondüberstrahlten Mauern am Hafen und am Platz vor der Kirche sitzen. Als wir zum ersten Mal dort waren, tauchte eine weiße Wolke über den Seekiefern auf, wir konnten sie, bevor sie sich auflöste, gerade noch fotografieren...

Inseln haben mir immer wieder als Fluchtpunkte gedient.

Meine Romanheldinnen teilten meine Vorliebe für Inseln. Auch sie brachten sich in Sicherheit, wollten irgendwo zur Ruhe kommen und – schwimmend – prüfen, ob sich die Rückkehr aufs Festland und ins Leben lohnte. Ich habe meine Inseln oft als Schauplätze benutzt. Beschriebene Inseln wurden zu abgeschriebenen Inseln; Patmos gehört dazu, Elba, Ägina. Bornholm hat seine Unschuld noch bewahrt, aber auch Catalina Island im Pazifik, vor Los Angeles gelegen, gehört dazu. Ich ging, mit polizeilicher Genehmigung, auf ›firepads‹ ins Innere der Insel.

Ein ganz neues Lebensgefühl: Hierhin kommst du nie wieder! Nur nach Ischia bin ich noch einmal gereist, als in den Buchhandlungen schon das Ischia-Buch lag. Lesen erscheint mir auf diesen südlichen Inseln immer wie eine Krankheit, das Buch wie eine Krücke. Wer in ein Buch blickt, statt übers Meer zu schauen und das Auf- und Untertauchen Capris im Mittagslicht zu beobachten oder die großen Bugwellen der Passagierdampfer, die längst am Horizont verschwunden sind ... Aber die meisten Touristen sehen ja nichts, nichts Reales, nichts Irreales. Sie schließen die Augen, lassen sich bedenkenlos von der Sonne bescheinen, wollen nicht einmal die Sonne sehen und fragen nicht danach, ob die Sonne, ihrerseits, sie sehen will ...

Ich durchreise Länder, bleibe hier ein paar Tage, dort ein paar Tage, aber es sind Durchreiseländer, zum Halten komme ich erst auf einer Insel, wo die Straßen und Wege im Meer enden.

Ich liebe Verkleinerungen. Das Dorf, in dem ich aufgewachsen bin, liegt an einem Bach, nicht an einem Strom, seine Berge haben keine Gipfel; vielleicht rührt meine Vorliebe für das Kleine aus der Kindheit her, erklären läßt sich ja alles. Ich hielt das Fernglas meines Vaters umgekehrt ans Auge, holte nicht das Ferne herbei, sondern schob das Nahe von mir fort.

Ein geliehenes Fahrrad, ein geliehenes Boot genügen mir zur Fortbewegung, allenfalls ein Omnibus, aber meist bin ich zu Fuß unterwegs. Ich kaufe auf dem Markt ein, stehe am Fischstand, die fremde Sprache mehr handhabend als sprechend, im gleichen

Maße die eigene verlernend wie die fremde erlernend; nach einiger Zeit werde ich erkannt als eine, die länger bleibt, die wiederkommt.

Kleine Entdeckungen, Abenteuer mit Flora und Fauna. Ich habe die Abendwinde kennengelernt, die mich aus der Bucht ins Meer hinaustrieben. Ich kenne die Herbststürme auf Ischia, wenn die Schiffe nicht mehr zum Festland fahren. Ich kenne die eisigen Wintertage auf der Nordseeinsel Juist, wenn die Fahrrinne zugefroren ist. Daß man mit dem Flugzeug zurück an Land gelangen könnte, berührt mich nicht.

[aus: *»Mein schwarzes Sofa«*]

So zart, so blaß
So voller Licht
So naß
Daß Tropfen springen
Auf Moos und Gras.
Anemonen!
Zaubert den Mai
Herbei.
Weiße Tropfen im Wald.
Ach wie bald
Ist der Frühling schon alt.

Griechische Kardiogramme

Ich liebe Inseln. Du nennst mich eine Islomanin.

Ich liebe es, ein Haus zu haben, eine Küche, einen Tisch, der für ein paar Wochen mein Tisch ist: mein Herd, mein Dach, mein Feigenbaum und mein Boot und mein Stern. Das mußte lange genügen als Zutaten für mein Wohlbehagen und war ja auch viel. Jetzt zähle ich dich dazu.

Unsere Insel liegt im Saronischen Golf, am Seeweg und unterm Luftweg nach Athen. Linienschiffe verbinden sie mit dem Festland. Die Isolation ist gemildert. Du brauchst die Bestätigung der Schiffe; ich brauche sie nicht.

Wenn wir in der Frühe aufstehen, beleuchtet die Sonne bereits Angistrion und die Berge der Argolis, das Festland. Wenn wir schlafen gehen, ist sie lange schon hinter Salamis verschwunden. Mein Tisch ist unser Tisch, mein Dach ist unser Dach. Aus der ersten Person Einzahl wurde die erste Person Mehrzahl. Alles erweist sich als teilbar. Ich brate den Fisch für dich.

Deine Haut färbt sich hellbraun wie die Früchte der Pistazienbäume, die in unserem Garten stehen. Abends essen wir Pistazien zum Wein.

Morgens, wenn ich die Tür zur Terrasse aufstoße, dringt der Rauch von verbranntem Olivenholz, der aus den Schornsteinen der Nachbarhäuser steigt, in mein Zimmer. Die Passionsblume klammert sich mit spinnigen Fingern an die Hauswand, fädelt sich durch die Tür. Vogelstimmen, Spatzen, Schwalben. Die Singvögel sind im Norden. Und Möwen natürlich, die großen grausamen, mit den harten Schreien.

Früh schon klopft Pavlos, der Wassermann, an die Haustür. Sein zweirädriger rot-grüner Karren wird von einem Maultier gezogen, das er Themistokles ruft. Er füllt die drei Amphoren mit Waschwasser, Spülwasser und gutem Trinkwasser und verschließt sie mit grünen Pinienzapfen. Du gießt ihm Ouzo ein, versicherst ihm in deinem humanistischen Griechisch, daß dieser Tag ›kalos‹ sei, schön und gut, und das ist er ja auch. Pavlos bestätigt das. Derweil frißt Themistokles vorm Haus ein paar Geranienblüten. Nach dem Frühstück gehen wir zum Hafen, um einzukaufen. Die Cafés sind schon besetzt. Die Männer trinken den zweiten oder dritten türkischen Kaffee oder den ersten Ouzo. Dabei tätigen sie ihre Geschäfte. Warum sollten sie sich ein Büro einrichten? Hier am Hafen kommen die Geschäftspartner im Laufe des Vormittags alle vorbei. Hier lassen sich die Betriebskosten auf ein paar Drachmen für Kaffee reduzieren; keine Sekretärin, kein Telefon, kein Auto, keine Briefe. Die Griechen trauen dem Papier nicht. ›Papier bringt Unglück.‹ Sie trauen dem Gesicht des Geschäftspartners mehr. Im Kafeneion wartet man auf Arbeit. Man läuft ihr nicht nach. Wer das tun will, der geht als Gastarbeiter in die Bundesrepublik Deutschland.

Du läßt dich an einem der kleinen Tische nieder. Ich kaufe Fische, deren Namen ich nicht kenne, wiege sie in der Hand, wähle nach der Schönheit des Kopfes, der Farbigkeit der Schuppen. Keiner der Fischer unterstützt meinen unsachlichen Einkauf durch Anpreisung seines Fangs. Auf dem Fischmarkt werden Bedürfnisse und Wünsche erfüllt, geweckt werden sie nicht. Ich warte beim Bäcker. Er zieht frische Brotkränze, reich mit Sesamkörnern bestreut, aus dem Ofen. Sie müssen abkühlen, bevor ich sie mir über den Arm hängen kann. Ich kaufe Schafskäse, Oliven und Tomaten aus Kreta, auf unserer Insel sind sie noch nicht soweit, sie blühen noch. Wenn ich mit gefüllten Körben an deinen Tisch zurückkehre, versicherst du mir, daß dir eine Handvoll Oliven als Wegzehrung für den Tag genüge, aber am Mittag wirst du dir jungen Lammbraten, mit wildem Thymian und Salbei gewürzt, auf den Teller häufen, Tomatenscheiben aus dem Öl fischen, mit großen Stücken Brot den Saft auftunken, wirst eine Flasche Retsina leeren, Feta essen, den weißen frischen Schafskäse, und dazu die Handvoll Oliven. Orangen beenden das Mahl, das sich über eine Stunde oder zwei hinziehen wird. Mein Magen lernt Griechisch, sagst du.

Unsere Schreibtische stehen in Rufweite. Du hast mir den schöneren Platz, den mit der Aussicht aufs Meer überlassen. Wir schieben uns Kassiber zu, mit sachlichen und unsachlichen Mitteilungen. Auf deinem letzten stand ›Chaire‹ in griechischen Buchstaben. Sei glücklich! Du schreibst weiter an der Geschichte eines alten Mannes. Der Tod ist dein Thema, das Altern. Du denkst daran, wenn du den Wein trinkst und wenn du Mozart hörst. Wie wir auf die Welt kommen, sagst du, das ist für den Biologen von Interesse, obwohl es nicht viele Möglichkeiten gibt, immer der eine Weg aus dem Mutterleib. Ich bin kein Biologe. Wie wir aus dem Leben gehen, das ist ein Thema für den Schriftsteller. Durch Mord und durch Selbstmord, im Kampf oder im Schlaf, vermutet oder unvermutet. Immer das Sterbedatum als Gegner. Und: wohin wir gehen.

Wenn du arbeitest, alterst du. Deine Augen liegen in Höhlen. Du nimmst dein Alter vorweg. Deine Krankheiten werden meine sein. Dein Alter ist mein Alter.

Auch bei uns hat es diese Zeit der Todessehnsucht gegeben, die zur Liebe gehört. Aber sie ging vorüber. Jetzt hat uns beide eine starke Daseinsfreude erfaßt. Ich lebe so gern, hast du einmal gesagt. Ein Mißtrauen schwang mit, als wäre das schon verdächtig.

Du kannst nur arbeiten, wenn du genügend Zeit vor dir hast und die Gewißheit, daß dich über Stunden nichts stören wird. Ich halte dir Störungen und Ablenkungen fern, du benutzt mich wie einen Wandschirm, du bist überzeugt, daß ich Sintfluten von dir fernhalten könnte. Du blickst nicht auf, wenn ich aufstehe, in die Küche gehe und zurückkehre. Ich störe dich nicht mehr, ich bin ein Stück deiner Umwelt geworden.

Es ist kühl im Raum, du schließt die Läden zu früh. Aber ich frage nicht: Frierst du? Ich werde dich nicht in einem Netz aus Fürsorge einfangen. Trinknichtsoviel. Gehnichterhitztinswasser. Ich habe gelernt.

In der Mittagsstunde gehen wir schwimmen. Zwanzig Stufen, dann sind wir am Wasser. Vorbei an Agaven und jungen Ölbäumen, über die blauen Kissen des Majoran. Die Felsen sind vom Salzwasser angenagt, gelb wie bröckliger Kitt. Kein Sandstreifen. Auch der Strand, selbst der Meeresboden, gehören noch zum Ausgrabungsgelände und dürfen nicht verändert werden. Geröll, Algen, Angeschwemmtes aus Blech und Plastik.

Ich bin die erste im Wasser und die letzte. Mein Element ist das Wasser. Deines das Feuer. Männliches und weibliches Element. Du gehst ins Meer, um dich abzukühlen, dich zu entspannen, dir Hunger für das Mittagessen zu holen, du hast deine Gründe. Ich habe keine. Ich schwimme, um zu schwimmen, ich lebe im Wasser. Ich lege mich auf den Rücken, die Augenlider vor der blendenden Sonne geschlossen, Jalousien. Dann drehe ich mich um. Das Wasser ist so klar, daß unsere Schatten auf dem Meeresboden mitschwimmen, zu Kraken verzerrt. Wir suchen nach Steinen, in die das Meer Löcher gewaschen hat. Steine mit Menschengesichtern. Sie stehen auf den Regalen wie Götzen.

Dann steigen wir wieder die Steintreppen hinauf. Im Vorübergehen pflücke ich Zitronen für den Fisch, breche ein paar Zweige Majoran, auch ein wenig Rosmarin. Was gut riecht, muß auch gut schmecken. Ich öffne die Küchentür und gehe auf Abenteuer aus. Ich sehe der dickleibigen Makrele, die ich am Morgen gekauft habe, fest in die Augen und greife zum Messer. Sie war hochschwanger: ich befördere ein unbeschädigtes totes Junges zur Welt. Der Fisch im Fisch. Gestern zog ich den Tintenfischen flache weiße Sepiaschalen aus dem speckigen, schmierigen Leib.

Du preßt die Zitronen über dem Fisch aus, saugst den letzten Saft aus den Fruchthälften, hältst sie mir hin, damit ich sehe, wie recht die Griechen haben, darin die Brüste einer Frau zu sehen. Wie sinnlich ist dieses Land! Dieser Fisch ist wie Poesie, ich esse

Oden, sagst du, ich kaue auf Worten: Thymian, Muschel, Rosmarin.

Als wir auf unseren Betten liegen, wiederholst du: »Wie sinnlich ist dieses Land!«

Wir haben uns die schönsten Plätze der Welt aufgezählt: Place Vendôme, sagst du, das sagen viele. Piazza Navona, das sagen alle. Das sind Allerweltsplätze. Gemeinplätze. Dann: der schattige Platz mit den Arkaden in Santa Fé am Rand der Wüste, Neu Mexiko. Oder die Piazetta in Venedig! Die ist zu steinern, zu viele Tauben, dreistöckig die Tauben übereinander. Mein Kopf liegt auf seinem gewohnten Platz, liegt, wo er hingehört, im Schutz deiner Arme. Ich sage: »Dies ist mein schönster Platz auf der Welt. Der schönste Platz der Welt am schönsten Platz der Welt, auf unserer Insel im Saronischen Golf.« Ich wiederhole: »Der schönste Platz am schönsten Platz der Welt...«

Und schlafe ein. Stunden wie Tage. Tage wie Jahre.

Du bringst das auf: aus dem Behagen wächst das Unbehagen. Der heutige Mensch ist für das Behagen verdorben, es ist ihm verdächtig: alles, was ihn freut und ihm Genuß bereitet, ist ihm verdächtig. Das Unbehagen am Behagen sei die Folge von zuviel Sinnlichkeit, zuviel Süden. Ich widerspreche: Was du betreibst, ist Behagen am Unbehagen. Spiele mit Worten, Ernst mit Worten. Wir formulieren neu. Behagen am Behagen, Unbehagen am Unbehagen. Wir sind keine heutigen Menschen.

Die Schatten werden länger, der Tag kühlt ab, wir fahren über die Insel, zum Aphaiatempel. Der Stechginster blüht und der duftende Salbei. Die Feigenbäume stehen in vollem Laub, die Ölbäume blühen wie Silber. Wir machen uns auf die Veränderungen des Sommers aufmerksam. Auf den Treppenstufen der Bauernhäuser blühen jetzt in grün und blau gestrichenen Kanistern die Lilien.

Kurz vor Sonnenuntergang sind wir am Tempel. Der Wärter geht geduldig auf und ab, läßt die Galalithperlen durch die Finger gleiten. Zu dieser Stunde sind wir allein am Tempel, die Fremden essen in ihren Hotels zu Abend, die Tagesgäste sind längst mit den Schiffen zurückgefahren. Wir sitzen auf den Stufen, lehnen an den Säulen, blicken übers Meer. Du zeichnest auf deinen Skizzenblock, ich mache meine Stenogramme. Kardiogramme, sagst du, Kardia, das Herz betreffend.

Auf der Rückfahrt dämmert es. Die Berge werfen ihre Schatten auf die Ölbaumhaine. Die Heimkehr hat begonnen. Die Schulkinder in ihren blauen Kitteln; die Frau auf dem Esel, das beladene Maultier am Halfter, Ziegen und Lämmer im Gefolge. Szenen aus der Bilderbibel. Rauch steigt aus den Schornsteinen, der Duft von verkohltem Olivenholz weht durchs Autofenster. Himmel und Meer haben sich vereinigt, eine Wolkenschicht verdeckt die Trennungslinie. Hoch oben zieht ein Schiff dahin, ein Wolkenschiff unter Segeln.

Die Lampenfischer fahren aus. Das geräumige Motorboot voran, die kleineren Ruderboote hinterher. Am Hafen sitzen noch ein paar Athener, die auf das letzte Schiff warten. Wir halten an, gehen zu der kleinen Kapelle auf der Mole. Abendliches Ritual. Wir lassen auch unseren Gott nicht aus, dann fahren wir nach Hause. Du wirst eine Fremde, sagst du, in der Fremde wirst du immer eine Fremde. Hier bist du eine Griechin. Du bist durchlässig für Fremdes.

Du hast dich vor einer Weile auf die weißgetünchte niedrige Mauer gelegt, die unsere Terrasse zum Garten hin abstützt. Mit dem Arm die Augen schützend, liegst du in der Sonne, du, der den Schatten liebt, der am liebsten aus dem Schatten heraus in die besonnte Landschaft sieht. Ein paar Schweißtropfen rinnen über deine Rippenbögen. Tränen des Körpers.

Kennst du diese Augenblicke: wo nichts mehr unter die Haut geht, wo man nur Oberfläche ist, wo der Körper leer und leblos ist, daß Ameisen über ihn laufen wie über ein Stück Erde, Eidechsen ihn überqueren wie einen Stein. Ein Teil der Erdoberfläche, gleich warm, gleich still und verhärtet. Kalkstein, Marmor.

Ich sehe dich an. Ich beobachte deine Regungen. Aufmerksam, ohne Neugier. Vorhin hast du gesagt, ohne den Arm von den Augen zu heben: »Ich lebe gern mit dir.« Du veränderst deine Stellung nicht, wenn du spürst, daß ich dich beobachte. »Ich habe dich in meine Einsamkeit mit einbezogen«, hast du gesagt, »es ist mit dir, als wäre ich allein.«

Bist du jetzt im gleichen Maße glücklich? Kannst du es sein? Kann das ein Mann? Gibt es Gefühlsschichten in dir, die niemals bloßgelegt werden? Eine Frau, viele Frauen, ich, ich liebe und tue alles daneben zweitrangig, ganz auf dieses Gefühl bezogen. Für einen Mann sind immer andere Dinge gleich wichtig. Kannst du im gleichen Ausmaß glücklich sein? Bist du im gleichen Maße zu verstören?

Ich bin auf einer Insel, ich bin unter der Sonne, ich bin bei dir. Du sagst, ich triebe einen Sonnenkult. Manchmal zwinge ich mich, in die Sonne zu sehen, in der Sonne zu sein, ihre Blendung zu ertragen, bis ich außerhalb dieses Sonnenkreises nichts mehr wahrnehme. »Du siehst doch nichts«, sagst du. Ich sage: »Aber die Sonne sieht mich.«

Du bist dem Sonnenmagnetismus unterworfen, hast du einmal gesagt; wenn du wählen müßtest zwischen mir und der Sonne, wen würdest du wählen? Wenn ich nach Hammerfest ginge, wo es an 300 Tagen im Jahr regnet, würdest du mit mir kommen? Du mißt dich mit der Sonne! Wie sicher du deiner Sache bist!

Ich sehe dich an, ich nehme den Kampf mit der Willkür des Gedächtnisses auf, entreiße ihm wieder, was es vergessen wollte. Ich selber will entscheiden, was unvergeßlich und was vergeßlich ist.

Diese Stunde will ich bewahren: eben noch hast du mir gegenüber auf dem Stuhl gesessen, hast dich gedehnt, die Arme gestreckt, die Hände im Nacken zusammengelegt, hast mit dem Stuhl gewippt, Gesten, die neu an dir sind, die des Behagens. Du hast den Teller zurückgeschoben, den letzten Schluck Wein getrunken. »Ich liebe dieses Griechenland überall«, hast du gesagt, als sei es ein Satz von dir, und es war ein Satz von dir. Ich antworte dir in den Worten Hyperions, in meinen Worten: »Es trägt die Farbe meines Herzens. Überall ist eine Freude begraben.« Du fragst: »Welche Farben trägt dein Herz?«

In dem Hain, der unser Haus vom Meer trennt, stehen die Ölbäume in ihrem kleinen Schatten. Es ist Sonntag. Die Fischkutter liegen im Hafen. Die Esel sind mit langer Leine am Ölbaum neben dem Haus angebunden, sie schreien sonntags nicht. Die Stunde des Pan. Beim großen Pan! sagst du oft. Pan ist dir von allen Göttern der liebste. Der verachtete und verspottete Sohn des Hermes und der Nymphe Penelope, der Hirtengott aus Arkadien, zottig und tolpatschig, der tanzt und singt und am Rande der Sümpfe haust; der sich vor den Menschen verbirgt, ziegengestaltig wie er ist, mit Bockshörnern. In der Stille eines heißen Mittags erblickt er die Nymphe Syrinx, sieht sie, liebt sie, springt auf sie zu, und sie, in panischer Angst, flieht und verwandelt sich in ein Schilfrohr. Wieder ist Pan allein. Er schneidet sich ein Rohr, bricht es in fünf ungleiche Stücke, flicht sie mit Binsen zusammen, setzt die Flöte an die fleischigen Lippen und spielt seither in der heißen Mittagsstunde die Syrinx, in der Stunde des Pan, sehnsuchtsvolle Lieder auf der Hirtenflöte für seine entflohene und verwandelte Nymphe. »Geliebter Pan und ihr anderen Götter hier um uns«, betete Sokrates, »gebt mir, daß ich schön werde in der Seele und daß alles, was mir zukommt, zu meiner Seele freundlich strebe! Gebt mir, daß ich den Weisen für reich halte, und vom Golde sei mir stets nur so viel, als der Mäßige bedarf.« Selbst die Seeschwalben, die unter unserem Dach nisten, geben jetzt Ruhe. Morgens wecken sie uns mit ihrem Gezwitscher, sie schnäbeln sich, zärtlich wie Schwalben sind. Wer ihre Nester zerstört, wird sommersprossig, sagt man auf den Inseln. Wer möchte Schwalbennester zerstören.

Morgens kommst du in mein Zimmer und sagst: ›Chaire‹ statt guten Morgen. Das haben wir auf alten Grabstellen gelesen. Chaire! Sei glücklich! Eine Mahnung für die Hinterbliebenen des Toten, die du die Überleber nennst. Auf der Akropolis rufen sich Amerikaner ›have fun‹ zu, die Deutschen ›viel Spaß noch‹.

Vergnügen und fun, Ablenkung und Genuß, statt Glück und Freude.

Glücksmomente. Augenblicke des Glücks. Wann entstehen sie? Wenn sich ein Augenblick der Vergangenheit mit einem Augenblick der Gegenwart deckt? Wenn man wahrnimmt, daß dies schon einmal gewesen ist – eine Verdoppelung?

Der Nachmittagswind, der Meltemi, ist erwacht. Meli, das heißt Honig, ein Honigwind; er ist sanft, süß und ein wenig kühl. Er weht den Duft des blühenden Zitronenbäumchens aus dem Garten herauf, frisch und angenehm.

Der Schatten des kleinen Ölbaums hat dich erreicht. Laß mich ein Ölbaum sein, laß mich als Ölbaum altern! Dem Ölbaum steht Alter wohl an. Laß mich Wurzeln haben, wenn ich alt bin, laß mich dann an meinem Platz bleiben, unter der Sonne, laß mich in meinem Schatten stehen. Ich könnte blühen, ohne Duft und ohne Leuchtkraft, aber ich würde Früchte tragen. Im Winter würde man sie ernten, gute und ranzige Oliven, aus denen man das dickflüssige Öl preßt. Öl für den Fisch und Öl, das Brot hineinzutauchen. Der Widder riebe sein Gehörn an meinem Stamm, der viel zu dick ist für die wenigen Äste und das durchsichtige Laub. Am Anfang hätte man mich immer wieder beschnitten, aber jetzt ließe man mich in Ruhe, gestattete mir Willkür im Gezweig; jeder Ölbaum hat ausreichend Platz, sich zu entfalten. Laß mich ein Ölbaum sein! Schafe und Ziegen suchten mittags meinen Schatten; über lange Stunden stünde ein Esel neben mir, geduldig und reglos unter der Last des schweren Sattelzeugs, bisweilen seine Plage in den Abend schreiend. Grasmücken bauten ihr Nest in meinen Zweigen, dürre, fingerlange Zikaden klammerten sich an meine Äste, suchten Deckung. Immer in der Sonne, immer im Wind, in den Winden mit den schönen Namen, dem Ponendis, der vom Westen weht und mildes Wetter bringt, im Zephyros, dem Frühlingswind, im glühend heißen Sirokkos, der von Afrika kommt, und im Maistros, dem klaren kalten Nordwind. Laß mich als Ölbaum altern!

Nie habe ich ein anderer Mensch sein wollen. Das ist ein Urwunsch des Mannes. Mein Name sei Gantenbein! Ein Mann leidet unter der Bindung an sein Schicksal stärker als die Frau. Er will nicht immer Angehöriger immer desselben Jahrgangs sein, immer derselben Nation angehören, immer der Sohn bestimmter Eltern. Eine Frau kann ihr Schicksal ändern, und sei es durch Heirat, den Namen und die Gesellschaftsschicht; durch Kinder auch ihr biologisches Schicksal. Die Frau will keine andere sein, keine andere Frau, sie möchte ein anderes Ding der Schöpfung sein, ein Stein, eine Welle, ein Baum.

Der Ölbaum ist ein Geschenk der Athene an den Menschen; Poseidon hat ihm das Pferd geschenkt. Laß mich ein Ölbaum sein. Laß mich zwei Ölbäume sein.

Du regst dich, nimmst den Arm von den Augen, wendest mir den Kopf zu und schüttelst den Traum ab.

Du gehst ins Haus. Jetzt wirst du alles abstreifen, Traum und Gegenwart, Sonne und mich, und wirst dich an deinen Tisch setzen.

Du nimmst mich oft mit in deine Träume, eine Welt der Mythen und Halbwahrheiten, der Erfindungen. Unvermittelt erhebst du dich von deinem Platz, das nächste Stück gehst du allein, in jene Bezirke, die ich ohne deine Hilfe nicht erreiche, deren Ausmaß und Ferne ich ahne. Ein Reich, das auf Gemeinsamkeit und Vertrautheit nicht angelegt ist. Schreiben ist ein einsames Geschäft, wie das Fischen. »Der Dichter ist ein leichtfertig Ding«, steht bei Plato, »hat Flügel und ist heilig.« Dieses ständige Verlangen, die Grenzen der Erfahrung zu überschreiten! Immer möchte man einen Fuß über die Schwelle setzen. Wer schreibt, fühlt sich der Schöpfung gegenüber schuldig. Man sammelt Beobachtungen, Sonnenuntergänge, Wasserfälle, Vogelstimmen, Quellen, man nimmt das alles auf und möchte zurückerstatten, indem man bestaunt, bewundert, schreibt. Als würde die Natur schöner durch ein Lob! Diese Inseln strahlen hundertfaches, tausendjähriges Lob zurück. Patina der Worte. Wie der Körper einer Frau schöner wird, langsamer altert unter den zärtlichen Händen eines Mannes. Schuldgefühl, das bewirkt, daß ich den Notizblock ständig bei mir trage, daß ich auf Tempelstufen und Molen sitze und meine griechischen Kardiogramme schreibe. Das Gefühl der Schuld und der Verpflichtung wächst. Man muß zurückzahlen, wenn man so viel empfängt, in der Währung, über die man verfügt. Worte sind meine Währung.

Vor dieser Reise habe ich behauptet, das Schreiben könnte man hinausschieben, das Leben nicht. »Wohin willst du es schieben«, hast du mich gefragt, »wo hinaus?«

[aus: *»Das glückliche Buch der a.p.«*]

Altsein scheint mir weniger schwer zu ertragen als Altern.

Den Urwunsch ›ewig leben‹ kenne ich nicht. Aber ich will auch nicht ewig tot sein. Meine Hoffnung richtet sich auf ›Auferstehung von den Toten‹.

Alles, was vom Herzen kommt, geht auch zu Herzen.

Die Küche der Margherita

Man erreicht Margheritas Küche über eine Marmortreppe; auf jeder Stufe steht ein Blumentopf, Nelken, Geranien, Bougainvillea, im frühen Sommer auch weiße Lilien. Die Küche ist nicht größer als vier Quadratmeter; ein zweiflammiger Propangasherd, ein gekachelter Spülstein, ein Tisch mit zwei Schubladen, in der rechten liegt das Brot, in der linken liegen Spaghetti und ein Stück Käse zum Reiben. Kein Stuhl. Ein Wandregal mit zwei Töpfen und einer Pfanne, ein Sieb und ein Reibeisen.

Gegessen wird in einem halbdunklen Raum mit gewölbter Decke, wo es auch im Hochsommer kühl bleibt. Auf dem Schrank steht ein Strauß Zitronenmelisse, umschwirrt von Fliegen und Mücken; sobald die Zweige ausgetrocknet sind, verbrennt Margherita im Höfchen den Fliegenfänger samt den daran klebenden Insekten.

Die Vorräte werden in den dunklen Gewölben der ›Cantina‹ aufbewahrt, wo vor wenigen Jahren noch die Trauben mit nackten Füßen gestampft wurden, wo noch die Kelter steht; hier liegen die großen Weinfässer, hier liegt auch das kleine Faß, aus dem Margherita täglich das Metallkännchen mit Olivenöl nachfüllt; hier hängen Honigmelonen und die halbmeterlangen Trauben der süßen roten Pomodori, die im Herbst so reif sind, daß man sie ungekocht durchs Sieb streichen kann; hier hängen auch Rosmarin, Zwiebeln und Knoblauch; hier befindet sich die Zisterne mit dem Trinkwasser. Was auf den Tisch gestellt wird – Wasser, Wein, Obst –, ist kellerkühl, einen Kühlschrank gibt es nicht.

Wenn man von der Gasse her durch das blaue Tor kommt, betritt man zuerst den Hof. Dort stehen Oleander in Kübeln, auch eine Palme; im zweiten Höfchen, das auf allen vier Seiten von Hauswänden und Treppen umgeben ist, reihen sich an einer Wand die Schließfächer aneinander, in denen Kaninchen ihrem frühen Tod entgegengefüttert werden; alt und zäh wird keines,

Margherita schlachtet in jeder Woche eines. Sie dünstet es in Öl und Wein, würzt es mit wildem Majoran oder Salbei, manchmal auch mit Minze, wohlschmeckend und bekömmlich.

In diesem Höfchen herrschten zu meiner Zeit drei Hähne über zehn Hühner, was nicht ohne Kämpfe abging. Hähne von unterschiedlicher Größe und Pracht, jung waren alle drei nicht mehr. Sie trugen Namen: Oreste, Filippo und Carlo. Eines Tages hatte der Hausherr, Margheritas unverheirateter Bruder, den Tod des einen beschlossen. Margherita kämpfte zeternd um sein Leben. »Il gallo!« rief sie. »Il gallo!« Aber Raffaele schritt bereits zur Tat. Einen Hahn zu töten ist Sache des Mannes, ein Blutopfer. Er griff zum Beil, schritt die Treppe hinunter in den Hühnerhof: Geschrei und Geflatter, das rasch verstummte. Wenig später führte eine Blutspur über die Marmortreppe in die Küche. Oreste war tot!

Als ich ihn wiedersah, befand er sich nackt in dem größten der verbeulten Aluminiumtöpfe. Das Wasser reichte ihm bis zum Hals, aber noch stand er auf eigenen Beinen in der brodelnden Brühe, die über den Topfrand quoll, über den Herd lief, auf die Fliesen tropfte. Um den Hals hatte sich ihm ein Sellerieblatt gelegt; den Federschmuck der weißgrauen Halskrause hatte man ihm belassen. Er trug den Kopf noch immer hoch; noch einmal schwoll ihm der Kamm, wurde aber zusehends blasser, die Augen quollen hervor. Er mußte lange kochen, zum Braten war er zu alt. Nach einigen Stunden, die ich am Maronti-Strand verbracht hatte, lag er zerkleinert, aber nicht bis zur Unkenntlichkeit, in einer Schüssel. Hahnenkopf und Hahnenfüße wurden vom Hausherrn genüßlich ausgesaugt. An einem guten Hahn kann man alles essen, selbst das Gedärm; ausgestrichen, gewaschen und auf ein Hölzchen gewickelt, tauchte es aus der wohlschmeckenden Brühe wieder auf.

Oreste als Suppe, Oreste als Ragout, Oreste als Geflügelsalat. Er reichte für mehrere Mahlzeiten, an denen wie immer Margheritas Katze teilnahm. Einen Rufnamen besaß sie nicht, hatte ihn auch nicht nötig; ungerufen stellte sie sich zu allen Mahlzeiten ein, wurde ›gatto‹ genannt, ›Katze‹. Sie saß auf der Nähmaschine nahe beim Tisch, holte sich anmutig mit der rechten Vorderpfote die Knochen, stützte sich auf die linke, knackte die Knochen mit den Zähnen, leckte Pfoten und Wachstuch; ihr Platz war der sauberste am Tisch.

Unsere wortkargen Tischgespräche bestanden ausschließlich aus Lob. Es galt aber nicht der Köchin, sondern dem Hahn und dem Hausherrn. Margherita saß auf der Stuhlkante und streichelte die Katze; vermutlich hatte ihre Hand nie etwas anderes als Katzenfell gestreichelt. Eine Handbewegung des Bruders genügte, und sie eilte in die Cantina, um den Weinkrug ein zweites Mal zu füllen oder von den kleinen Muscattrauben zu holen, die sie am frühen Morgen im höher gelegenen Gärtchen gepflückt hatte.

Margherita ist eine gute Köchin, eine Ganztagsköchin, genauer: eine Überköchin. Alles kocht über, der Kaffee, dessen Duft mich aus meinem Zimmer lockt, aber auch jede Suppe, obwohl Margherita den Herd nicht verläßt, vor allem die Tomatensauce; nach jeder Mahlzeit wäscht sie mit sonnenwarmem Wasser Herd und Kacheln und Fliesen ab, das restliche Wasser gießt sie auf ihre Blumentöpfe, über denen sie in der Frühe auch ihren Nachttopf entleert. Sie kocht und sie fegt; zweimal am Tag huscht sie durch die Gassen und holt frisches Weißbrot, Zucker, Salz, Kaffee, alles einzeln. Das Fleisch besorgt der Hausherr persönlich, wirft es ihr auf den Tisch: Sieh zu! Manchmal erhebt sie Einwände, hält das Rouladenfleisch gegen die Sonne, nicht einmal durchscheinend ist es!, und füllt es dann geduldig mit allerlei Gemüse und Kräutern, wickelt es auf; wie kleine Vögel liegen die Rouladen in der Pfanne. Sonntags tauscht sie die Schürze gegen ein schwarzes Spitzentuch, den Besen gegen das Meßbuch. Ora et labora! Eine Nonne ohne Gelübde. Für ihre Besitzlosigkeit war gesorgt, ihre Keuschheit vermutlich nie bedroht, an Gehorsam fehlt es noch, sie murrt manchmal, aber nur leise. Einmal habe ich sie zum Lachen gebracht, als ich ihr den Prospekt einer modernen Einbauküche zeigte.

Ich habe nie eine Konservendose, nie ein Paket Tiefgefrorenes in Margheritas Küche gesehen. Sie ging sparsam, ja ehrfürchtig mit Wasser um, traute der Wasserleitung nicht, die damals bereits Sant'Angelo mit Wasser versorgte. Sie benutzte weiterhin zum Kochen und Trinken das Wasser aus der Zisterne, die von den Regenfällen des Winters gefüllt wurde, goß es, nachdem die Spaghetti darin gekocht waren, abgekühlt über die Nelkentöpfe, ging um so großzügiger mit Öl und Wein um.

Aus den Resten der vorigen Mahlzeit stellte sie die nächste her: eine Gemüsesuppe, die den Namen ›Gartensuppe‹ verdient hätte, einen Salat; das eine Mal mehr Nudeln, das andere Mal mehr gedünsteter Paprika oder Muscheln.

Manchmal habe ich Frauen- und Küchengespräche mit Margherita geführt. Wenn ich sie fragte, was sie am Abend auf den Tisch bringen würde, hob sie die rechte, ohnehin schon hochgezogene magere Schulter. Was sollte es geben? Sempre lo stesso: eine Suppe, einen Salat, ein Kaninchen. Ein kleines Programm mit vielen Variationen. Ein Kochbuch besaß sie nicht. Sie wäre gern Lehrerin geworden, aber nach ihren Wünschen hatte man sie nie gefragt; sie war die Schwester des Lehrers geblieben, la sorella, ein Leben lang.

Wenn der Mond nicht zu hell schien, die Nacht aber auch nicht zu dunkel war, wenn das Meer ruhig, aber doch wieder nicht zu ruhig war, ging ich abends mit dem Hausherrn zur Piazza, wo an der Wasserseite zwischen anderen Fischerbooten auch sein Boot lag; er trug Ruder und Lampe, ich trug die Eimer. Ich habe gelernt, den Anker zu setzen und ein Ruderboot mit leisem Ruderschlag vorwärts zu bewegen oder am Platz zu halten, wenn der Angelhaken mit dem Köder ausgeworfen war und man den Tintenfisch, der sich dem Köder näherte, bereits sehen konnte. Als ich das erste Mal beim nächtlichen Fischfang mitfahren durfte, sprang ein kräftiger Fisch, angelockt durch das Lampenlicht, meterhoch. Und ich tat vor Schreck das Richtige, faßte nach ihm, fing ihn und schleuderte ihn ins Boot. Ich galt seitdem als tauglich. Oft haben wir viele Stunden die Felsküste abgefahren, sind in der Nähe anderer Laternenfischer geblieben oder haben nach neuen Gründen gesucht. Schweigend unterm Sternenhimmel, manchmal auch leise summend, was weder die Fische noch den Fischer zu stören schien ... Die Tintenfische haben das Seeigelfleisch vor unseren Augen von dem vielzackigen Angelhaken gefressen; aber in anderen Nächten hatte ich sieben und acht Tintenfische im Eimer, wenn wir heimkehrten. Margherita erkannte an unseren Schritten, ob wir mit gefülltem oder mit leerem Eimer kamen. Sie trat aus dem Eßraum hervor, angelte die Tintenfische aus dem Eimer, warf sie in eine Schüssel mit Wasser. Eine halbe Stunde später saßen wir am Tisch, aßen die scharfgewürzten und scharfgebratenen Polypenarme, drückten Zitronenhälften darüber aus, tranken Wein, aßen Brot und schwiegen weiter. Die weißen speckigen Leiber der Tiere füllte Margherita am nächsten Mittag mit gehacktem Fleisch, nähte sie zu. Puppenbälger, die sie in Öl briet, in Wein dünstete, eine Handvoll blauer Oliven dazu: sempre lo stesso.

Was wir auf den Tellern ließen, Gräten und Knochen und Salatreste, warf oder schüttete sie über die Brüstung, hinunter ins Höfchen, wo sich die Hühner, die verbliebenen Hähne Filippo und Carlo sowie die Katzen der Nachbarschaft darüber hermachten. Der gestampfte Lehmboden war immer sauber, ohne je gefegt zu werden; es herrschte ökologisches Gleichgewicht zwischen Mensch und Tier, zwischen Küche und Kompost. Nichts wurde verkauft, wenig wurde gekauft, nichts verdarb, und nichts wurde verschwendet.

[aus: *»Erfahren und erwandert«*]

Lebensangst scheint mir schlimmer als Todesangst zu sein.

Auf der Suche nach Poenichen
(Pomorze, 1978)

»Wir reisen in diesem Sommer nach Polen«, sagten wir zu den einen; zu den anderen sagten wir: »Wir reisen nach Pommern!« Bis wir uns darauf einigten, ›Pomorze‹ zu sagen, es kommt aus dem wendischen ›Po morje‹ und heißt ›vorm Meer‹, es klingt zärtlich, fast unpolitisch: Pomorze. Das Land jenseits von Oder und Neiße. Wir wollten herausfinden, wie deutsch der deutsche Osten noch ist, wir wollten uns eine eigene Meinung bilden. Ich bin mit zwei Meinungen zurückgekehrt.

Den Zielort gaben wir, wie es die Richtlinien für Polenreisen verlangen, in polnischer Schreibweise an. Wir schrieben ›Urlaub‹ als Zweck der Reise, aber wir wollten ein Dorf, einen Herrensitz und einen See in Hinterpommern suchen, die es nie gegeben hat: Poenichen, der erfundene Schauplatz für einen Roman. Als Vorlage hatte mir das Gut eines Onkels gedient, auf dem ich Sommer- und Winterferien verbracht hatte: als dort noch Frieden war und überall sonst Krieg. Ich habe das Gut der Freiherrn von Quindt topographisch genau beschrieben; zwischen Dramburg, Deutsch-Krone und Arnswalde in einem imaginären Dreieck gelegen, pommersche Sandbüchse, pommersche Schweiz, die höchste Erhebung 41 m.ü.N.: der Innicher Berg, wo unter Eichen seit Jahrhunderten die Quindts begraben wurden. Es sind nun fast fünf Jahre, daß ich mit diesen Quindts zusammen lebe, als wären es meine nächsten Angehörigen. Man hält mich für eine Pommerin, und ich verbessere jedesmal: keine geborene, nur eine erschriebene Pommerin. Ich habe mir dieses Land ins Herz geschrieben. In Poenichen, das nun Peniczyn heißen muß, wird der zweibändige Roman über die Quindts, ›Jauche und Levkojen‹ und ›Nirgendwo ist Poenichen‹, zu Ende gehen.

Ich mache mich anstelle der Maximiliane von Quindt auf die

Reise; zwei Wochen lang eine Heimatvertriebene in Stellvertretung. Mein Mann gab mir das Geleit, er spricht ein wenig Russisch. Im Juni 1941 ist er zum ersten Mal ostwärts gereist, vornehmlich zu Fuß, Infanterie. 1947 ist er in einem Gefangenentransport zurückgekehrt. Er hat seine eigenen Empfindungen und Erinnerungen, von denen er nur wenige laut werden läßt. Für ihn beginnt ›der Osten‹ an der Oder; er stammt vom Kaiserstuhl, weit weg.

Der Sonderzug der Reisegesellschaft fährt über Szczecin nach Olsztyn. Das Eisenbahnabteil wird zur Schulstube, in der man übt, ›Szczecin‹ gleich Stettin und ›Olsztyn‹ gleich Allenstein auszusprechen.

Unbekümmert sagen wir Deutsche Florenz statt Firenze; jeder Franzose sagt Cologne für Köln, warum dürfen wir nicht mehr Danzig sagen, wenn wir nach Gdansk reisen? Das deutsche Selbstbewußtsein ist anhaltend geschädigt, wir sind gedemütigt worden, wir haben gedemütigt.

Im ersten Morgengrauen überqueren wir die ›Odra‹. Von nun an befinden wir uns jenseits von Oder und Neiße. Es ist die zweite Grenze, die wir im Laufe der Nacht überqueren, mit vielen Formalitäten: Paßkontrollen, Durchreise-Visum, Valuta-Erklärung, Gepäckkontrolle. Lokomotivwechsel an jeder Grenze; mit Elektrizität durch die Bundesrepublik Deutschland, mit Dieselöl durch die Deutsche Demokratische Republik, mit Braunkohle durch Polen: vertrauter, verruchter Kriegsgeruch. Von nun an läßt der schrille Pfiff der Lokomotive, der vor jedem unbeschrankten Bahnübergang ertönt, keinen mehr schlafen. Der Morgen zieht schon auf, es ist noch nicht halb drei, keinen hält es mehr auf den Liegebetten. Wir stehen an den Fenstern im Gang. Der Zug fährt langsam, langsam genug für das langsam arbeitende Gedächtnis. Schwarzer Sandboden, Kiefern, viel niederes Buschwerk, sumpfiges Brachland, Störche bei der Morgenarbeit, Rotwild am Waldrand. Helle Sandwege, mit Birken gesäumt, Schwärme von grauen Nebelkrähen, die ersten baumbestandenen Chausseen, Sinnbilder des Ostens.

Am Bahndamm blühen die Lupinen und verbinden Ost und West müheloser als die Schienenstränge und die Ideologien.

Alle tragen wir die Rückfahrkarte in der Tasche, alle sind wir im Westen zu Hause. Die anderen machen Ferien in der Heimat, die jetzt ›alte Heimat‹ genannt wird. Zwei Wochen lang betreiben die ehemaligen Pommern vergleichende Natur- und Gesellschaftsbetrachtung.

Hier wachsen in den Hausgärten Salatköpfe, Möhren, Stangenbohnen, keine Ziersträucher auf kurzgeschnittenem Rasen; die Stämme der Obstbäume sind weiß gekalkt und tragen Leimringe: keine chemischen Vertilgungsmittel, weniger Umweltschäden. Die Reisenden loben, was nur lobenswert ist, sie sind gutwillig.

Im Nebenabteil wird jetzt pommersches Platt gesprochen. Von Lagerfrucht ist die Rede und von pommerschen Gewittern, wenn die Blitze in die Überlandleitungen schlugen, feurig knisternd die Drähte entlangliefen und die Landarbeiter sich in die Ackerfurchen duckten ...

›Herr, laß sie sehen, woran sie geglaubt haben.‹

Es ist Juni, Pommern hat seine beste Zeit. Wildschweine wühlen nach Saatkartoffeln und sehen aus, wie man sie nennt: Schwarzkittel. In der Mark Brandenburg blühen die Kartoffeln bereits, weiß und lilafarben, in Pommern war man immer ein paar Wochen hinterher.

Kein großartiger Sonnenaufgang. Der Himmel ist wolkig, Wind weht in Böen über die Kornfelder hin; nebenan sagt jemand ›Kornschlag‹. Schlag, das Größenmaß für die einheitlich bestellten Felder. Der Wind wiederholt die Wellen der Endmoränen.

Pommerscher Landregen setzt ein. Wasservorhänge behindern die Sicht. Man wird jetzt bald nach Schivelbein kommen. Die ersten Arbeiter sind unterwegs, zu Fuß oder mit dem Fahrrad, umgestülpte Säcke, aber auch Plastiktüten über den Kopf gezogen; Omnibusse auf den Chausseen.

Im Nebenabteil ruft eine Frau: »Jetzt! Da ist schon die

Kirche! Da ist die Siedlung, und das da ist unser Haus!« Auf einen Blick hat sie alles gesehen: Der Gartenzaun ist weg. Die Fensterrahmen müssen gestrichen werden. »Diese Gardinen! Sehen Sie bloß mal die Gardinen!« Die Frauen aus Westdeutschland messen Wohlstand und Wohlbehagen eines Volkes an seinen Gardinen. Dann setzt Gelächter ein, die Spannung läßt nach: »Hier fehlt ein weißer Riese!«

In Koszalin gleich Köslin verläßt die Hälfte der Reisenden den Zug, die anderen fahren weiter nach Ostpreußen. Wir steigen in Omnibusse des polnischen staatlichen Reisebüros Orbis, werden von einem deutschsprechenden Reiseleiter betreut. Wir sind übermüdet. Es regnet, der Wind weht kalt von der See her. ›Das pommersche Klima können nur Sauen, der Uradel und die Kiefernspanner vertragen.‹ Ich kenne den Ausspruch, der alte Quindt benutzte ihn gelegentlich.

Der Asphaltbelag stammt noch von den Deutschen, sagt jemand; andere widersprechen: Die Straßen waren früher schlechter. Der Zutritt zu den meisten Waldwegen ist gesperrt. Militärisches Gelände, unser Instinkt übersetzt uns die Verbotsschilder.

Wir wohnen im Hotel ›Skanpol‹ in Kolberg, heute Kołobrzeg, das durchgestrichene l wie das englische w auszusprechen, Kategorie A. Von den westlichen Reisenden wegen seiner Mängel ›Skandalpol‹ genannt. Nach zehn Jahren Volkstourismus sind Tisch- und Bettwäsche zerrissen, haben die Teppiche Brandlöcher. Was zu bemängeln wäre, löst gleichzeitig Befriedigung aus. Es wird als Bestätigung für das Zivilisationsgefälle von West nach Ost genommen; man lebt im besseren Teil der Welt.

Im Speisesaal sitzen die Westdeutschen an reservierten Tischen, an anderen Tischen die Urlauber aus Polen, die Ostdeutschen sitzen ebenfalls für sich. Verbrüderung ist nicht geplant, ein Vertrag wird erfüllt, Devisen werden benötigt. Noch sprechen die Kellner kaum ein Wort Deutsch. Aber man bietet

›Danzingi‹ und ›Striptease‹ und ›Pepsi Cola‹; die westliche Welt dringt durch viele Kanäle in den Osten.

Wir frühstücken warme Krakauer Wurst, geriebenen Meerrettich, mit roten Rüben gemischt, dazu viel heißen ungefilterten Kaffee aus Gläsern; die Westdeutschen holen den mitgebrachten Nescafé hervor. Für viele unter ihnen bedeutet die Reise in die alte Heimat zugleich die erste Reise ins Ausland.

Zwei Wochen lang essen wir pommersch-polnisch. Borschtsch, die berühmte rote Suppe des Ostens, aber auch pommersche Kliebensuppe. Wir trinken Wodka, aber auch Buttermilch, wir werden gut und abwechslungsreich ernährt, während die Bevölkerung unter einer der häufigen Versorgungskrisen leidet.

Die Mietwagen warten bereits vorm Hotel, um die ehemaligen Pommerndeutschen dorthin zu Kurzbesuchen zu fahren, wo sie einmal zu Hause gewesen sind: nach Stolp und Treptow, nach Neu-Stettin und Cammin. Man zahlt in Westmark, Tauschangebote werden uns auf der Straße zugeflüstert, die meisten Touristen hüten sich, manche hüten sich nicht und tauschen 1:4, wo man 1:1 tauschen müßte. Mit vollen Taschen und bangen Herzen steigen sie in die Autos. Kaffee und Strumpfhosen, Kugelschreiber und Kaugummi werden bei der Verständigung mit den neuen Bewohnern ihrer Wohnungen hilfreich sein müssen.

Wir selber bleiben vorerst in Kolberg. Maximiliane von Quindt hat im September 1937 die ersten fünf Tage ihrer Ehe hier verbracht; sie war damals knappe 19 Jahre alt und sehr unerfahren. Das junge Paar hat in der Pension ›Zum alten Fritz‹ gewohnt, die Maximiliane aber nicht wiederfinden wird. Sie wird sich noch an die schattige Uferpromenade erinnern und an den ›Seesteg‹, von dem aus sie zum ersten Mal gesehen hat, wie die Sonne im Meer untergeht; sie ist zeit ihres Lebens ein Landkind geblieben. Sie muß damals so verwirrt gewesen sein, daß sie die unübersehbare Marienkirche nicht wahrgenommen hat; aber damals stand sie im Schutz der alten Bürgerhäuser und nicht auf

Ödland wie heute. Backsteingotik wie in Lübeck, Lüneburg, Stargard, mehr Festung als Kirche, dreischiffig, ohne Türme, in Jahrhunderten erbaut und dann im März 1945 zerstört. Bis vor kurzem hat die Ruine des Domes als Kriegsmuseum gedient, jetzt wird am Wiederaufbau gearbeitet. Baugerüste aus Birkenstämmen; Schwalben und Spatzen fliegen zwitschernd ein und aus, nisten im Inneren der Kirche. An den behelfsmäßig errichteten Altären lehnen junge grüne Birken: es ist Fronleichnam. Prozessionen und Gottesdienste, die Kirche füllt sich mehrmals am Tag. Die Gläubigen knien nieder, schlagen das Kreuz, singen und beten. Das ›Halleluja‹ und das ›Amen‹ singen wir mit. Die Polen galten immer als religiös, als gut katholisch. Oder wird heute die Kirche zum Ort einer stillen Demonstration? Die Woiwodschaft Koszalin ist die kinderreichste, geburtenfreudigste in Polen, und Kinderreichtum galt ja immer als ein Zeichen von starkem Lebenswillen. Oder sind die vielen Kinder auf den Straßen, den Spielplätzen und am Strand katholische, nicht verhinderte, Kinder? Stellen wir falsche oder richtige Beobachtungen an? Wir sehen, auch bei Tage, viele Betrunkene auf der Straße. Trinkt man denn, wenn man lebensfroh und zuversichtlich ist? Trinkt man, weil man arm ist, oder ist man arm, weil man trinkt? Weder Straßen noch Plätze, nicht einmal der Sandstrand, scheinen jemals gefegt oder geharkt zu werden, trotzdem liegt nirgendwo Abfall: ein sauberes Land. Sauberkeit der Armen. Es gibt nichts zum Wegwerfen. Allenfalls Zigarettenkippen. Es wird viel geraucht, vor allem die Frauen rauchen. An den Kiosken werden keine ausländischen Zeitungen verkauft, allenfalls eine deutschsprachige aus Ost-Berlin; keine Magazine, manchmal eine Sportzeitung. Sind die Polen keine Zeitungsleser? Oder ist dieses Pomorze noch gar nicht Polen?

Wir steigen im mächtigen Westwerk der Marienkirche die enge Wendeltreppe hinauf, um uns von der Plattform aus einen Überblick zu verschaffen. Der Prospekt erteilt den von Staats wegen geforderten geschichtlichen Überblick: Zuerst eine slawische Siedlung, dann eine Salzstadt und daher wohlhabend; im

13. Jahrhundert setzte der ›langjährige rücksichtslos durchgeführte Germanisierungsprozeß, vor allem aus Lübeck‹, ein. Als nach 800 Jahren der Unterdrückung und nach schweren Kämpfen um Kołobrzeg die ermüdeten Soldaten der 1. Armee des polnischen Heeres in der Dämmerung des 18. März 1945 an den Kolberger Strand kamen, da gelobten sie der See: ›Wir schwören, dich nie zu verlassen, denn du, das Meer, bist seit Jahrhunderten und auf ewig polnisch!‹ An der ›Vermählungsstelle‹ der polnischen Soldaten mit der Ostsee erhebt sich ein gewaltiges Beton-Mal. Es darf auch von den ausländischen Touristen fotografiert werden, der kleine unzerstörte Bahnhof dagegen nicht. Deutsche Geschichte, polnische Geschichte; auf gemeinsamen Schulbuchkonferenzen bemüht man sich, sie auf einen gemeinsamen Nenner zu bringen.

›Noch ist Polen nicht verloren!‹ Jener großartige, 150 Jahre währende Freiheitskampf. Von allen idealistisch gesinnten Europäern bewundert. Bei soviel eigenem Patriotismus wird dem Nachbarn das Wort ›Heimat‹ oder ›Heimweh‹ bereits als Revanchismus ausgelegt...

Von der Plattform der Marienkirche aus sehen wir, was wir von unten nicht sehen sollen: die alten Kasernen und die neuen Kasernen, die alten und die neuen Befestigungsanlagen und den nahen Militärflugplatz, von dem die russischen Düsenmaschinen, Typ MIG, aufsteigen und donnernd in Richtung Ostsee davonfliegen, schneller, als man die Ohren schützen kann. In klaren Nächten starten und landen sie alle paar Minuten, bis nachts um ein Uhr.

Polen baut hier, an der sonnenreichsten und regenärmsten Stelle der 500 Kilometer langen Ostseeküste, einen devisenbringenden Bade- und Kurort aus, aber gleichzeitig wird fünf Kilometer östlich davon der Militärflughafen vergrößert. Wer plant? Russen oder Polen? Wenn wir uns mit deutsch- oder englischsprechenden Polen unterhalten, fällt mehrmals ein Satz, der uns mit anhaltender Trauer erfüllt: »Wir würden lieber unter den Deutschen als unter den Russen leben.« Die freiheitsliebenden Polen! Was für eine Welt, in der immer die einen ›unter‹ den anderen leben. Auch in den ruhigen Nächten liege ich schlaflos. Die vielen Soldaten. Die vielen militärischen Anlagen. Die Panzer und Militärflugzeuge; als wäre Pommern nur noch ein Aufmarschgebiet. Aber das westliche Verteidigungssystem, von dem ich lese und kaum etwas sehe, macht mich ebenfalls ängstlich. Maximiliane hingegen, dieses Naturkind, das ja ebenfalls im Hotel ›Skanpol‹ absteigen muß, schläft auch hier, wie überall, tief und fest.

Wir gehen am Strand entlang, der Sand ist fest und weiß. Die Ostsee, die nun ›Morje Baltikum‹ heißt, gebärdet sich wie der Atlantik. Über die Mole fegen die Brecher hinweg, der Seesteg, die große Attraktion Kolbergs, ist aus Sicherheitsgründen gesperrt, kein Schiff ist draußen. Der Strand sei nur noch halb so breit wie früher, sagen die ehemaligen Kolberger, aber das weiße Band zwischen Meer und Land zieht sich noch immer bis ans Ende der Welt: zerzauste Kiefern- und Erlenwälder wachsen auf den Dünen.

Am nächsten Tag dreht endlich der Wind und kommt von Osten. Auf fußbreiten Graswegen gehen wir am Ufer der Persante entlang. Im Windschatten der Büsche lagern Urlauber aus Lodz und Warschau, die Kinder spielen und baden. Schon immer ging man ein Stück ins Land hinein, wenn es an der Küste kühl und windig war. Die Männer haben die Jacken, die Frauen die Kleider ausgezogen; von Schlüpfern leidlich bedeckt, recken sich stattliche polnische Hintern aus dem Gras. Hinterpommersche Hintern! Endlich lachen wir wieder. Ich ziehe Schuhe und Strümpfe aus, gehe barfuß.

Noch ein paar Angler, dann sind wir allein. Angepflockte Kühe und Pferde auf den Uferwiesen. Über Schilf und Röhricht schwirren persischblaue Libellen; das Ufergebüsch voller Vogelstimmen, darunter der Zilpzalp, und plötzlich, dicht vor uns, auf einer Pappel ein gelber fremder Vogel. Er fliegt davon, gibt sich durch Pfeifen zu erkennen: ein Pirol! Wir pfeifen ihm nach. Er macht mich glücklich, macht diese Maximiliane glücklich; auch auf Poenichen bekam man den Pirol nicht oft zu hören und nur selten zu sehen.

Die Vogelscheuchen auf den Feldern tragen die Sonntagskleider ihrer Besitzer auf. Manchmal begegnet uns ein Mann oder eine Frau, die Heugabel über der Schulter; unser Gruß wird nicht immer erwidert. Kartoffeln, Korn, aber auch Flachsfelder, kurz vor der Blüte. Wir erinnern uns daran, daß wir Vergleiche zwischen jetzt und früher anzustellen haben, zwischen Westen und Osten. Ich sehe gutbestelltes, fruchtbares Bauernland.

Der Weg wird sandig, der Wald beginnt. Vornehmlich Birken, nach Ansicht der Forstleute das Unkraut der Wälder. Der Brambusch leuchtet wie Gold, die Lerchen singen hoch über uns, das Moorgras blüht in weißen Büscheln, eine Landschaft, aus Löns-Liedern zusammengesetzt, Löns ist in Westpreußen aufgewachsen. Stellvertretend für Maximiliane singe ich den noch fehlenden ›Birkhahn, der kullert und tollt‹ dazu.

Der Wald wird dichter und unübersichtlicher, schwarze moorige Tümpel. Mein Mann bleibt stehen. »Laß uns hier umkehren!« Ich kenne diese Überfälle seiner Kriegserinnerungen schon aus den schwedischen Wäldern. Pripjetsümpfe, Partisanenkrieg. Gleich wird er von den russischen Partisanen erzählen, die beim Anrücken der deutschen Verbände im Moorwasser untertauchten und durch Schilfrohre atmeten, um dann hinter den deutschen Linien wieder aufzutauchen... Aber: er schweigt.

Wir kommen durch ein Dorf. Fünf oder sechs Bauernhöfe, die Straße breit, ausgefahren, nicht asphaltiert. Eine Gänseherde versperrt uns den Weg, wir bewaffnen uns mit Knüppeln. Das Korn blüht, der Duft mischt sich mit dem der blühenden Akazien. Es ist Mittag. Wir legen uns ins Gras, der wilde Mohn blüht, die duftende Kamille. Die Stunde der Kornmuhme. Diese Maximiliane von Quindt hätte nun wohl gespürt, daß die Erde sich unter ihr dreht.

Ich spüre es nicht, ich bin kein Naturkind, aber auch ich fühle mich wohl; ich fühle mich nicht in der Fremde.

An jedem Abend beschließen wir: Morgen fahren wir nach Poenichen! Aber am nächsten Morgen, wenn die anderen deutschen Touristen wieder in ihre Mietwagen steigen und ihren Zielort nennen, verschieben wir die Fahrt. Wir scheuen uns vor etwas, das es doch nicht gibt: Poenichen. Ein Phantom.

Wir studieren die Fahrpläne und benutzen die Linienbusse. Wir fahren in modernen, manchmal auch in klapprigen Omnibussen über Land. Mein Mann hält die polnische Landkarte auf den Knien, ich die pommersche. Die Maßstäbe stimmen nicht überein. Auf der Fahrt nach Rügenwalde saßen wir ganz hinten im Bus, hielten uns der Erschütterungen wegen mit beiden Händen an der Stange der Vordersitze fest. Ich bangte um meine Wirbelsäule. Mein Mann empfahl englischen Trab, den Stoß mit den Oberschenkeln abfangen! Er hat zwei Jahre auf dem Pferderücken verbracht, Chef einer Kosakenschwadron. In leichtem englischen Trab auf dem Sitz eines polnischen Busses. Man dreht sich nach uns um, unsere Heiterkeit wird nicht als Kritik empfunden.

Schmale Chausseen mit alten Bäumen, meist Ahorn oder Linden, deren Kronen sich über der Straße ineinanderschieben; bei uns wären sie längst dem Autoverkehr geopfert worden. Maximiliane hat einen ihrer Söhne durch einen Unfall verloren; der schuldige Baum wurde inzwischen geschlagen, Sieg der Technik über die Natur. Hier wachsen zwei Meter seitwärts vom Chausseegraben junge Bäume der künftigen Straßenverbreiterung entgegen.

Zu beiden Seiten Seen mit flachen Ufern. Rapsfelder, Kornfelder, Kartoffelfelder. Der Holunder blüht und die Heckenrosen. Im Brachland die gelben Schwertlilien und immer wieder: Störche. Die Natur noch natürlich. Dieses Pommerland, unverwüstlich. Kriegsstürme sind drüber hingegangen, und es wird weiter geblüht und weiter Frucht getragen; ein Gefühl von Dauer, Unzerstörbarkeit und Ewigkeit geht davon aus.

Noch bestehen die alten Größenordnungen und Besitzverhältnisse, aber in den Bauernhäusern leben jetzt Bauern aus dem östlichen Polen – vertrieben oder ausgesiedelt, ich weiß nicht, wie man es offiziell nennt –, und aus den großen Gütern sind Kolchosen geworden. In den ehemaligen Gutshäusern sitzt die Kolchoseverwaltung. Viele Herrensitze wurden zerstört. Die Landarbeiter wohnen jetzt in Wohnblocks nahe den Wirtschaftsgebäuden, aber es gibt auch noch die vertrauten langgestreckten Dorfstraßen mit den einstöckigen Häusern, wo auf den Bänken neben der Haustür die alten Frauen sitzen wie einst und wo auf dem Dorfanger die pommerschen Gänse und die polnischen Enten von rundköpfigen blonden Kindern zusammengetrieben werden ...

Die Kirchen liegen ein wenig erhöht unter Baumgruppen. Mit den Polen ist die Frömmigkeit ins Land zurückgekehrt. Vertrauen sie auf ein alleswiedergutmachendes Jenseits? Nehmen sie darum die Unzulänglichkeiten geduldiger auf sich? Tun sie nur das Nötigste und nicht mehr? Polnische Wirtschaft – deutsche Tüchtigkeit, darüber wird abends im Hotel lange diskutiert. Urteile und Vorurteile. Wer hier ein Ersatzteil braucht, fährt dreimal vergeblich nach Koszalin oder bis Posen. Die heutigen Bewohner sind nicht als Pioniere gekommen wie einst die Deutschen. Muß ein seßhaft gewordener Mensch mit einem eigenen Auto hin und her fahren, wenn es Fahrräder und Omnibusse gibt? Sind Wohlstand und Besitz die wichtigsten Lebensziele? Stelle ich ebenfalls die deutsche Gardinenfrage? Lebt man hinter gerafften Perlonstores glücklicher? Überschätzen wir nicht alle die glückbringende Kraft der Waschmittel?

Unterwegs, wenn wir in einem der Seen baden oder an seinem Ufer sitzen, teilt sich uns die Stille und Heiterkeit der Landschaft mit. Die Ankunft am Ziel ist immer schmerzlich. Östliche Armut hat mich überall – in Rumänien, in Serbien, in Ungarn –, aber erst recht in Pomorze bedrückt, sie ist nicht malerisch, nicht fotogen. Arm heißt hier immer auch unfrei.

Wir sitzen in Cafés und Restaurants, manchmal 1. Kategorie, manchmal 4. Kategorie, und lernen die Klassenunterschiede in einem kommunistischen Staat kennen, die in einer westlichen Demokratie undenkbar wären. Wir besichtigen alte Stadtmauern und Tortürme, kleine Museen und Kirchen; vieles blieb im Krieg unzerstört, ist nur gealtert seither. Wir gehen über Wochenmärkte. Am Warenangebot erkennt man hier noch die Jahreszeit. Den Pferden hat man den Futtersack umgebunden. Es ist wie früher, wir sind nicht in ein anderes Land, wohl aber in eine frühere Zeit gefahren. Auf den Verkaufstischen liegen gebündelte Möhren, Salatköpfe, ein paar Sträußchen Dill, zwei oder drei gerupfte Hühner, sandige Erdbeeren, ein Korb wilder Kirschen, Margeritensträuße vom Wegrand. Die Erdbeeren, die wir kaufen, essen wir denen weg, die kein Geld zum Kaufen von Erdbeeren besitzen. Wir geben vor, keine Zlotys zu haben, und legen Westgeld hin. Man sieht uns prüfend an, ob wir aus dem östlichen oder aus dem westlichen Teil Deutschlands kommen. Wir lächeln und sagen ›prosche‹. Es scheint uns das meistgebrauchte polnische Wort zu sein: bitte. Noch sind Erinnerungen wach, die Freundlichkeit nicht zulassen. Wir spielen unsere Rollen in dem Stück, das ›Entspannung‹ heißt, noch unsicher. Manchmal spricht man uns zögernd und ängstlich in deutscher Sprache an. Wenn der Betreffende hört, daß wir nicht aus Pommern stammen, ist er enttäuscht. Jene Frau in Dramburg, die hinter uns in die Kirche huschte, um mit uns sprechen zu können: Sobald ihre Mutter tot ist, wird auch sie nach Deutschland kommen, der Antrag läuft schon! Ihre Augen leuchten, wenn sie von dem gelobten Land spricht. Sie weiß noch nicht, daß sie als Deutsche ausgesiedelt und als Polin in Deutschland ankommen wird. Wir verteilen Kaffee, Kaugummi, Schokolade, wie es die amerikanischen Besatzungssoldaten im Nachkriegsdeutschland taten. Kann der eine sich freuen, wenn der andere sich schämt? Wie es Besitzerstolz und Besitzerfreude gibt, gibt es auch Besitzerscham.

Manchmal fragen wir nach dem ›früher‹ und dem ›damals‹, manchmal möchten wir etwas Bestimmtes kaufen, doch dann heißt die Antwort in der Regel ›nie ma‹, ›gibt es nicht‹, aber es klingt nach nimmermehr. Mit ›nie ma‹ könnte der Roman von den Quindts auf Poenichen enden.

Wenn wir in der Nähe der Küste sind, essen wir frisch geräucherten Dorsch oder frisch gebratene Scholle, sitzen im Freien vor einer ›Smazalina‹. Mit so einer Fischbratküche hat Maximiliane 1947 sich und ihre Kinder durchgebracht. Jetzt kenne ich den Geruch, der ihren Haaren und Kleidern anhaftete. Sie hat es nicht wieder zu Besitz gebracht wie die anderen Vertriebenen.

Abends tauschen die Pommernreisenden ihre Erfahrungen aus. Man hat das Geburtshaus fotografieren dürfen! Aus dem Nachbardorf ist eine Deutsche gekommen, um zu dolmetschen! Ein Huhn wurde geschlachtet! Man hat viel zuviel Samogonka getrunken! Wenn man wiederkommt, soll man dort schlafen, in den Betten, die einmal die eigenen gewesen sind! Eine Frau zeigt uns einen Glasteller, den man ihr zum Abschied geschenkt hat, er stand noch an derselben Stelle in der Vitrine wie vor der Flucht. Was für eine Verwirrung! Wessen Haus, wessen Betten, wessen Glasvitrine? Man wird Fotos schicken und wird Pakete schicken, man hat sich die Konfektionsgrößen angeben lassen, die Maße der Fenster hat man noch im Kopf. Nur einer berichtet, daß man mit grünen Äpfeln nach ihm geworfen habe.

Das Wort ›Polaken‹, das ich in Pommern früher oft gehört habe, habe ich diesmal nicht gehört; es heißt ja auch nichts weiter als ›Polen‹, und die Polen benutzen das Wort ›Schwaben‹ als Schimpfwort für die Deutschen.

Die deutsche Überheblichkeit wird Stück für Stück abgetragen. Die Menschen in Pomorze sind so arm, wie man früher selber war. Wer früher im Osten Landarbeiter war und heute im Westen Fabrikarbeiter ist, der hat es zu etwas gebracht. Haus und Garten und Farbfernsehgerät. Warum sollte man zurückkehren wollen? Besitz scheint ein gutes Mittel gegen Heimweh zu sein.

Unsere Tischnachbarin benutzt die gleichen Aussprüche wie

Anna Riepe, die langjährige Mamsell auf Poenichen. ›Das Unglück schlöppt nich!‹ sagt sie und berichtet von Krankheit und Tod in dem Haus, in dem sie früher gewohnt hat. Sie hat eine Welt-Erfahrung gemacht: Die neuen Hausbewohner haben auch ihre Schicksale. ›Schicksäler‹ sagt sie, wie Anna Riepe. Man wird Medikamente schicken, wenn man es darf. Noch keine Freundschaft – dafür ist die Fremdheit zu groß –, aber so etwas wie Anteilnahme. Ist man nicht immer noch verantwortlich für Pommern? Keine Ansprüche. Kein Revanchismus. Die Entspannung findet in den Herzen statt.

Der zweiwöchige Vergleich zwischen der westlichen Industrielandschaft und der östlichen Agrarlandschaft geht zugunsten der alten Heimat aus. Sie ist so schön, wie man sie in Erinnerung hatte, ist eher noch schöner geworden, weil man dort, wo man früher schwer hat arbeiten müssen, jetzt Ferien machen kann. Die letzten Tage verbringen die Heimwehtouristen bei schönem Badewetter am Strand. Sie unterscheiden sich nicht von den Einheimischen, derselbe östliche Menschenschlag. Die geleerten Koffer werden wieder gefüllt, Wodka, Bernsteinketten und Brocken von ungeschliffenem Bernstein, unter der Hand gekauft. Und Honig von pommerschen Rapsfeldern und blühenden pommerschen Lindenbäumen.

Sie sind reicher als andere, die Vertriebenen aus dem Deutschen Osten, sie besitzen beides, eine Heimat und ein Zuhause. Sie geben sich zufrieden mit Heimatzeitung und Heimatabend, Heimatmuseum und Schallplatten mit pommerschen Gedichten und Liedern. Vielleicht werden sie den Kindern und Enkelkindern die verlorene Heimat einmal zeigen, Pommerland ist abgebrannt, die Pommern sterben aus.

In der Rede, die der alte Quindt 1918 aus Anlaß der Taufe seiner Enkelin und Erbin Maximiliane hielt, hatte er wörtlich gesagt: ›Hauptsache ist das Pommersche, und das hat sich noch immer als das Stärkere erwiesen. Am Ende sind aus Goten, Wenden und Schweden, die alle einmal hier gesessen haben, gute Pommern geworden. Das Nationale hat nicht immer eine so große Rolle gespielt, sonst hätte nicht ein Quindt Woiwode in Polen werden können.‹ Und in seiner Rede, die er anläßlich der Hochzeit seiner Enkelin im Jahr 1937 hielt, war er so weit gegangen zu sagen: ›Dem Boden ist es ziemlich egal, wer drüber geht, Hauptsache, er wird bestellt.‹

Wir nehmen ihn beim Wort. Ich überprüfe die Theorien des alten Quindt, der ein liberaler Mann war, Mitglied des Deutschen Reichstags, mit Maßen mutig im Dritten Reich; seine Quindt-Essenzen waren berühmt. Aber er hat sich und seine Frau in jenem Augenblick erschossen, als der Treck seiner Gutsleute, darunter Maximiliane mit ihren vier kleinen Kindern, von der Lindenallee auf die vereiste Chaussee einbog...

Wir müssen endlich nach Poenichen fahren! Wir bestellen das Taxi für den nächsten Morgen.

[aus: *»Erfahren und erwandert«*]

Der weiteste Sprung: der über den eigenen Schatten.

Immer wieder erlebe ich Leute, die ständig auf ›die Deutschen‹ schimpfen, obwohl sie selbst Deutsche sind. Als ob sie sich entdeutschen wollten oder könnten.

Überlegenheit, die man zeigt, verliert ihren Wert.

Die Reise nach Jerusalem

Wie oft als Kind gespielt: »Wir reisen nach Jerusalem, und wer kommt mit?« Immer kommt nur ein einziger in Jerusalem an; da stirbt der eine an Pest, der andere wird von Wegelagerern erschlagen, da kommt einer am tödlichen Fieber, einer in den Kriegswirren um. Heute stehen dafür: Bombenanschläge, Flugzeugentführungen. Aber: nichts passiert; wir steigen auf in Frankfurt, wir landen nach vier Stunden auf dem Flugplatz Ben Gurion, von 8 Grad zu 32 Grad Celsius. Ein Flug vom Abendland ins Morgenland, in den Orient: Ich orientiere mich.

Zwischendurch habe ich den Lauf der Save verfolgt, habe den Olymp gesehen und die ihm zugehörige Wolke, nur eben von oben, habe Patmos gesehen, habe Leros gesehen, habe mich erinnert... Keine Turbulenzen in den Lüften, kein Taschendiebstahl, nur sorgfältige Gepäckkontrolle und Leibesvisitation; der tastende Stab hatte an meiner Jackentasche haltgemacht. »Was haben Sie da?« Ich holte eine gelbe Quitte hervor, die ich mir als letztes in meinem Garten gepflückt hatte, als Talisman.

»Jerusalem, du hochgebaute Stadt, wie gern wär' ich in dir!« So oft gesungen, und dann ging der Wunsch in Erfüllung. Ich bin in ihr, Tag für Tag. Das Land: grau wie Stein, grau wie Staub, die Bäume staubig. Ödland. Eine ganze Stadt aus dem Stein gebaut, auf dem sie steht, als hätte man die Steine, die man für die Fundamente aus dem Fels geschlagen hat, gleich wieder für die Mauern verwendet. Altes, Neues, Zerfallenes, immer der gleiche helle Sandstein, und sei es als Blendwerk auf dem Beton. Behauen und unbehauen. Mauern müssen schützen gegen die Sonne, den Wind und die Beschießung. Einzige Farbe: Bougainvillea und die leuchtend blauen Trichter der Zaunwinde, die sich bis hoch in die Eukalyptusbäume rankt; Verbenen in Buschhöhe, ›Wandelröschen‹, die ihre Farbe wandeln, gelb-rot, rosa-rot, weiß-gelb; Rosmarin blüht zum zweiten Mal im Jahr; die Mauern sind überwuchert von Hecken mit hellblauen geranienartigen Blüten, dem orientalischen Flachs.

»Wenn ich einmal reich bin...«, singt Tevje, der Milchmann; ich ergänze ihn: »...wohne ich im ›King David‹.« Auch ich wohne dort, dankbar und beschämt. »Geh zu den Reichen, zu deinesgleichen, mir eben recht, mir eben recht...« Eine Karawanserei reicher jüdischer Amerikaner. Auch mich wird man für eine Jüdin halten. Auf den Schildern, die die Hotelangestellten, das Glöckchen läutend, herumtragen, stehen die Namen, nicht amerikanisiert, sondern deutsch: ›Mr. Hirsch‹, ›Mrs. Grünbaum‹, Mr. Rosenthal‹. Ihre Sehnsucht nach Israel ist in wenigen Tagen gestillt, wird aber in einiger Zeit wieder nachwachsen, nach Israel auswandern werden sie nicht, das geschieht nur aus Not oder Idealismus, nicht der Geschäfte wegen. Ich denke, sie kommen, um in Jerusalem ihre Namen unter denen der Stifter all der Memorials zu lesen, ›Aaron and Esther Baum from Chicago‹, Samuel and Sarah Hirschfeld from Denver‹... Hin und wieder lesen wir den Namen ›Dr. Axel Springer‹; andere deutsche Namen lese ich nicht, was mich verwundert.

Das Wasser, das hier doch kostbar ist, fließt verschwenderisch aus den Hähnen des Hotels. Immer meine ich, daß ich wegnehme. Ich zahle mit Shekel, kaufe mich frei, will wiedergutmachen, was nicht wiedergutzumachen ist. Manchmal wird mir bewußt, daß ich mir die Zähne mit Wasser aus dem Jordan putze und daß ich mir die Füße mit Jordanwasser wasche. Nach jeder Rückkehr wasche ich mir die staubigen Füße. Der Boden und die Wände des Swimming-pools sind blau-weiß gekachelt, zweitönig, nichts, was man später einmal ausgraben und ausstellen wird. Auf dem klaren, gekühlten Wasser treiben ein paar gelbe Blätter und mahnen: Diese Tage sind geschenkte Sommertage, die dir nicht zustehen. Im Kidron-Tal, heißt es, wird sich die Auferstehung der Toten vollziehen, Friedhof an Friedhof an den Hängen, wo diejenigen liegen, die näher dran sein wollen; ein Seil wird dann das Tal überspannen, und – von zwei Engeln geleitet – wird man darüber schreiten oder abstürzen. Mehrmals denke ich, daß das Seil im Hotel ›King David‹ endet, in den tiefen Sesseln der großen Halle mit der geschmückten Kassettendecke und dem Blick auf die Mauern der Altstadt.

»Es möge wohlgehen denen, die dich lieben«, lese ich im 122. Psalm. Die Mauern der Altstadt vor Augen, lese ich diese Zeile mit Inbrunst; das Psalmodieren am Morgen ist selbstverständlich, tröstlich und erbauend. Gestärkt gehe ich zum israelisch-amerikanischen Frühstück mit geräuchertem Lachs, Räucheraal, marinierten Fischen, Oliven und Croissants und den Ausrufern, ›Mrs. Esther König!‹, ›Mr. Abraham Glück!‹, ›Mrs. Rosenzweig!‹ Warum fürchte ich mich nicht? Getrost verlasse ich morgens das bergende Hotel, durchquere das Himontal, gehe durchs Jaffator oder steige zum Berg Zion auf; die Luft ist leicht und trocken, der Himmel ist hell, mittags stehen sieben Sonnen am Himmel. Meine Anwesenheit freut niemanden, aber es scheint mich auch niemand zu hassen; auch nicht die Inhaber der kleinen Kramläden, die aus Deutschland kommen und die deutsch mit mir sprechen. Die jungen weiblichen Soldaten mit den nackten, braungebrannten Armen tragen ihre Maschinenpistolen wie Handtaschen unterm Arm.

Tochter Zion, freue dich! Um nach Jerusalem reisen zu dürfen, hätte man vorher lange Entbehrungen auf sich nehmen müssen, hätte die Seele vorausschicken müssen. An der Klagemauer sehen wir von ferne zu, wie andere beten, haben nichts zu klagen, hätten aber zu danken. Wer dem gesprochenen Wort nicht traut, schiebt einen Zettel zwischen die Mauerritzen. Wie würde ich, wenn ich vor der Mauer stünde, meine Bitten schriftlich vorbringen? Wie würde ich mit Gott schriftlich verkehren? Bettelnde kleine Araberjungen umdrängen uns wie Fliegen; wir wehren sie ab mit Worten und Gesten, schlagen nach ihren zugreifenden Händen, sie laufen hinter uns her und rufen: »You are rich, we are poor!« Sie haben ja recht, recht haben sie! Wir geben den bettelnden uralten Frauen, die halb oder ganz verschleiert an den Hauswänden hocken, einen Schein; zum Dank legen sie die Hand an die Schläfe. Plötzliche

Erkenntnis in den Gassen der Altstadt von Jerusalem: Hilf dem anderen, dann hilft dir Gott. Nicht: Hilf dir selbst, dann –.

Fünfzig Schritte bis zum Grab des Herodes, in welchem es grabesdunkel ist; ich taste mich vor, folge einem Lichtstrahl, bin allein, schlage mit dem Kopf an einen Stein und lerne, mich tiefer zu bücken. Rundgänge durch die Jahrtausende; eben noch Moses, dann schon Christus, dann Mohammed, dann Ben Gurion. In Jericho die ersten menschlichen Ansiedlungen, die es auf der Welt gibt, Jahrtausende alt. Fahrt durch das Land. Duft nach Olivenholz, Duft nach frisch gebackenen Oblaten, nahe bei einem der zahlreichen Klöster. Am Rande der Fruchtgärten frisch gepreßter Saft von Orangen und Pampelmusen – vor Ort. Schöner Augenblick: die Mündung des Jordans in den See Genezareth; hohe Eukalyptusbäume bis hin zum Wasser, tiefes Grün, schattiges Wasser, Wellen, aus denen Sonnenlichter springen, Fischer legen Netze aus, wie damals ... In der Wüste: armselige Beduinenzelte, hin und wieder Kamele. Ziegen und Schafe weiden nebeneinander, weiden dürres Gras, graues stachliges Buschwerk. Am Straßenrand Wracks zerschossener Panzer, wie Mahnmale: Täuscht euch nicht, laßt euch nicht durch Air-condition und Selbstbedienungsläden täuschen, es herrscht hier kein Friede. Und außer Sonne bietet dieses Land nichts von selber; alles übrige ist Mühsal, die Baumwoll- und Tabakfelder, die Berieselungsanlagen. Es ist leicht, hier jemanden in die Wüste zu schicken. Aber die Olive gibt ihr Bestes, wenn sie gepreßt wird. Es dunkelt rasch und früh, der Halbmond steht schon hoch über Jordanien, jenseits des Jordans, überm Gebirge. Die Hunde treiben die Tiere zusammen. Und hüteten des Nachts ihre Herden...

Und irgendwann Kraniche im hohen Bogen, die in den feuchten, sumpfigen Ufern des Jordans niedergehen. Welche Freude! Immer machen Vögel mich glücklich. Ich erkenne Wiepsterte, mager vom weiten Flug, womöglich aus Holstein kommend. Ich sehe den schönen Wiedehopf, der hier den Winter verbringt. Und höre den Bulbul. Immer sind es die

Vögel, die mir ein Land vertraut machen. Und es sind auch die Glocken. In Bethlehem dämmerte es in den Tälern, die Abendglocke erklang, rührte ans Herz, eine cis-Glocke, wie in der Kirche, neben der mein Elternhaus stand. Mitten im Oktober wird hier von Bethlehem gesprochen! Wieder fahren wir im Dunkeln zurück, fahren durch ›dieselbe Gegend‹, auf der die Hirten des Nachts ihre Herden hüteten und noch immer hüten; sie werden sich fürchten vor Überfällen, kein Engel wird ihnen erscheinen, der sagt: Gehet hin!

Der Mond über den Mauern von Jerusalem. Wem gehört er? Der goldene Halbmond den Arabern, der silberne Vollmond den Juden, sie müssen ja, unfreiwillig, alles teilen. In unserem Pfarrgarten gab es im Herbst den geheimnisvollen Strauch, den wir Judastaler nannten. Wie ein Judastaler steht der silberne Mond über Jerusalem. Ein später, sonniger Herbsttag fällt mir ein, ein Sonntagnachmittag im Park von Wilhelmshöhe bei Kassel, auf einer Parkbank sitzt eine Diakonisse, unansehnliches Strauchwerk neben sich, sie zupft die Deckblätter ab, die dunklen Samen fallen heraus, der lichte schöne Judastaler wird sichtbar; sie sitzt, als zupfe sie Scharpie, sie wird die Sträuße am Abend ihren Patienten bringen, die Freude, die sie bereiten wird, strahlt jetzt schon aus ihren Augen...

Aber wir sitzen in Jerusalem, trinken Wein vom Berg Carmel, während der Mond Zedern und Zypressen durchquert. Eine Idylle. Der Bulbul ruft vom Berg Zion. In gemeinsamer Erinnerungsarbeit finden wir die Zeilen aus dem ›Westöstlichen Diwan‹: »Zwar in diesem Duft und Garten / Tönet Bulbul ganze Nächte.« Am dunklen Himmel strahlt ein Licht auf und erhellt den Berg Zion, dann ein zweites, während das erste verlöscht, dann drei Lichter auf einmal. Es ist sehr schön und sehr unheimlich, es weckt Erinnerungen an die Kriegsjahre, an die feindlichen Luftangriffe, als Positionslichter über den Städten gesetzt wurden. Hier sind es Leuchtkugeln, die irgendwo über der Wüste stehen. Was spielt sich dort ab? Es wird nicht in der

›Jerusalem Post‹ stehen, aber wir haben gelesen: Am Tag zuvor ist eine Bombe in der Altstadt explodiert, es hat eine Anzahl Verletzter gegeben.

Eine Woche lang Halsentzündung, dann Grippe und Fieber. Ein israelischer Arzt wird gerufen, er kommt in mein Hotelzimmer; es ist Sabbat, er bestellt per Telefon Penicillin bei einer Apotheke; diese läßt es durch einen Taxifahrer bringen. Miriam, die alte jüdische Zimmerfrau, mit der ich nur ›Schalom‹ und ein Lächeln tauschen kann, schiebt einen Zettel unter der Zimmertür durch – sie hat etwas Unverständliches darauf geschrieben –, bezieht mir ein weiteres Kopfkissen, alles am Sabbat, wo Christus keinen Aussätzigen heilen durfte.

Erkenntnis: Die Juden müssen nur ihre Gesetze einhalten, müssen nur gesetzestreu sein. Auch die Katholiken haben ihre guten Werke; aber wir Protestanten müssen nur glauben, Glauben als Arbeit.

Dieser Glaube hat es hier schwer. Jesus am Ölberg? Der Garten Gethsemane mit den Blumenrabatten und den Kieswegen und den Händlern jenseits der Mauern... Ach, selig sind, die sehen und doch glauben! Das Land ist jüdisch und ist arabisch, christlich ist es nicht, auch wenn man es an einigen historischen Stätten durch Kirchen und Devotionalienstände zu beweisen versucht, durch Engel und Kamele aus Olivenholz, durch Kruzifixe und Krippen. »Dies ist nicht mein Land«, sagt Lea Fleischmann in ihrem gleichnamigen Buch und meint die Bundesrepublik Deutschland. Ich sage von Israel: Dies ist nicht mein Land und meine damit das ›Heilige Land‹, das ›Gelobte Land‹, in das ich als Kind hineingewachsen bin. Emmaus – Jesus geht mit seinen Jüngern durch ein Kornfeld, das hatte ich zeitlebens deutlich vor Augen –, dieses Emmaus liegt nahe bei Jerusalem, ich erkannte nichts. Ich las als Kind vom Hauptmann von Kapernaum, glaubte alles, sah alles deutlich vor mir, kam hin, sah mich um und glaubte nichts. Immer wieder das Gefühl: Im Land der Juden und der Araber war Jesus von Nazareth eine vorübergehende Erscheinung; das Christentum ist nicht von Jerusalem ausgegangen, sondern von Rom.

Wie leicht fiel es mir in Jerusalem, mit ›Schalom‹ zu grüßen! Ein Wunsch, der sich nirgendwo zu erfüllen scheint. Bei uns wünscht man sich nur ›Guten Tag‹, das ist schon viel, die Schweden sagen ›Hej du!‹, andernorts sagt man ›Grüß Gott.‹

Ich sah viele orthodoxe Juden, sie lasen – stehend, gehend, sitzend, auch im Flugzeug – in den alten Schriften. Ich habe keine Frauen in alten Schriften lesen sehen, als seien die Frauen Analphabetinnen.

Ich habe in Jerusalem eine junge deutsche Frau kennengelernt, die seit zehn Jahren in einem Heim für Behinderte arbeitet. Aktion Sühnezeichen. Sie wirkt heiter, ruhig, strahlt Freude aus. Jemand zeigte mir dort einen idiotischen Mann, vierzig Jahre, vielleicht auch älter, als Kind war er in Auschwitz, man hatte medizinische Versuche an ihm angestellt, die er überlebt hat. Später stand ich weinend auf der Straße, die junge Frau, die mich begleitet hatte, sagte: »Im Hebräischen hat man dasselbe Wort für die Quelle und für die Augen.« Bei allen Körperbehinderten und Geistesgestörten, die wir sahen, vermutete ich: Überlebende aus deutschen KZs. Aber viele waren zu jung, auch der Sechs-Tage-Krieg und der Jom-Kippur-Krieg haben Krüppel hinterlassen. In Israel gäbe es viele Wundertaten und Heilungen zu tun...

Ich kehrte, die gelbe Quitte in der Tasche, aus Israel zurück. Nicht aus dem Heiligen Land. Hätte ich noch den ›Westöstlichen Diwan‹ mitnehmen sollen? »Gottes ist der Orient! Gottes ist der Okzident! Nord- und südliches Gelände/ ruht im Frieden seiner Hände...«

Ach – der Mond! Derselbe Mond, der mir vor vier Wochen über die Mauern von Jerusalem stieg, überm Jaffator auftauchte, hinterm Berg Zion verschwand. Nichts Treueres als dieser wandelbare Mond.

Bevor ich in das unruhige Israel reiste, erneuerte ich mein Testament. Weil es bereits ein anderes, ein altes, gab, schrieb ich auf den Umschlag: ›Neues Testament‹, las es, lachte und zerriß meine vorläufige letztwillige Verfügung.

[aus: *»Mein schwarzes Sofa«*]

Der Tulpenbaum vor deinem Fenster

Bevor du schlafen gehst,
betrachte dein Bett, das
Schiff deiner Träume.
Rück das Kissen zurecht
für den Kopf deines Liebsten.
Zieh das Laken glatt.
Dann öffne das Fenster, betrachte
den Stand der Sterne, es
könnte sein,
dies ist dein Totenbett,
du greifst zum letzten Mal
nach einer Hand.

Die Sterne stehn nicht mehr
im Aszendenten,
wie sie in der Sekunde deines
letzten Atemzuges stehn,
wer fragt danach.

Der Tulpenbaum vor deinem Fenster –
sieh ihn dir an, bevor du
schlafen gehst – blüht
weiß und rosa.

Die Lebenskilometer

Manchmal überlege ich, wie viele Kilometer ich zurückgelegt habe, seit ich mich vom Schoß der Mutter getrennt habe und zum ersten Mal durchs Zimmer zu Vaters Hosenbein gekrochen bin.

Nicht, daß ich meine, man müsse einen Kilometerzähler bei sich tragen, das wäre zu einfach. Aber von Zeit zu Zeit müßte man doch einmal ausrechnen, wie weit man denn nun auf seinem Lebensweg vorangekommen ist und wie weit man hätte gelangen können, wenn man nicht immer wieder einen Haken geschlagen hätte, zurückgeworfen worden oder zurückgelaufen wäre, ja, und auch an jene muß man denken, mit denen man ein langes Wegstück gemeinsam gegangen ist.

Ich sage gegangen – und dabei sind wir doch unsere Lebenskilometer gekrochen, gelaufen, mit dem Roller und mit dem Fahrrad gefahren, mit der Straßenbahn, mit dem Auto, der Eisenbahn, mit dem Flugzeug geflogen – schneller, immer schneller. Man kann sie längst nicht mehr zählen, so rasen die Kilometer vorbei. Am Ende haben wir schon ein paarmal die Erde umrundet und wissen es nur nicht.

Genau muß man sein, wenn man sich ans Zählen der Kilometer begibt, sonst vergißt man die schönsten Strecken, und über den großen Reisen vergißt man den Gang am Abend durchs Viertel, wenn man noch Post zum Briefkasten gebracht hat und nach Hause geht. Über den frohen Wegen vergißt man den mühsamen Weg über den langen Korridor im Krankenhaus bis zum Korbstuhl am Fenster und vergißt die Wege mit dem Rucksack, an nebligen Herbstabenden, 1945, über die Zonengrenze bei Friedland. Und dann dieses Gehen nach Zentimetern in den Fluren der Ämter! Dieses langsame Nachrücken, als man für einen Schuhbezugsschein Schlange stand. In jenen Jahren kam man langsam vorwärts und war doch soviel unterwegs, weil man kein Zuhause hatte. Und wenn man es hatte, dann war es ungeheizt. Hunger und Kälte trieben uns auf die Kartoffelfelder, zu den Bucheckern in die Wälder und zu den Kohlenwaggons auf dem Güterbahnhof.

Aber ich sehe, ich muß planmäßiger vorgehen. Mit den ersten Metern im Studierzimmer meines Vaters muß ich anfangen. Auf seinem Teppich, dessen Rosenmuster ein großes kahles Oval aufwies: der Lebensweg meines Vaters. Ich weiß nicht, wie viele Kilometer er darauf zurückgelegt hat, aber vorm Einschlafen hörte ich seine Schritte, und manchmal hörte ich sie noch, wenn ich aufwachte.

Weg von Mutters Rockzipfel, weg von der Hand des Vaters! Ich lernte radfahren, kaum daß ich laufen konnte. Und weil ich nichts von den Geheimnissen einer Rücktrittbremse wußte und weil es dort, wo ich herstamme, bergig ist, gab es ein blutiges Ende und lebenslängliche Narben an Knien und Ellenbogen. Dann wurde es ernst. Ich fuhr mit dem Rad zum Gymnasium, sechs Kilometer hin, sechs Kilometer zurück, und wenn ich Vaters Zigarren einzukaufen vergessen hatte, am Nachmittag ein weiteres Mal. Schulwege.

Genügt es, wenn ich fünfzig gerodelte Kilometer ansetze? Dreißig per Schlittschuh zurückgelegte, ohne die mißlungenen Pirouetten? Wie oft dreht sich ein Karussell für zwanzig Pfennig? Eines Tages war ich ein Stadtkind, das mit der Straßenbahn zum Lyzeum fuhr, abends auf die Königstraße zum Bummel ging und zweimal in der Woche zur Tanzstunde. Alle die vertanzten Lebenskilometer! Alle Dreharten ausprobiert, Foxtrott, Tango, Swing und Twist; beim Walzer wird mir's noch immer schwindlig.

Mit den Skiern wäre ich wohl vom Habichtswald bis nach Cortina gekommen, hätte nicht der Berufsweg angefangen, dieses Hin und Her von einem Kriegseinsatz zum anderen. Unzählige Kilometer quer durch Deutschland. Bahnsteige, auf denen ich in Regen und Schnee und Hitze auf und ab ging, manchmal in Tränen und manchmal glücklich. Wie viele Kilometer! Doppelt zu zählen, weil meist zu zweien.

Und dann das erste Stück Straße, als wir aus den Bunkern auftauchten. Die Stadt war dem Feind übergeben, und draußen war noch immer der alte Frühling. Im Garten blühten die Mandelbäumchen wie nie zuvor, wie nie danach. Drei Jahre später der Weg unterm Regenschirm zu jener Stelle, an der wir die ersten vierzig Deutsche Mark bekamen...

Wann hat es eigentlich aufgehört, ein Lebenslauf zu sein? Seit wann halte ich es mit meiner Großmutter, der waldeckschen Bauerntochter, die zu sagen pflegte: ›Sächtelken! Sächtelken!‹, und gehe langsamer, nehme die nächste Straßenbahn?

Eines Tages hoben sich für uns die Schlagbäume. Lebenskilometer jenseits der Grenzen. Reisefieber packte uns, und wie die kleinen Häwelmänner riefen wir: Mehr! Mehr! Mehr! Frankreich, Österreich, Schweiz, Italien, Schweden, Segelpartien auf der Ostsee; Schwimmen im Mittelmeer; mit dem Flugzeug über die Alpen; Flüsse, Berge, Städte, was für ein Reichtum! Man fängt an zusammenzuzählen, denkt, es seien Zahlen, Kilometer, nichts weiter, und ist doch unser Leben.

Noch ist mein Teppich nicht der Kilometerzähler meines Lebenswegs. Aber später soll man einmal auf ihm ablesen können, ob ich ein Stück weitergekommen bin auf jenem Weg, den man nicht mit dem Auto und nicht mit dem Flugzeug zurücklegen kann, der Weg, den sich der Geist und das Herz suchen muß. [aus: *»Erfahren und erwandert«*]

An der Einstellung zum Geld erkennt man einen Menschen besser als an seiner Einstellung zu Gott.

Der Zauberberg

»Sie brauchen sich nicht pressieren!« sagte der Schaffner der Schweizerischen Bundesbahn kurz vor Landquart, wo wir in den Zug nach Davos umsteigen mußten. Eine Woche lang haben wir uns an seine Ermahnungen gehalten und uns nicht pressiert.

Der Wechsel vom Vorfrühling im Rheintal zum Nachwinter im Hochgebirge ist uns schwergefallen. Wir glaubten, im April nicht nur Ansprüche an Sonne, sondern auch Ansprüche an Höhensonne stellen zu dürfen; sie wurden nicht erfüllt. Der Hotelprospekt versprach ein sonniges Doppelzimmer mit herrlichem Panoramablick von der Loggia aus; es blieb unserem Vorstellungsvermögen überlassen, Schneewolken von Schneebergen zu unterscheiden. Das Wetter war spottschlecht. Ich bediene mich eines Ausdrucks von Hans Castorp, dem Helden aus Thomas Manns ›Zauberberg‹. Seinetwegen fuhren wir im Auftrag einer Zeitschrift nach Davos, vergleichsweise: Davos damals, als Thomas Mann seine Katja für einige Wochen besuchte, weil sie nach den Geburten ihrer Kinder ein wenig schwach auf der Lunge war, und Davos heute. Ein Zeitraffer würde die gewisse Komik der Situation deutlich machen können: Thomas Mann auf der Spur von Hans Castorp, die beiden modernen Literaten auf der Spur des klassischen Literaten; zwei Tage lang war dann noch ein Fotograf auf unseren Spuren unterwegs...

Wir kamen abends mit jenem Acht-Uhr-Zug an, wie es auch Castorp schon tat; er noch im Besitz der besten Gesundheit, wir ein wenig blaß und müde. Aber im Gegensatz zum jungen Hans Castorp, der schon am ersten Tag anfing zu fiebern, wurden wir keine chemischen Veränderungen im Körperhaushalt gewahr. Wir schliefen tief und fest. Allerdings wurde ich von Träumen belästigt, die ein Settembrini als ›unordentlich‹, wenn nicht als ›liederlich‹ bezeichnet hätte.

Beim Steigen erhöhte sich unser Pulsschlag, aber wir stapften keineswegs schwerfällig, eher leichtfüßig durch den Schnee; die geographische Höhe zwischen 1600 und 1900 ü. N.N. machte unsere Körper leicht. Und den Geist? Ach, er hielt nicht Schritt, erreichte nicht die Settembrini-Naphtasche Höhe: Castorps Erzieher, die seine arme Seele in die Mitte nahmen; ein Freimaurer der eine, ein Jesuit der andere, beide philosophierend. Meine Sympathie gehörte dem lebenstrotzenden, todkranken Pieter Peeperkorn, der die hochgeistigen Gespräche seiner Mitpatienten als ›Schwätzerchen‹ bezeichnete.

Thomas Mannsche Formulierungen schlichen sich in unsere Gespräche ein. Zeitweise nannte ich mich ›ein Sorgenkind des Lebens‹, weil ich einen beruflichen Ärger nicht am Eingang des Davoser Tales zurückgelassen hatte. Oft fühlten wir uns erregt, als hätten wir zuviel Kaffee getrunken, was allerdings auch zutraf: Wir tranken zuviel Kaffee, weil wir uns in den Cafés aufwärmten und die Lokalzeitungen sowie die Weltpresse lesen wollten. Der Kaffee war süperb! Keine Dosenmilch, sondern Kaffeesahne, ein Täfelchen Vollmilchschokolade als Dreingabe.

Zu Graubündener Gerstentopf, zu allerlei Pastetli und Erbsli und Spießli und zum Bündner Fleisch tranken wir einen Rotwein von naiv-spritziger Art. Mein Kopf füllte sich mit Thomas Mannschen Adjektiven. Die großen Hotels verhießen ›Snow beach‹, ›Open air-Restaurant‹, ›Swimming-pool‹ und ›Fitness-Room‹. Die nationale Schweiz gibt sich ein internationales Flair. In der Hauptstraße, die Davos Platz mit Davos Dorf verbindet, kann man noch immer kaufen, was gut und teuer ist. Die Auslagen der Konditoreien sind verlockend wie die der Juweliere; die Modegeschäfte versuchen Wintersportartikel zu Schlußverkaufspreisen loszuwerden. Die letzten Tage der Wintersaison, dann beginnt die große Pause bis zur Sommersaison. In dieser noch immer ›Promenade‹ genannten Straße sprach man vornehmlich Deutsch in Variationen: rheinisch, schwäbisch, schweizerisch. Ähnlich in unserem ›Waldhotel Bellevue‹: Nicht die Gäste waren international wie früher die Patienten, sondern das Personal. Die Zukunftspläne der jugoslawischen Saaltöchter und der spanischen Hoteldiener interessierten uns denn auch mehr.

Als ich von ›gewaltigen Ausfällen an Sonne‹ sprach, zum Himmel aufblickte und ›obere Gefilde‹ sagte, sah Kühner mich besorgt an. Eine Woche lang lebten wir auf zwei Ebenen, der realen im ›Waldhotel‹, unterhalb der Hohen Promenade gelegen, und der irrealen zweiten Ebene jenes ›Berghofs‹, den Thomas Mann im ›Zauberberg‹ verewigt hat; sechs Jahrzehnte nach Erscheinen des weltberühmten Romans muß man wohl von ›verewigt‹ sprechen. Außer dem ›Zauberberg‹ diente uns der ›Kleine Davosführer‹ zur Orientierung, in ihm ist weder von Thomas Mann die Rede noch von jenen Jahrzehnten, in denen Davos der berühmteste Kurort für Tuberkulosekranke gewesen ist. Man liest vom Bau der Schlittenbahn, von der Betriebsaufnahme der Seilbahnen und Sessellifte, vom Bau der berühmten ›Hohen Promenade‹, von Europameisterschaften und Weltmeisterschaften im Eiskunstlauf; Golf-Club Davos; Eisstock-Club; Langlauf-Loipen. Ein Kurort wird zum Sportparadies. Früher starben die Kranken, jetzt stirbt die Krankheit; der Rest wird totgeschwiegen. Erste Anzeichen sprechen dafür, daß es nicht mehr lange dauern kann, bis der ›Zauberberg‹ werbewirksam wird. Das Tabu der Krankheit ist gebrochen, die Verärgerung der Ärzte und der Sanatoriumsleiter über den kritischen Spott des Thomas Mann ist verflogen. Schon konnte man im Foyer unseres Hotels Fotos vom ›desinfizierten Zauberberg‹ betrachten.

Die Natur hat sich wie in den meisten großen Kurorten in die Seitentäler zurückgezogen. Dort findet man noch Bäche, die fließen, wohin sie wollen; Bergahorn mit grindiger Rinde; das Kirchlein am Hang; verschneite Friedhöfe; Schornsteine, aus denen der Rauch vom Holzfeuer aufsteigt. Tröge ragen aus dem Schnee, in denen man sich sommers die Arme kühlen könnte; Wegweiser weisen über die jetzt noch unzugänglichen Berge hinweg nach Arosa: fünfeinhalb Wanderstunden! Milchkannen und krähende Hähne; Kinder, die sich Eiszapfen vom Dach pflücken und wie Zepter schwenken.

Dem Überangebot an Natur steht ein kleines Angebot an Kultur gegenüber. Die geistigen und künstlerischen Bedürfnisse der Sportler und Touristen sind gering; die Gespräche in der Hotelhalle haben die Wetter- und Menü-Aussichten zum Thema. Ich hatte den ›Zauberberg‹, 800 Seiten Lesepensum, was aber benutzten die anderen Hotelgäste zur geistigen Fitness? In zwei ladenfrischen Exemplaren stand besagter Roman in der kleinen Hotelbibliothek; manchmal zog jemand ihn aus dem Regal, blätterte darin und stellte das Buch entmutigt zurück. Ich habe bei Thomas Mann keinen Hinweis gefunden, daß Hans Castorp oder die anderen Patienten des ›Zauberberg‹ Bücher gelesen hätten. Was taten die Patienten, wenn es ›stillgelegen‹ hieß, ein Wort mit der gleichen Befehlsgewalt wie ›drunten, in der Ebene‹ das Wort ›stillgestanden!‹? Damals drang das Weltgeschehen nicht bis ins Davoser Tal, heute dringt es mit sieben TV-Programmen und vielen Rundfunkprogrammen in die Hotels. Auf dem Zauberberg gingen die Uhren anders.

Wir machten unsere Spaziergänge dort, wo Castorp und sein Vetter Ziemßen und Thomas und Katja Mann sie gemacht haben werden. Dreiste Eichhörnchen verlangen dort nach Schokolade oder Walnüssen; an Erdnüssen sei ihnen weniger gelegen, belehrte uns ein Schild. Etwas höher, auf dem Weg zur Schatzalp, fütterten wir Haubenmeisen und Bergfinken. Hunger macht zutraulich. Die Körperwärme der Vögel wärmte uns Hand und Herz, verschaffte uns Heilige-Franziskus-Gefühle. Auf jeden Spaziergang nahmen wir uns außer Nüssen und Schokolade auch einen Satz aus dem ›Zauberberg‹ als Wegzehrung mit, das eine Mal stammte er von Settembrini, das andere Mal von Naphta. Ist Krankheit eine Überbetonung des Körperlichen? fragten auch wir uns, wenn unser Wanderweg von einer Skipiste gekreuzt wurde und wir den waghalsigen Abfahrtsläufern zusahen. Oder ist Sport eine Überbetonung des Körperlichen? Anschließend sprachen wir über den 24-Stunden-Tag des

Kranken. Kranksein ohne Urlaub, ohne Sonntage, im Gegensatz zum Pflegepersonal.

Im Speisesaal unseres Hotels, in dem nicht mehr nur jene berühmten ›sieben Tische‹, sondern doppelt so viele stehen, weil ja auch in den Zimmern nicht mehr nur ein Bett für den Patienten, sondern zwei Betten für die Gäste stehen, saßen lebenstüchtige Leute. Ob sie im Sinne Settembrinis auch ›lebenswillig‹ und ›liebenswürdig‹ waren? Zwei Adjektive, die er als nahe verwandt ansah. Für Kübelpalmen reicht der Platz nicht mehr aus; in schmalen Blumenbänken erwarteten Weihnachtssterne das Osterfest. Keine Mme Chauchat brachte mit ihren Kirgisenaugen, mit Apfelsinenparfüm und russischem Akzent ein wenig erotisches Knistern in die Halle. Jener Herr, den wir einige Mahlzeiten lang für einen maßgeblichen Theologen hielten, erwies sich später als Tiefseetaucher. Kein Settembrini, kein Naphta. Die Rolle von Castorp und Ziemßen hätten wir mit zwei blonden, glattgescheitelten, blauäugigen Skiläufern besetzen können: Vater und Sohn? Oder war da etwas ›Liederliches‹ im Spiel? Sah ich das Verhältnis als zu harmlos an? Castorp gibt nach 600 Romanseiten der bewunderten Mme Chauchat den ersten und wohl auch einzigen Kuß des Buches. Trotzdem muß sich hinter den Glaswänden, die die Balkone trennen, damals allerlei ›Unordentliches‹ abgespielt haben. Entweder sind die Wände nicht mehr so hellhörig, oder die Gäste sind ordentlicher als die Patienten, sind ja auch ermüdet vom Skilauf.

›Der Mörder sollte den Ermordeten nicht überleben!‹ Mit einer solchen Forderung als geistigem Proviant kamen wir weit, mindestens zweimal die Hohe Promenade hin und her, und waren dann immer noch nicht Settembrinis Meinung, hielten es statt dessen mit Sokrates und weigerten uns, den Tod als Strafe anzusehen, weil doch nicht jedes Leben mit der Todesstrafe enden kann...

Bei Sätzen wie ›Schöne Charaktere kommen im Leben fast gar nicht vor‹ stellten wir rasch Übereinstimmung her, und wenn wir am Sonntagabend bei Kerzenlicht zu unseren fünf Menü-

Gängen klassische Schallplattenmusik serviert bekamen, ging es mir wie Settembrini, dem Musik auf Kommando nach Apotheke, nach Therapie und Sanitärem schmeckte...

Wir blickten uns unauffällig um und nickten: ›Wenn einer dumm ist und dann auch noch krank, wenn das zusammenkommt, das ist wohl das Trübsinnigste auf der Welt.‹ Die jungen Mädchen, die wir im Blick hatten, waren jung, gesund und schön und außerdem klug genug zu wissen, daß sie nichts zu sagen hatten. Am Wochenende trafen ihre Besitzer ein und stellten Ansprüche.

Wir zitierten Günter Eich: ›Die Gesunden verstehen die Welt nicht‹, und als eine ganze Familie an Grippe erkrankte und fiebrig hustete, fand ich, daß man eine Infektion auch aus der Sicht der Bazillen und Viren sehen müsse.

Wir gingen zwischen Schneemauern wie in Laufgräben. Unser Unternehmungsdrang endete immer im Schnee, aus dem manchmal das oberste Brett einer roten Bank herausragte. Als wir uns zur Podestatenalm wagten, gerieten wir in einen gelinden Schneesturm, der uns den Weg verwehte; es dämmerte rasch, und schon packte mich Katastrophenstimmung...

Der zuverlässige Weg am regulierten Landwasser entlang, ein Flüßchen, das den Langskiläufern ebenfalls als Orientierung dient, Richtung Frauenkirch, Gläris, ins Sertigtal, hinauf nach Spina, der alten Walliser Siedlung. Als am vierten Tag der Schnee in Regen überging, habe ich auf der Loggia des Hotels eine halbstündige Liegekur gemacht. Es tropfte vom Dach, es tropfte von den Bäumen, ich zitierte Verlaine und ausnahmsweise nicht Thomas Mann: ›Il pleure dans mon cœur / Comme il pleut sur la ville.‹ Zu Castorps und Manns Zeiten galt bereits eine Zimmertemperatur von zehn Grad als behaglich und zuträglich, heute werden Hotelzimmer ebenfalls, aber der Energieersparnis wegen, kühl gehalten.

Ich las und las... Im Hotel wechselten die Gäste, im Roman wechselten die Patienten. Die Gäste verließen uns gebräunt oder blaß, die Patienten verließen den Zauberberg gesund oder tot.

Kein Ende abzusehen. Liegekur – Spaziergang. Mahlzeit – Gespräche. Bis dann der Ausbruch des Ersten Weltkrieges allem ein Ende macht. Castorp, nicht gesünder, statt dessen gescheiter und dünnhäutiger, zieht, taumelig vom Überschwang nationaler Gefühle, in dieses Weltfest des Todes...

Ich gestehe, daß ich – bei allem zeitweiligen Lesevergnügen! – zum ersten Mal froh über den Ausbruch eines Krieges gewesen bin. Wir kehrten ausgeruht und schwach gebräunt in die ›Ebene‹, zu ›denen da drunten‹, zurück. Am Tag der Abfahrt bekamen wir dann doch noch alles zu sehen: Scalatta-Gletscher, Schwarzhorn, Piz Michel, und auf einem Südhang erblühten weiß und zittrig die ersten Krokusse auf braunem Winterrasen.

Aus tiefem Bergwinter und ›mächtiger Höhensonne‹ fuhren wir in den sanftesten Bergfrühling hinunter: Veilchen- und Primelhänge, Haselgebüsch, sprühende Wasserfälle, blühende Pflaumenbäume auf grüner Wiese. Während unserer einwöchigen Abwesenheit war aus dem Vorfrühling Frühling geworden. [aus: *»Mein schwarzes Sofa«*]

Es ist nicht einfach, sich gegen die Hände zu wehren, die nach einem greifen wollen, alle in der besten Absicht.

Wie oft entzieht man dem Nächsten etwas um eines Übernächsten willen.

Überlebensgeschichten

Dr. med. Anna K., Alle Kassen

Anna K., Jahrgang 1910, das elfte von zwölf Kindern. Der Vater mittlerer Beamter, Oberinspektor am Ende seiner Laufbahn, gewissenhaft, fleißig, auch ehrgeizig. Die Mutter ebenfalls fleißig und praktisch; sie kann haushalten, aber sie altert vorzeitig. Jedes Kind zehrt an ihren Kräften, die, die am Leben bleiben, mehr noch die, die früh sterben, das sind zwei. Die Mutter sorgt für Essen und Kleidung, der Vater besorgt die Erziehung. Er bringt den Kindern Tischsitten bei, er bestimmt, was sie lesen. Bei jeder Mondfinsternis holt er sie aus den Betten, gleichgültig, wie alt sie sind, Jungen und Mädchen. Eines vor allem bringt er seinen Kindern bei: im Leben bleiben die meisten Wünsche unerfüllt.

Jedes Kind erlernt ein Musikinstrument; vom siebten Lebensjahr an spielt Anna Klavier. Zunächst, weil man es von ihr verlangt, später aus eigenem Verlangen. Sie besucht eine Mädchenschule bis zur mittleren Reife, wird als Kindergärtnerin ausgebildet, dann auf eine Haushaltungsschule geschickt. Für ein Mädchen ist das genug an Ausbildung; sie führt den elterlichen Haushalt. Zur Vorbereitung auf ihre späteren Aufgaben als Hausfrau und Mutter gehört auch, daß sie eine Weile von zu Hause weg sein muß. Sie übernimmt auf einem mecklenburgischen Gut die Betreuung und Erziehung von vier Kindern. Dort lernt sie ihren späteren Mann kennen: Felix K., der Eleve, der einmal den elterlichen Hof in Holstein übernehmen wird. Bis dahin ein Lebenslauf wie aus dem 19. Jahrhundert: Der Eleve verliebt sich in die Kindergärtnerin. Als ihre Mutter erkrankt, muß Anna nach Hause zurückkehren. Die beiden sehen sich selten, von gemeinsamen Ferien ist nicht einmal die Rede, sie schreiben sich Briefe. Wartezeit. Sie verloben sich 1937, aber die Hochzeit wird hinausgeschoben, weil die Erbfolge noch nicht geregelt ist.

1939: DerVerlobte nimmt am Polenfeldzug teil. Weihnachten ist der Krieg nicht zu Ende, wie Hitler es versprochen hat. Es ist besser, wenn man nun nicht länger mit der Heirat wartet. Felix reicht Heiratsurlaub ein, der Hochzeitstag wird festgesetzt, die Gäste werden geladen. Es ist Januar, jener erste strenge Kriegswinter. Standesamtliche Trauung. Am nächsten Tag soll die kirchliche Trauung vollzogen werden. Die Gäste treffen ein, das Hochzeitsessen ist gerichtet, Brautkleid und Schleier liegen bereit, der Brautstrauß wird ins Haus geliefert. Da kommt das Telegramm: Zurück zur Truppe, unverzüglich. Der Pfarrer traut das Paar um Mitternacht in seinem Amtszimmer, anschließend bringt Anna ihren Mann zur Bahn. Sie packt Brautkleid und Schleier unbenutzt in eine Schachtel.

Feldpostbriefe an Feldpostnummern, Feldpostpäckchen zu 500 Gramm. Anna K. wird kriegsdienstverpflichtet. Felix kommt auf Urlaub, einmal aus dem Westen, später noch einmal aus dem Osten. Er gehört zur Heeresgruppe Süd, Infanterie, inzwischen Leutnant der Reserve, zuletzt liegt er vor Sewastopol. In seinen Briefen schreibt er vom Frühling und von der Schönheit der Krim. An den Abenden besetzt Anna nach den Angaben des Wehrmachtsberichtes Rußland mit bunten Stecknadeln. Der Feldzug der Frauen. Im Mai tritt sie eine Dienstreise nach München an. Als sie ihren Koffer aus dem Gepäcknetz holt, fällt ein Sonnenstrahl auf ihre rechte Hand, trifft den Ring und verdoppelt ihn. Das erste Anzeichen. Bis jetzt hat sie jeden Gedanken daran, daß ihr Mann fallen könnte, mit der Eigensucht der Liebenden abgewiesen. Als sie nach Hause zurückkehrt, drei Tage später, und ihren Koffer durch die verdunkelte Bahnhofshalle trägt, denkt sie: Du wirst ein Leben lang deinen Koffer allein tragen müssen, nie wird dir jemand helfen. Aber zu Hause hält ihr die Mutter zwei Briefe hin, sie sind mehrere Wochen alt, und Anna traut ihren Augen, es ist Felix' Handschrift, wieder schreibt er vom Frühling auf der Krim. Dann wird sie eines Nachts wach: Wenn er nicht wiederkommt, was wird dann aus mir? Soll sie zu Hause bleiben? Soll sie auf das Gut der Schwiegereltern ziehen? Als Witwe? Was hat sie gelernt?

Kindergärtnerin. Jugendleiterin? Oder Lehrerin? Keine eigenen Kinder, statt dessen fremde? Klavierlehrerin? Dahms Klavierschule ein Leben lang...

Am Morgen ist der Entschluß gefaßt: Ärztin, sie muß Ärztin werden! Das bedeutet, daß sie Abitur machen muß, großes Latinum, scribo, scribis, scribere, scripsi, scriptum, fünf Brüder haben vor ihren Ohren lateinische Verben gepaukt. Niemals bis zu dieser Nacht hat es ein Anzeichen dafür gegeben, daß sie sich für Medizin interessierte, eher eine Abneigung gegen Krankheiten.

> 1. Juni – 4. Juli 1942
> Der 1941 stehengebliebene Brückenkopf Sewastopol wird von Deutschen und Rumänen unter Führung des Generaloberst (späteren Generalfeldmarschall) Manstein eingedrückt und die Festung Sewastopol in stark zerstörtem Zustand eingenommen. Damit ist die ganze Krim in deutscher Hand, doch halten sich im Jalta-Gebiet Partisanen.

Fünf Zeilen im Ploetz ›Auszug aus der Geschichte‹. Jener Abschnitt Weltgeschichte, der die Lebensgeschichte der Anna K. bestimmt hat. Der nächste Brief trägt eine fremde Handschrift.

Der Pfarrer, der sie getraut hat, macht einen Besuch. Auch zu ihm sagt sie: Ich muß das Abitur machen, ich muß studieren, ich muß Ärztin werden. Nicht von wollen ist die Rede, nur von müssen. Kein Aufschub, keine Familienberatung. Von nun an entscheidet sie selbst; das Ziel fest im Auge und auch den Weg, auf dem sie es erreichen wird. Niemals ein Zweifel daran, daß beides für sie nun festgelegt ist.

Anna K. war 33 Jahre alt, als sie wieder zur Schule ging. Seitdem kenne ich sie. Ein Augenzeuge dieses Lebens. In dem gemeinsamen Schuljahr habe ich sie niemals lachen sehen, auch nicht weinen. Hätte sie das eine getan, wäre das andere unausbleiblich gewesen. Sie trug Schwarz, eine Tarnfarbe, so stand sie auf dem Schulhof zwischen den uniformierten Schülerinnen, wenn die Hakenkreuzfahne gehißt wurde. Mit ihr drang der Krieg in diese Mädchenschule, in der man großdeutsche Geschichte lehrte. Die Kriegerwitwe Anna K. war eine Zumutung für die Klasse und für die Lehrkräfte. Wir machten oft zusammen Schularbeiten; wirklich wahrgenommen hat sie mich nicht.

In den Weihnachtsferien fuhr sie zu den Schwiegereltern, ihr Mann war damals seit einem halben Jahr tot. Der Schwager im Krieg, die Knechte im Krieg. Der Unterschied zwischen Fortsein an der Front und Fortsein im Tod war kaum wahrnehmbar, einer ist endgültig fort, gültig, endgültig. Erst sehr viel später hat sie geweint, als sie nicht mehr um sich selbst, sondern um ihn weint.

Nachhilfeunterricht in Mathematik, Latein, Englisch, Französisch, sie hat keine Zeit zu verlieren, immer ein Vokabelheft in der Tasche, auf dem Schulweg, im Luftschutzkeller. Bombenangriffe, nachts, tags, dann einer, bei dem unsere Stadt zu 70 Prozent zerstört wurde. Das Schulgebäude nicht mehr aufzufinden, Annas Elternhaus zerbombt, die Hälfte der Hausbewohner getötet, die alten Eltern verwundet, von nun an ohne Besitz. Evakuierung in eine Kleinstadt, die Eltern sterben rasch nacheinander, dann wird sie selbst krank, todkrank. Zwischen Ohnmacht und Narkose hört sie die Stimme des Arztes: Schade um die Frau! Blinddarmdurchbruch, Vereiterung der Bauchhöhle. Aber sie überlebt. In einer anderen Stadt, an einem fremden Gymnasium treffen wir uns zur Reifeprüfung wieder. Das Pensum von drei Schuljahren hat sie in einem einzigen Jahr geschafft.

Der Krieg geht zu Ende. Ein Jahr später kann sie mit dem Studium beginnen, in der Zwischenzeit hat sie als Helferin in einem Lazarett gearbeitet. Universität: sie greift ihre Ersparnisse an, wohnt bei Freunden, die Schwiegereltern schicken

Lebensmittelpakete. Sie trägt immer noch Schwarz, weil sie keine anderen Kleider besitzt. Physiologie, Histologie, Anatomie, mit zwanzig lernt man leichter als mit siebenunddreißig. Präpariersaal.

Währungsreform, kein eigenes Geld mehr. Sie wird abhängig von den Brüdern, die sie mit Fünfzigmarkscheinen unterstützen. Sie muß lernen zu danken. Die Brüder sehen in ihr noch immer die kleine Schwester, die den Haushalt führt und hübsch Klavier spielt. Die Veränderungen haben sie noch nicht wahrgenommen.

Staatsexamen. Wieder ist eine Hürde genommen. Die Brüder stellen die Zuschüsse ein, aber noch ist die Doktorarbeit nicht abgeschlossen. Pflichtassistentenzeit an einer großen städtischen Klinik. Anna K. lebt von der Rente, die sie als Kriegerwitwe erhält, monatlich vierzig Mark. Davon bezahlt sie ihr neun Quadratmeter großes Leerzimmer, Heizung, Schuhsohlen, Straßenbahnfahrkarten; das Essen erhält sie in der Klinik. Ein namhafter Internist erklärt sich bereit, sie als Gastärztin auf seiner Station arbeiten zu lassen, ohne Vergütung. Sie braucht Erfahrungen an Krankenbetten, einzig darauf kommt es an, weiterhin vierzig Mark im Monat, Essen aus der Diätküche, salzfrei – hinter verschlossener Tür, es ist nicht gestattet, daß eine Gastärztin in der Klinik Essen erhält.

Arztvertretungen auf dem Land. Bei jedem Wetter ist sie mit dem Fahrrad unterwegs, die Gegend ist bergig, die Dörfer liegen weit auseinander. Sie erhält zehn Mark Honorar für den Tag. Man holt sie sonntags, oft nur wegen Nichtigkeiten. Eines Abends ruft man sie bei Regen und böigem Herbstwind auf einen abgelegenen Bauernhof. Die Bäuerin hat »manchmal so ein Ziehen in der Schulter« und muß aufstoßen, wenn sie fett gegessen hat. Dr. med. Anna K. verschreibt ein Einreibemittel und eine Verdauungshilfe. Als sie gehen will, sagt die Bäuerin befriedigt: »Nun hon' ich Sä doch auch als mol gesehn.« Ärzte haben einen Dienstleistungsberuf.

Sie übernimmt die Vertretung eines erkrankten Landarztes,

wohnt im Haus, wird dort auch verpflegt. Die Praxis ist groß, ohne Auto ist sie nicht zu versorgen. Ein Fahrlehrer begleitet sie bei den Hausbesuchen in den Nachbardörfern. Schnee, Glatteis, keine Winterreifen. Unter erschwerten Bedingungen erwirbt sie den Führerschein. Nach dem Tod des Arztes könnte sie seine Praxis übernehmen, aber sie hat erkannt, daß eine Landpraxis besser von einem Mann besorgt wird, den eine Ehefrau mit Glühwein erwartet, wenn er von einem Nachtbesuch zurückkehrt.

Sie ist 45 Jahre alt, als sie in ihrer Heimatstadt die Zulassung erhält. Dr. med. Anna K., praktische Ärztin. Sie trägt das Schild uneingewickelt unterm Arm nach Hause, einer der großen Augenblicke dieses Lebens.

Die Geschwister geben kleine Kredite und Ratschläge, Freunde helfen mit Möbeln aus, sie mietet eine Parterrewohnung. Das Wartezimmer ist zugleich auch Wohnzimmer. Sie kauft eine Leinendecke und Garn, um zu sticken, während sie auf Patienten wartet. Die Decke ist bis heute nicht fertig geworden. Sie kauft ein Auto aus dritter, wenn nicht vierter Hand.

Fünfzehn Jahre sind seither vergangen. Inzwischen versorgt sie eine große Praxis, bewohnt eine große Wohnung, fährt einen großen Wagen. Sie macht viele Hausbesuche, da viele ihrer Patienten alt sind. Sie kommt auch nachts, wenn man sie ruft. Nur selten wird ihr Telefon auf den automatischen Auftragsdienst umgestellt. Sie erwartet, daß man sie nur in Notfällen bittet. Sie ißt und trinkt mäßig, kleidet sich der Jahreszeit entsprechend, trainiert ihr Herz durch tägliches Treppensteigen bei den Hausbesuchen. Sie lebt vernünftig und erwartet Vernunft, viele Krankheiten sind selbstverschuldete Krankheiten. Bei einem Raucherkatarrh, bei Gallenkoliken nach unmäßigem Essen, bei Alkoholmißbrauch kann man mit ihrer Hilfe, aber nicht mit ihrem Verständnis rechnen. Sie muß sich oft zu Geduld und Nachsicht zwingen. Sie war nie nachsichtig mit sich selbst.

Sie verdient gut, obwohl sie sich an die untere Grenze der Gebührenordnung hält. Die erste Anschaffung war ein Konzertflügel, später kam noch ein Cembalo hinzu. Anna K. hat Freude an schönen Dingen, an Teppichen, Bildern. Sie hat etwas vorzuweisen, wenn Brüder und Schwägerinnen sie besuchen. Sie erzählt gern von jenen schlechten Jahren nach dem Krieg, wenn sich die Freunde zusammenfanden, um zu musizieren. Sie kamen von weit her und brachten ein Brikett mit und Lebensmittel, die man allesamt in einen großen Kochtopf tat. Dann wurde musiziert, und ab und zu hat einer umgerührt. Nach Stunden war der Eintopf fertig und der Mozart einstudiert. Große Zeiten für Mozart! Bei den Hauskonzerten, die sie veranstaltet, wird auch heute noch zuerst musiziert und erst dann gegessen und getrunken.

Abends spät oder sonntags geht sie manchmal in die Küche und kocht Marmelade oder Gelees nach Gutsherrinnenart. Relikte aus einem Leben, das sie nie hat führen können. Die beiden Sprechstundenhilfen, der Lehrling und die Frau, die den Haushalt besorgt, essen mit bei Tisch, auch das nach Gutsherrinnenart. Sie hat ihr Leben durch Arbeit abgesichert, durch Freunde, durch Musik. Aber abends, wenn sie erschöpft zurückkommt, ist die Wohnung leer. Zwei Ringe am Finger und niemand neben ihr, der ihr den Koffer trägt – so, wie sie es vorausgesehen hatte.

Sie nimmt an medizinischen Kongressen und Wochenendtagungen teil; ihr Labor ist modern und gut eingerichtet, aber dort wird wenig entdeckt, was sie nicht zuvor schon wahrgenommen hätte. Sie kennt nicht nur ihre Patienten, sie kennt auch die Familien: eine Hausärztin, die spürt, was einen Menschen krank machen kann.

Vor kurzem haben wir ihren 60. Geburtstag gefeiert. Ich habe sie nie vorher so jung, heiter und hell gesehen. Andere Frauen denken dann an Pensionierung und Ruhestand, bei Anna K. ist davon nicht die Rede. Sie lebt gern und arbeitet gern. So oft wie möglich fährt sie auf das Gut der Schwiegereltern, das längst von einer neuen Generation bewirtschaftet wird. Die Bindung zur Familie ihres Mannes ist nicht abgerissen. Sie hat den Platz, der für sie bestimmt schien, immer vor Augen, er wird von ihrer Schwägerin eingenommen. Die Frauen mögen sich, eine erkennt die andere an. Wenn eine Nichte oder ein Großneffe heiratet, dann fragt man sie manchmal, ob sie nie an eine neue Heirat gedacht habe. Sie sagt dann immer: Ich bin gut verheiratet, mit meinem Beruf.

Mit Vorliebe spielt sie Bach. Seine Fugen vor allem. Eigene Spannungen und Probleme lösen sich dabei, sie fügt sich der Logik des Kontrapunkts. Fuge – sich fügen. Mit Musik hören ist es nicht getan, selber muß sie spielen.

Wir kennen uns nun fast 30 Jahre, wir stehen uns nahe. Sie spricht jetzt häufiger als früher von ihrem Mann. Mein Mann, sagt sie, nie mein gefallener oder mein verstorbener Mann. Sie läßt ihn weiterleben. Sie hat ihm ein Stück Unsterblichkeit verschafft. [aus: *»Überlebensgeschichten«*]

Es muß noch einen anderen Sinn geben als den, den man auf den ersten Blick erkennt.

Hilflos, wirklich hilflos ist nur derjenige, der keine Hilfe zu geben hat.

Bella Vista

Sie reisen zum erstenmal zusammen. Und dann gleich in den Süden und gleich in den Frühling! Beide älter als fünfzig und mehr als siebenundzwanzig Jahre verheiratet, und immer miteinander gelebt und mit den Kindern und mit den Enkelkindern und jetzt auf einmal allein; in einer Fremde, die sie spüren läßt, wie sehr sie aufeinander angewiesen sind. Kein Reiseleiter, der hilft, nur ein Taschenwörterbuch und eine Handvoll Prospekte, deren Nutzlosigkeit man schon feststellt, wenn der Zielbahnhof noch nicht erreicht ist, spätestens aber, wenn man den Koffer in das Zimmer der Pension stellt und ans Fenster geht und nach der angekündigten schönen Aussicht sucht.

Das Glück der Ahnungslosen ist mit den beiden: Ein Omnibus nimmt eine dieser Haarnadelkurven am Berg zu rasch und zu knapp, bremst unmittelbar neben ihnen, daß der Schreck sie direkt in so ein *Bella Vista* treibt, gleich am ersten Nachmittag. Der Omnibusfahrer ist ein Sohn der Wirtin, daran muß es liegen, er liefert ihr bei jeder Talfahrt ein paar Gäste. Wer findet sonst am ersten Tag gleich sein *Belvedere*, sein *Bella Vista* oder einfach sein Restaurant *Zur schönen Aussicht*? Mit der Veranda nach hintenheraus, verglast oder unverglast, mit dem Blick auf die Berge, das Meer oder ins Tal, mit den fünf kleinen Tischen, an denen man seine Ansichtskarten schreibt und seinen Kaffee trinkt, seinen vino, seine Coca-Cola.

Die Bremsen quietschen, und irgendwer schreit, die Tür steht gerade offen, und schon sind die beiden drinnen, unversehens, vorbei an dem weißen Eiskasten, über dem ein Fähnchen weht, *Gelati* steht darauf, die Frau denkt an Gelatine, an rote Gelatine. Er vorweg, an der Theke vorbei, in der plötzlichen Dämmerung fast blind, aber mit der richtigen Witterung: Er stößt die Glastür auf, die zur Veranda führt. Und sie hinterher, lächelnd, kopfnickend zu den Männern hin, die über dem Fußballautomaten lehnen, und nach der anderen Seite zu der

Wirtin hin und dem Mädchen, zehn Jahre höchstens, aber gleich mit dem karierten Tischtuch bei der Hand, und die Wirtin auch noch hinterher, die Stühle gerückt und über den See und über die Berge gezeigt. »Bella! Bella vista!« Und dann diese Litanei von: Aranciata! Birra! Aperitivi! Vino nostrano! Caffè! Caffè latte? Espresso – und da gibt der neue Gast ein Zeichen: »Stop«, sagt er und hebt zwei Finger der linken Hand. Die Wirtin wiederholt: »Espresso, due espressi« und verschwindet, das Mädchen hinterher. Der Gast schiebt sich einen Stuhl zurecht, läßt sich drauffallen, seine Frau setzt sich auf den Stuhl gegenüber. Er mit dem Blick auf die Berge, sie mit dem Blick über den See. Für heute und die nächsten drei Wochen wird das in diesem Augenblick von ihm entschieden. Bevor er den Stock an den nächsten Stuhl hängt, zeigt er mit ihm, die Eisenspitze ins Blaue gebohrt, nach Norden und sagt: »Neuschnee.« Seine Frau wendet den Kopf und erschrickt beim unverhofften Blick übers Geländer. Der Berg stürzt jäh in die Tiefe, sie hängen in einem offenen Käfig überm Abgrund. Sie lehnt sich zurück. Das Gitter ist kaum so hoch wie der Tisch, an dem sie sitzen, sie hält sich mit der Hand dran fest, bekommt Herzklopfen, der Weg war steil, die ungewohnte Wärme. Sie knöpft den obersten Knopf ihrer Bluse auf, die Jacke hat sie schon aufgemacht, ihr wird eng, sie schließt die Augen. Sie sitzen beide still da, er sieht an ihrem Kopf vorbei auf die Berge, sie sieht, als sie sich etwas beruhigt hat, rund um seinen Kopf den blauen See; links von seinem Ohr erhebt sich der höchste und letzte der Berge einer langen Kette.

Als die Wirtin kommt und das Tablettchen mit den zwei Tassen, den Zuckertütchen und zwei kleinen Gläsern mit Wasser auf den Tisch setzt und anfängt es abzuräumen, erhebt der neue Gast sich, um sich im Windschatten der Verandatür seine Nachmittagszigarre anzuzünden. Er beißt ein Ende ab, spuckt es über das Gitter, im hohen Bogen, worüber seine Frau aufs neue erschrickt. Er pafft und spuckt, bis die Zigarre brennt, und kehrt zurück. Nun steigt über seinen Kopf und über den See bläulicher

Qualm und wird zur Wolke, die der Wind in eines der Täler an der anderen Seeseite weht, von dem seine Frau gern wissen möchte, wie es heißt, aber der Prospekt ist in der Jackentasche ihres Mannes, und sie bittet ihn nicht darum, er würde nicht begreifen, warum sie wissen will, wie etwas heißt. Blumen und Vögel und Berge. Er behauptet, sie vergäße die Namen doch gleich wieder. Aber das stimmt nicht, sie vergißt sie nicht, sie verwechselt sie nur immer, ändert sie ein wenig ab. Sie kann ihm nicht klarmachen, daß der Name nicht der richtige, der offizielle zu sein braucht, nur irgendeinen Namen muß alles haben, damit man sich erinnern kann. Das Gedächtnis braucht Namen!

Sie schlürfen hier täglich, an diesem Tischchen, ihren Espresso, leeren nach und nach die Zuckertütchen, achten darauf, daß der Wind sie nicht wegbläst, trinken Wasser in großen Schlucken, ohne durstig zu sein, und studieren die Preistafel, die an der Hauswand hängt. Er vergleicht die Zahlen mit den Angaben in den Prospekten, kontrolliert sie auf der Umrechnungstabelle, die man ihm in seiner Sparkasse beim Geldumtausch ausgehändigt hat, und sagt: »Rappen.« Seine Sätze bestehen aus einem Wort, gelegentlich aus zwei Wörtern. Seine Frau wiederholt das Wort, sagt »Rappen«, plötzlich fällt ihr etwas ein, sie sagt: »Berappen, hier muß man wohl berappen?« Während des Sprechens steigt ein Lachen in ihr hoch, das sie nicht rechtzeitig zurückhalten kann, ein Gluckser dringt aus ihrem Mund, sie beugt sich rasch über das Geländer, als käme er von dort. Unter der Veranda scharren im Sand an der Hausmauer Hühner und Kinder und gackern dummes, unverständliches Zeug. Brennesseln und Abfälle, die schöne Aussicht beginnt erst in Augenhöhe. In Kniehöhe und kaum zehn Meter entfernt ist schon das Dach des nächsten Hauses, geschrägt und mit flachen Steinen belegt. Dicht darunter ein hölzerner Balkon, auf dem nun gleich der junge Mann erscheinen wird, erhitzt und schmutzig, aber schon mit der blauen Plastikschüssel in der Hand und dem Handtuch überm Arm. Er zieht das Hemd aus, wirft es durch die Tür zurück ins Zimmer, gleich darauf wird es von einer

Hand weggeholt. Er seift sich ein und singt dazu so ein Lied mit einer Mariamariamaria darin; um die Muttergottes scheint es sich nicht zu handeln. Er klatscht das Wasser mit den Händen gegen die Brust, schaufelt es über den Rücken und schwappt den Rest über das Geländer. Der Aufprall geht im Gekreisch der Hühner und Kinder unter. Jetzt nimmt er das weiße Handtuch mit den geknüpften Fransen, schwingt es über die Schultern und frottiert sich den Rücken. Er wölbt dabei seine blanke Brust, dreht sich um und entdeckt die Zuschauerin und Bewunderin seines braunen Rückens. Er winkt ihr zu, lacht. Sie winkt zaghaft zurück, ihr Mann dreht sich um, sagt: »Ah, der Wassergießer!« Sie blickt ihren Mann an, blickt wieder zurück auf den Balkon und spürt in ihrer Hand den plötzlichen Wunsch, diesen jungen braunen Rücken zu streicheln. Sie versucht, sich an den Rücken ihres Mannes zu erinnern, und ihre Augen, hinter einer dunklen Sonnenbrille verborgen, die sie am Mittag erst gekauft haben, verweilen an seinem Nacken und seinen Schultern, soweit sie nicht von der Polsterung des Jacketts verschoben und verdeckt sind; den einzigen Männerrücken, den sie kennt, hat sie vergessen. In früheren Jahren hat sie abends, wenn sie sich zum Einschlafen zurechtgerückt hatten, ihr Gesicht an diesen Rücken gelegt, die linke Backe fest an seinem linken Schulterblatt, immer hat er dann gesagt – sie weiß auch das nicht mehr. Ein Arm reicht jetzt ein weißes Hemd durch die Tür. Der junge Mann zieht es über den Kopf, und noch mit dem Zuknöpfen beschäftigt, verschwindet er pfeifend vom Schauplatz. Jetzt kommt die Frau, deren Hand und Arm man schon kennt; sie trägt einen Stuhl herbei, hängt das Handtuch zum Trocknen über den obersten Balken des Balkongitters, beugt sich hinunter, wirft einen Blick auf die spielenden Kinder, geht ins Zimmer und kehrt mit dem Säugling auf dem Arm zurück. Sie setzt sich zurecht, stellt die Füße so auf die untere Sprosse des Gitters, daß eine natürliche Schaukel entsteht, sobald sie sich zurücklehnt. Dann knöpft sie die Bluse auf und reicht dem Kind die Brust. Der Zuschauer oben in *Bella Vista* räuspert sich, klopft mit einem Geldstück an das Wasserglas und ruft der Wirtin, die gleich darauf unter der Tür erscheint, »vino« zu und zeigt mit zwei Fingern der linken Hand das zugehörige zweimal. Von nun an gibt es jeden Nachmittag, unmittelbar nach dem Auftritt der jungen Mutter, Wein. Am dritten Tag sagt nicht mehr die Wirtin »lo stesso« zu den Gästen, sondern er, der Gast, ruft ihr zu: »Lo stesso!« Und die Wirtin hebt die linke Hand, zeigt mit zwei Fingern ein V, das zwei heißen soll, und holt das Gewünschte.

Lo stesso! Dasselbe. Ein Leben lang dasselbe. Immer gekocht, was er wünschte, immer gegessen, was er aß, getrunken, geschlafen, immer: lo stesso für seine Frau.

Am Sonnabend hängt der junge Mann einen Spiegel an den Wandhaken und rasiert sich, mit einem altmodischen Rasiermesser, das er vorher schärft. Er schäumt sich ein, pfeift, schabt, und derweil wippt seine Frau auf ihrem Stuhl und nährt ihr Kind. Am Sonnabend trägt er einen Schlips, er bindet ihn sorgfältig vor dem Spiegel, reckt den Hals und betrachtet sich lange, reibt das Kinn, tänzelt hin und her, geht ins Zimmer, kehrt nochmals zurück, jetzt im Jackett, geputzt für die abendliche Piazza, beugt sich plötzlich über die Frau und küßt ihre Brust, schiebt das Köpfchen beiseite und küßt, oder was tut er sonst, er wird doch . . .

Die beiden oben sehen sich erschrocken an und erinnern sich. Dem jungen Vater scheinen im gleichen Augenblick die beiden Alten da oben einzufallen, er blickt hoch, winkt ihnen zu und ruft: »Salute!« Er zeigt auf sein Kind, das wieder trinkt, und prostet ihnen mit der Hand zu. Da heben die beiden oben ihre Gläser und rufen zurück: »Salute!«, trinken einen langen Schluck, und für diesen Augenblick weiß der eine, woran der andere denkt. Lo stesso – alle beide. Wann geschieht das sonst auf der Welt: derselbe Gedanke in zwei Köpfen, dieselbe Erinnerung!

Es dämmert. Der junge Mann steht nun wohl schon auf der Piazza, seine Frau hat Kind und Stuhl ins Zimmer getragen, das

Sechsuhrboot zieht in weitem, schönem Bogen im Hafen ein, jetzt noch das Abendläuten und bald darauf der Rauch aus dem Schornstein. Rauch von einem Holzfeuer. Am ersten Abend hat der neue Gast einmal kurz geschnuppert und gesagt: »Holzfeuer.« Endlich weiß seine Frau, was er früher gemeint hat mit seinem: Es riecht wie zu Hause.

Nun noch der letzte Akt; er spielt sich auf der Unterbühne ab, die sie nicht am ersten Tag entdeckt haben, aber doch bald danach. Der Auftritt geschieht in Blickrichtung des Mannes, er hat ihn zuerst wahrgenommen und mit dem Stock hingezeigt. Schon am nächsten Abend warten sie beide auf das Erscheinen der Alten unten auf jenem Pfad, den sie kreuzen, wenn sie die Treppen hinuntersteigen; er kommt von einem zerfallenen, aber noch bewohnten Haus, verschwindet später in einer Schlucht, taucht wieder in ihrem Blickfeld auf, kreuzt die Treppe, wird von Gesträuch halb verdeckt, dann eine neue Windung und schließlich wieder ein Haus. Diesen Weg geht die Alte jeden Abend, gleich wenn das Läuten vorbei ist. Wenn man genau aufpaßt, und das tun die beiden, sieht man zuerst die Stöcke, erst den rechten, der sich vortastet, dann kommt der linke, dann kommt der Kopf und schleppt den Körper hinterher, der rechte Fuß, der linke Fuß. Wie ein Käfer, ein schwarzer plumper Käfer. Die Kleider schleppen am Boden, die Stöcke wie Fühler: Zentimeter für Zentimeter die Unebenheiten des Pfades abtastend, sich vorschiebend, verharrend. Oben in *Bella Vista* verfolgen die beiden den Weg der vierfüßigen Alten; sie mit Herzklopfen, er mit gelegentlichem Räuspern. Jeder knüpft seine heimlichen Wetten an sie: Wenn sie es schafft, dann ... Und jeder sieht in ihr den anderen. Der Mann blickt verstohlen zu seiner Frau, sie verstohlen zu ihm, sie vertauschen Kleider und Köpfe, jeder denkt: Wenn er – sie – so alt ist, dann –. Jetzt verschwindet die Alte in der nicht einsehbaren Schlucht. Das dauert und dauert! Die Zigarre ist fast zu Ende, er steckt den Stummel noch einmal an – endlich, da kommt sie. Wieder erst die Fühler, dann der kleine graue Kopf, der schwarze Körper. Gott sei Dank! Für heute ist es geschafft, den Rest des Weges scheint es leichter zu gehen, dabei steigt der Pfad an. Warum kommen die Leute, zu denen sie will, nicht zu ihr? Warum läßt man die Alte den mühsamen Weg jeden Tag machen? Wann geht sie zurück? Schläft sie dort? Gibt man ihr dort zu essen? Sind es die Kinder? Freut man sich, wenn sie es geschafft hat? – Einmal kommt die Wirtin dazu, wie die beiden sich mit den Blicken an der Alten festgesaugt haben, die noch vor der Schlucht nicht weiter kann, den rechten Stock vorgeschoben und fast schon am Boden ... Wenn sie jetzt stürzt ... Der Mann fragt die Wirtin: »Warum? Warum geht sie da? Warum bleibt sie nicht in ihrem Haus?« Er demonstriert seine Fragen mit dem Stock, zeigt von einem Haus zum anderen, zeigt auf die Alte. Die Wirtin betrachtet ihn aufmerksam, sieht hinunter zu der Alten, dann hebt sie die ausgebreiteten Arme, läßt sie wieder fallen und sagt: »Perché?« – Perché? Das sind Fragen, auf die es keine Antworten gibt. Warum geht der Mensch hierhin und dahin, warum bleibt er nicht an seinem Platz, warum ist er hier, warum nicht zu Hause? – Perché?

Von nun an sprechen sie manchmal über die vierfüßige Alte, auf Umwegen, nicht direkt. Wenn sie etwas von ihrem Mann wissen will und während der Spaziergänge etwas fragt und er es auch nicht weiß, bleibt er stehen, hebt die Arme, genau wie die Wirtin, und sagt: »Perché?« Dann müssen sie beide lachen, ohne genau zu wissen, was das heißt: »Perché«, und ohne recht zu wissen, was daran lächerlich ist.

Für den Rückweg nehmen sie die Treppen, trotz der Arthritis in seinem linken Knie; auch das hängt wieder mit der vierfüßigen Alten zusammen. Er benutzt seinen Stock nur noch zum Zeigen, sonst schwenkt er ihn lose über den Boden oder läßt ihn hinter sich herschleifen. Jedesmal, wenn sie losgehen, zeigt er zunächst mit dem Stock auf die Treppe und dann auf die Straße und wieder auf die Treppe. Das ist seine Art, Fragen zu stellen und selbst zu beantworten. Er sagt dazu: »Scala, die Treppe«, »scalatta, die kleine Treppe« und setzt sich in Bewegung. Sie wiederholt leise: »scalatta« und reiht es zu den Wörtern, die sie liebt und vor sich hin sagt, während sie ihm folgt, in zwanzig Meter Abstand. »Bella vista«, sagt sie und »campari« und »scalatta«. Wenn sich dann der Gaumen an die Laute gewöhnt hat, erfindet sie neue Wörter und gibt sie den Bergen. Einer heißt fortan »Vistaserra«, ein anderer »Campostesso«, »Lagobene« der nächste, und der Berg, in dessen dunkle Schlucht sich das rechte Ohr ihres Mannes so gut einfügt, als sei eins für das andere gemacht, bekommt den Namen »Monte orecchio«, um ihn zu finden, hat sie abends heimlich im Wörterbuch nachgesehen, was Ohr auf italienisch heißt.

Mitten in der Nacht, wenn sich die Katzen unter ihrem Fenster balgen, verscheucht er sie mit einem Krug Wasser, den er in hohem Bogen aus dem Fenster leert, das Gemaunz und Gekreisch hört jäh auf. Er lauscht noch am Fenster, schließt es dann, sagt: »Vollmond« und sagt: »Katzenhochzeit.« Wieder im Bett, erzählt er von den Katzen zu Hause, in seinem Dorf, als er noch ein Junge war. Wenn sie dann wieder einschlafen, hat sie das Gesicht an seinem Rücken.

Alles ist unterwegs, wenn sie es sind: Hunde, Schmetterlinge, Eidechsen, und alle zu zweit; spielend und sich jagend. Die Luft ist voll davon. Die Lerchen zum Beispiel. Diese Lerchen, wie sie sich aufschwingen und niedersinken lassen! Und auch sie zu zweit. Aus allen Mauerritzen blüht es, Kraut und Unkraut, kaum daß man noch Steine sieht. Selbst die Rebstöcke bekommen Knospen. Als sie an einem Vormittag auf so einer Mauer Rast machen, überrankt von den Girlanden des Weins, tropft es ihr kühl ins Gesicht und rinnt über die Backe. Tropfen aus den Wundmalen eines Rebstocks. Er fängt ihn mit seinem Daumen gerade noch an ihrem Kinn auf und sagt: »Warum weinst du denn?« Sie muß gleich wieder lachen und sagt: »Perché?«, läßt die Hände auf den Schoß sinken und bekommt auch ins andere Auge noch eine Träne. Dieser Tag heißt »der Tag im Weinberg«, fast jeder Tag bekommt seinen Namen. Dann gehen sie weiter. Sie findet ein neues Kraut, muß es rasch und heimlich unter einem Gartenzaun herholen, reibt es zwischen den Fingern, riecht daran, pflückt noch ein paar Zweige und tut sie in die Handtasche. In der Pension hat sie bereits einen ganzen Karton voller Kräuter; sie kennt sie alle nur aus den Gewürztüten, die sie im Laden kauft und zum Kochen braucht, Estragon, Salbei, Minze, und heute ist es Rosmarin. Ihr Mann bleibt stehen, um auf sie zu warten, zeigt schon von weitem mit dem Stock auf ihre Handtasche und sagt: »Diebskraut.« Sie sieht besorgt in sein Gesicht, doch seine Laune ist unverändert heiter, da holt sie das langblättrige Zweiglein hervor, hält es ihm unter die Nase und sagt: »Rosmarin, ich glaube, das ist Rosmarin.« Er nimmt es ihr aus der Hand, steckt es in das Knopfloch seines Rockes und fängt an zu pfeifen: »Rosemarie, Rosemarie – sieben Jahre mein Herz nach dir schrie.«

»Jetzt bin ich alt«, pfeift er. Seine Frau heißt Rosemarie; als sie verlobt waren, hat er das Lied unter ihrem Fenster gepfiffen. Wann hätte er es später noch einmal pfeifen sollen, er ging abends nicht fort, sondern kam wieder. Rosemarie! – Er bleibt stehen und wartet, bis sie bei ihm ist. Sie gehen nebeneinander weiter, er mit der Hand auf ihrer Hüfte, die er seit mehr als siebenundzwanzig Jahren kennt – jetzt ist sie alt! Lo stesso, immer dasselbe.

Die Tage werden länger, und an jedem Tag bleiben sie darum auch etwas länger in ihrem *Bella Vista*. Der junge Mann kommt später zum Waschen auf den Balkon, seine Frau gibt dem Säugling später die Brust, und auch die vierfüßige Alte macht sich später auf ihren mühsamen Weg. Manchmal befördern die Omnibusse ein paar neue Fremde auf ihre Veranda, aber die sind bald wieder fort und kehren auch nicht wieder, um die kümmert sich keiner, das sind Zufallsgäste, heute hier und morgen da, die alles sehen wollen und gar nichts sehen. Ein paarmal regnet es; dann platzen die Tropfen auf das gelbe Kunststoffdach, und die Wirtin rückt den Tisch ein Stück vom Gitter weg. Es gibt noch einmal Neuschnee auf den Bergen, und der letzte, der Monte orecchio, hat ein Mützchen auf, das die Frau im Abendlicht, das von Sekunde zu Sekunde die Farbe wechselt, plötzlich an Roswitha, das Enkelchen, erinnert. Sie will es ihrem Mann zeigen, sie sagt, der Schnee auf dem Berg da, der jetzt so grün ist, grün wie das Mützchen, das sie im vorigen Winter gestrickt hat – und er tut einen Blick darauf und sieht es auch! Sieht es, bevor sie noch fertig ist mit dem umständlich erklärenden Satz. Er kann sich erinnern, daß sie im Winter ein grünes Mützchen gestrickt hat, er sagt: »Mit einer weißen Bommel.«

In der letzten Woche kaufen sie unten am Hafen Ansichtskarten und sitzen dann und schreiben an ihrem Tisch im *Bella Vista* in den Pausen zwischen den beiden großen Auftritten, dem auf dem Balkon und dem unten auf dem Pfad. Sie schreiben, daß das Wetter schön ist, daß alles blüht, daß sie gut untergebracht sind, und fragen: Wie geht es Euch? – Schreiben und beschreiben können sie nicht, was sie hier erleben. Gerade, daß sie wieder miteinander reden können. Und ob sie diese neue Sprache nicht wieder verlernen, wenn sie fortgehen? Wer weiß das? Ob sie sich erinnern werden? An den Tag im Weinberg? An den Rosmarinzweig? Warum fragt man danach? Perché?

[aus: *»Was ist schon ein Jahr«*]

Hat ein Mensch nur die Verantwortung für das eine reale Leben zu tragen, das er führt? Oder gibt es auch eine Verantwortung den Lebensmöglichkeiten gegenüber?

Man hört in einer Ehe zu leicht auf, Bewunderung füreinander zu hegen.

Meinleo und Franziska

Hören Sie doch nicht auf das, was die Nachbarn sagen! Die Wände mögen noch so dünn sein, man hört immer nur, was laut gesprochen wird, die leisen Worte hören Nachbarn nie. Und es hat eine Zeit gegeben, da flüsterte sie: »Mein Leo.« Nachts flüsterte sie in ihr Kissen: »Mein Leo«, und tags lag sie ihrem Vater in den Ohren mit: »Mein Leo, mein Leo!«

Sie hat ihn bekommen. Zwanzig Jahre hat es gedauert, zwanzig Jahre, in denen sie gesagt hat: »Mein Leo«, bis er es war: ihr Leo. Er hatte ihr nur ein einziges Mal das Haar gewaschen und gesagt: »Was für ein hübsches kleines Ohr, Fräulein Franziska!« Bald danach hatte ihr Vater den jungen Friseurgehilfen mit Namen Leo entlassen. Die späteren Gehilfen durften im Damensalon nicht mehr aushelfen, nicht einmal vor Pfingsten.

Franziska traf ihren Leo weiterhin am Montagabend bei den Proben einer Liebhaberbühne. Ihr Vater hätte ihn bei der festlichen Premiere – man spielte ›Weh dem, der lügt!‹ – im Kostüm eines mittelalterlichen Küchenjungen schwerlich erkannt, wenn ihm nicht der Klang von »Leon« und »Wie nur, Leon« aus dem Mund seiner Tochter allzu vertraut gewesen wäre. Der erzürnte Vater wartete das glückliche Zusammenfinden der Liebenden auf der Bühne nicht ab, sondern holte seine Tochter eigenhändig aus den Armen des unerwünschten Leon und untersagte ihr nicht nur die Liebe zu dem jungen Mann ihres Herzens, sondern auch die Liebe zur Kunst.

Leo ging bald darauf außer Landes, aus Kummer und aus Abenteuerlust. Franziska bediente im Damensalon, hielt den Fön über braune und über blonde Köpfe, betrachtete nachdenklich die Ohren der Kundinnen und prüfte im Spiegel das ihre, ob es noch so hübsch und klein unter dem aufgetürmten Haar hervorsah, und sagte: »Mein Leo meint, mein Leo findet, mein Leo...«

Nun gibt es gerade in einem Damensalon wirkliche Vertrauensverhältnisse. Wer entdeckt denn die erste weiße Strähne? Nur menschlich, wenn man ein Wort darüber verliert.

Die Kundin fragt zurück: »Und Meinleo?«

Der Herrensalon befindet sich rechter Hand, der Damensalon linker Hand. Die Verbindungstür ist geschlossen, aber da fehlt einmal eine Schere, da möchte ein Herr seiner Frau ein Fläschchen Parfüm mitnehmen, da hat eine Kundin ihr Söhnchen mitgebracht, das seinen ersten Haarschnitt haben soll, kein Wunder also, daß bei jedem Öffnen der Tür Meinleo in den Herrensalon dringt. Der wahre Leo ist besiegt, aber Meinleo hat seinen Siegeszug auch in den väterlichen Herrensalon gehalten. Man hört bereits von einem Haarschnitt à la Leo, dessen Besonderheit die nur ein Zentimeter hohe Bürste über der Stirn ist; im Damensalon bevorzugt man eine Frisur, die das Ohr, zumindest aber das Ohrläppchen, freiläßt.

Welcher Mann hätte Meinleo zum Gegner haben mögen? Da fand sich keiner, obwohl der Vater in späteren Jahren den einen oder anderen Gehilfen mit einem Auftrag in den Damensalon schickte: »Gehen Sie Fräulein Franziska zur Hand! Waschen Sie Fräulein Franziska das Haar!« Was für ein armseliger und rührender Einfall eines Vaterherzens! Solch ein Wunder wiederholt sich doch nicht.

Und dann kam Meinleo wieder. Von wo er zurückkam erfuhren die Nachbarn nie. Er konnte noch mit auf den Friedhof gehen und dem Vater die letzte Ehre erweisen. Am nächsten Morgen beugte er sich bereits über den ersten Kunden im Herrensalon. Der weiße Kittel des Schwiegervaters hing ihm lose über den Rücken. Meinleo war nicht gut im Stand, aber daran waren die schlechten Jahre schuld. Er schien sie in Kanada verbracht zu haben, oder war es Australien, oder war er doch nur in Neukölln gewesen? In einer Großstadt befindet man sich außer Landes, wenn man in einen anderen Stadtteil zieht. Jahre später, als sich gelegentlich ein amerikanischer Besatzungssoldat in den Salon verirrte, kam das »how are you« und »all right« etwas unbeholfen über Meinleos Lippen, aber es ist möglich, daß es nicht nur sprachliche Hindernisse waren, die ihm den Umgang mit den Vertretern der Siegermächte erschwerten.

Das Hin und Her von Kämmen und Scheren zwischen Herrensalon und Damensalon war zunächst heftiger geworden, normalisierte sich aber bald. Als die Zeit der gebrannten Wandsprüche kam, hing im Damensalon zwischen den Spiegeln über den beiden Waschbecken:

WO EIN WILLE IST?
DA IST EIN WEG.

Und manchmal, wenn Frau Franziska die Röllchen für die Dauerwelle an die elektrischen Kabel anschloß, ruhte ihr Blick versonnen auf dem Spruch. Abends verglich sie den Inhalt der beiden Ladenkassen miteinander. Der Salon MEINLEO, wie man ihn damals bereits nannte, florierte rechts und florierte links. Die Einkünfte gingen in einen Topf, und dieser Topf gehörte Frau Franziska, doch nie hat einer ihr nachsagen können, daß Meinleo hätte abliefern müssen, was sich im Laufe eines Tages in seiner Kitteltasche ansammelte. Er verwendete diese Sondereinnahmen, wie sie gedacht waren, als Trinkgeld. Er trug es nicht weit, nur bis zum Lokal Augusta-, Ecke Annastraße. Dort saß er nahezu zwei Stunden, trank sein Bier und rauchte drei Zigarillos. Schweigend. Reden gehörte bei ihm zum Handwerk, und abends tat er nur, was er am Tag nicht tun konnte: sitzen, schweigen, trinken, rauchen und sich bedienen lassen.

Die beiden gingen nicht sofort zum Standesamt und auch nicht zur Handelskammer. Wer selbständig ist, der weiß, wie schwierig es ist, die amtlichen Wege rechtzeitig zu erledigen. Der Salon hieß sowieso MEINLEO, und als Leo in einem der letzten Monate des Zweiten Weltkrieges einem Kunden empfahl, den Schnurrbart nicht mehr in der Form einer Fliege zu tragen, diese Fliegen hätten nun bald das Zeitliche gesegnet, da holten ihn hinterher zwei Zivilisten ab. Frau Franziska hängte ein Schild an das rechte Schaufenster:

VORÜBERGEHEND
BIS KRIEGSENDE GESCHLOSSEN

Sie konnte jetzt die Kohlenration ungeteilt für den Damensalon verbrauchen, das Seifenkontingent ebenfalls, sie sprach wie früher von Meinleo, dessen Familienname niemand in der Nachbarschaft kannte, was die Verweigerung von Auskünften erleichtert. Eines Tages stand Meinleo dann wieder vor der Tür, zog seinen weißen Kittel an, der jetzt noch loser über den gebeugten Schultern hing, und machte sich daran, die übriggebliebenen Fliegen wortlos zu entfernen und seinen Kunden den neuesten amerikanischen Haarschnitt zu verpassen.

Sein Stammlokal war den Bomben zum Opfer gefallen, und sein Ober hatte sich einen anderen Friseur gesucht, aus modischen oder politischen Gründen. Meinleo blieb abends zu Hause, was auch am Rückgang seiner privaten Einkünfte lag. Wenn er das eine oder andere Mal in den Damensalon hinüberging, um ein Shampoo zu holen für einen Kunden, oder auch nur, weil ihm die Zeit lang wurde, dann fand er jetzt manchmal Frau Franziska vor der Ladenkasse sitzend, deren Geldfach sie eilig zuschob, sobald sie seinen schlurfenden Schritt hörte. Sie begann dann ein eifriges Hantieren, ließ das Lehrmädchen fegen, wo bereits gefegt war, ordnete Flaschen und Dosen und war viel zu beschäftigt, als daß sie mit Meinleo eine Unterhaltung hätte führen können. Er zog sich wieder zurück, stand eine Weile vor der Haustür, sah die Straße rauf und runter, kein schlechtes Aushängeschild für einen Herrensalon in einer ruhigen Seitenstraße: sein Haar war voll und weiß, nur über der Stirn hatte es sich gelichtet; er hatte sich, allen Zeitidolen zum Trotz, einen Schnurrbart stehen lassen. Diesem Bart ließ er besondere Pflege angedeihen, er beschnitt ihn, bürstete ihn, und nachts gab er ihm mit einer Schnurrbartbinde die gewünschte altmodische Fasson. Er hatte einen Schnurrbartkomplex, nicht einmal Franziska wußte, welchen Urgründen seiner Seele dieser Schnurrbart entsproß.

Als die Zeiten – gerade das Friseurhandwerk ist ja von den Zeiten so abhängig – besser wurden, kamen die Vertreter mit ihren neuen Präparaten und Apparaten und ließen Muster und Rezepte zurück. Nach Ladenschluß machten sich die beiden ans Werk. Der Salon wurde zur Versuchsküche: Meinleo färbte Franziska das Haar, das anfing grau zu werden, tizianrot und mahagonifarben und heliotrop, wie es die Gebrauchsanweisung angab. An manchem Morgen mußte Frau Franziska ihr Haar unter einem dichten Netz verbergen. Er konnte zwar nicht jeden neuen Haarschnitt an ihr ausprobieren, aber doch die Wirkungsweise der vielgepriesenen Kaltwelle zum Beispiel, und auf Toupieren verstand sich wohl kein Friseur so gut wie Meinleo. Am liebsten hätte er im Damensalon gearbeitet, das war von jeher sein Wunsch gewesen, fünfzig Berufsjahre lang. Aber er verstand sich nicht so gut aufs Wünschen wie Frau Franziska. Natürlich war sie auch eifersüchtig und wollte nicht, daß er das Haar anderer Frauen durch seine Finger gleiten ließ und daß seine Hände an einem jüngeren Ohr verweilten: Der Damensalon blieb ihm tagsüber verschlossen.

Die jungen Leute des Viertels gingen nicht zu Meinleo, aber die älteren kamen noch immer. Männer, die glaubten, daß ein Haarschnitt dasselbe sei wie Haareschneiden, die nichts weiter wollten als einen sauberen Nacken und jemanden, der ihnen die zu langen Augenbrauen stutzte und die Haare am Ohr diskret entfernte, und weder etwas von einem James-Dean-Schnitt noch von einem Yul-Brynner-Look je gehört hatten. Das aber waren Kunden, die sich nicht an die neuen Preise gewöhnen konnten. Sie meinten, Meinleo sei noch derselbe, Schere und Stuhl seien dieselben, und die Haare seien sogar weniger geworden, dafür brauche man doch wohl nicht mehr zu zahlen als früher?

Auch darüber gab es abends manche Auseinandersetzung. Meinleo mußte zwei Haarschnitte machen, um soviel einzunehmen, wie Frau Franziska anordnete. Also gab er nur die Hälfte der Kunden an, und da sie oft, wenn nichts zu tun war, heimlich den Hauseingang beobachtete und zählte, wie viele Kunden zu ihm kamen, nahm sie an, daß er nicht richtig abrechnete.

Sie ahnte nicht, daß auch er die neuen Preise nicht zu fordern wagte. Die Frauen, die zu ihr kamen, wollten nichts wissen von Öl- oder Eigelbwäsche und vom Festiger, und was ein »modisches Flair« war, hätte sie ihnen nicht einmal erklären können. Sie wollten das Haar mit dem Fön getrocknet und hinten eingeschlagen haben. Das bringt natürlich wenig ein.

Die Vertreter jener modischen Präparate und Apparate, von denen sie abends im »Figaro« lasen, kamen bald nicht mehr in den altmodischen Salon. In den Regalen verstaubten die letzten Fläschchen Kölnisch Wasser, ein paar Dosen Creme, und in den Schubladen gerieten Schildpattkämme, Haarnadeln, Spangen und Lockenwickler in Unordnung.

Es war nur eine Frage der Zeit, wie lange sie den Salon noch halten konnten. Frau Franziska fand ihren Leo recht tapprig auf den Beinen, aber die Hände waren noch ruhig, und nur darauf kam es bei einem Friseur an. Meinleo seinerseits hielt seine Chefin – er hatte nicht aufgehört, sie als solche anzusehen – ebenfalls für recht alt geworden. Vor allem sah sie nicht mehr gut, und seitdem sah sie auch nicht mehr gut aus. Sie wurde schlampig, nicht zuerst um den Kopf wie andere Frauen, sondern um die Beine. Die Füße taten ihr oft weh, sie hätte Einlagen tragen sollen, statt dessen behielt sie die Schlappen auch im Geschäft an und trug dicke Wollstrümpfe. Vom Knie an abwärts war sie eine alte Frau und gab es auch zu.

Sie schwiegen hartnäckig über die Frage, was werden sollte, wenn sie den Laden nicht mehr halten konnten. So lange, bis diese Frage vom Hauswirt gestellt und auch beantwortet wurde. Er teilte ihnen mit, daß er die Ladenräume im Zuge der Modernisierung des Häuserblocks neu gestalten müsse und sie bereits an eine Schnellreinigung vermietet habe und er sie bitten müsse, sich nach etwas Geeigneterem umzusehen. Er schrieb »Geeigneterem«, und was ist denn für zwei alte Leute geeigneter als ein Altersheim?

Was den Frisiersalon anging, war Frau Franziska noch selbständig wie früher, aber wenn es um anderes ging, schickte sie Meinleo vor, von dem sie annahm, daß er über mehr Welterfahrung verfügte als sie. Bei solchen Anlässen sprach sie lautstark von jenen zwanzig Jahren die er außer Landes verbracht hätte. Eines Morgens hing im rechten Schaufenster zwischen Nivea und Chlorodont das Schild

VORÜBERGEHEND GESCHLOSSEN

und Meinleo machte sich auf den ersten der vielen Wege, die er nun zu gehen hatte. Die Schwierigkeiten wären noch größer gewesen, hätte nicht die Heimleitung einen Vorteil erkannt: Mit den beiden würde sich das schwierige Problem des Haarewaschens und -schneidens der übrigen Heimbewohner lösen lassen. Man erkundigte sich nach dem Gesundheitszustand seiner Frau, und da erst wurde ihm klar, was alle Welt erfahren mußte, sobald er die geforderten Familienpapiere vorlegen würde: Sie waren nicht verehelicht, sie würden ihren Lebensabend nicht miteinander verbringen dürfen! Diese Tatsache mußte er Franziska nach seiner Rückkehr und nach Ladenschluß beibringen, und wieder hörten die Nachbarn nur das laute »Meinleo« und nicht das leise »mein Leo«, das sie flüsterte, als er sie fragte, ob sie denn überhaupt seine Frau werden wollte. – Und als sie das war, als sie ein letztes Mal und diesmal beide Salons

WEGEN FAMILIENFEIERLICHKEITEN
GESCHLOSSEN

ließen, da hörte Frau Franziska auf, von »Meinleo« zu reden, da sagte sie »mein Mann«. Als dann der Möbelwagen kam, um ihre Habseligkeiten in das Zimmer im Altersheim zu transportieren, da erschien der Hauswirt persönlich, um den beiden Glück zu wünschen. Er bestand darauf, daß man diesen Augenblick im Bilde festhalten müsse. Eigenhändig fotografierte er den alten Laden und die alten Leute; er holte einen Stuhl für Frau Franziska, die nicht wollte, daß man sah, wieviel kleiner ihr Mann war als sie. Als sie dann saß, legte sie die Hände in den Schoß, ein für allemal, und überließ ab sofort alles ihrem Mann. Meinleo war an soviel Verantwortung nicht gewöhnt, und so kamen in dem Altersheim zwei recht alte Leute an, die zwar in einem Koffer Scheren und Brennscheren, Trockenspiritus und zwei Frisiermäntel mitgebracht hatten, aber welcher alte Mann hätte sich unter das Messer eines anderen alten Mannes gewagt?

In einer Kiste hatte Frau Franziska die beiden Schaufensterpuppen verpackt: die eine rothaarig, die andere blond; beide Köpfe fanden auf einem Schrank ihren Platz, und nachmittags, wenn Frau Franziska sich hingelegt hatte, holte ihr Mann die Köpfe herunter und frisierte die beiden nach der neuesten Mode. Er sah dabei zufrieden aus, so daß man annehmen konnte, daß das Leben auch seine Wünsche erfüllt hatte.

[aus: *»Überlebensgeschichten«*]

Soll man denn wegen möglicher Enttäuschung auf jede Begegnung, jede Verzauberung verzichten? Was bliebe dann übrig? ›Vorsicht‹ und ›Lebensgefahr‹, ›ohne Haftung‹. Solch ein Schild könnte man schließlich an jeder Tür, an jeder Brust anbringen.

Wie klug wir sind, wenn es um das Schicksal eines anderen geht.

Batschka – wo liegt das überhaupt?

Barbara Gumbinger. Ich höre wieder ihr »Wenn der Kukuruz gelb wird ...«, höre ihr »Ave Maria«, ihr »Heilige Mutter Gottes, bitte für uns Sünder, jetzt und in der Stunde unseres Todes«, das jäh unterbrochen wird von: »Er hat eine andere! Er hat eine andere Frau!« Sie sieht mich mit ihren schwarzen Augen an, die vom Fieber glänzen, und streckt den abgemagerten Arm nach meinem Bett aus. Ich reiche ihr meinen Handspiegel. Sie richtet sich mühsam auf, zieht das Kopftuch tiefer in die Stirn und schiebt das braune Haar zurück; sie zieht die Oberlippe hoch und betrachtet ihre Zähne, schiebt mit dem Daumen die Unterlippe nach unten und betrachtet die zweite Reihe ihrer weißen, festen Zähne. Zähne einer Fünfundzwanzigjährigen. Dann hebt sie mit der Hand ihre Brüste hoch. Erst die rechte, dann die linke. Sie sind mager und schlaff und fallen herab, wenn sie sie losläßt. Nach dieser Bestandsaufnahme sinkt sie wieder in die Kissen, der Spiegel rutscht auf den Boden, er ist unzerbrechlich, er scheppert auf den Fliesen unseres Krankenzimmers. Wir horchen beide, ob nicht die Stationsschwester wieder ins Zimmer gestürzt kommt. Barbara Gumbinger seufzt und murmelt ein neues »Ave Maria... Heiligstes Herz Jesu, erbarme dich unser«. Sie faltet die Hände um ihr Gebetbuch, ein Bild der Mutter Gottes fällt aus den Seiten, sinkt langsam zu Boden und bleibt neben dem Spiegel liegen.

Der Professor hat sich entschuldigt, bevor er mich mit dieser Frau »aus einfachen Verhältnissen« zusammengelegt hat. »Ein armes Menschenkind«, sagte er, »sie wird Sie nicht stören. Ein schreckliches Leben! Irgendwo aus dem Osten. Bosnien, glaube ich. Dreizehn Jahre im Lager! Unter Hitler und unter Tito und dann ausgewiesen und jetzt bei uns. Wieder im Lager. Der Mann lebt noch. Hat angeblich keine Wohnung. Kann sie nicht holen. Wir haben ihm geschrieben, daß es ernst aussieht. Die Tschechen haben sie mit Steinen aus ihrem Dorf vertrieben! Das

Kleinste trug sie auf dem Arm. Ein Steinwurf hat es getötet, sie hat es am Wegrand liegenlassen! Der Junge ist epileptisch, vierzehn Jahre alt, und dann noch ein Mädchen, das hat einen steifen Arm. Und jetzt liegt sie hier bei uns. Ein schreckliches Leben!« sagte er noch einmal und sah mich an, als müßte ich, konfrontiert mit einem so viel schwereren Schicksal, gleich geheilt sein. Er versprach mir ein Einzelzimmer. »Ein Notbehelf«, sagte er, »ein armes, bedauernswertes Menschenkind.«

Sie hat die Augen geschlossen, flüstert in die Hände, unter denen sie ihr Gesicht verbirgt, wenn sie sich fürchtet. »Sie sollen mir keine Spritzen geben! Heilige Mutter Gottes, erbarme Dich!« Dann schläft sie ein und wird erst wach, wenn die Diakonissin vor ihrem Bett steht, die Spritze fertig präpariert, die Decke wegzieht und nach ihrem Oberschenkel greift. Sie will keine Spritzen, das ist Gift. Man wird sie vergiften, weil sie krank ist! Ich mische mich ein: »Schwester! Geben Sie mir das, das ist doch Morphium!«

»Das könnte Ihnen so passen!« Sie macht die Injektion, tupft mit Watte die Einstichstelle ab, klopft der Kranken gleichzeitig auf die Backe. »Sehen wir denn aus, als ob wir euch vergiften wollten?«

»Aufs Aussehen kann man nichts geben. Die hatten alle so weiße Kittel an wie ihr hier.«

Die Diakonissin bückt sich nach dem Bild der Mutter Gottes, wirft einen mißbilligenden Blick darauf, greift nach dem Gebetbuch, um beides auf den Nachtkasten zu legen. Jetzt schreit die Kranke noch lauter: »Nein! Das kriegt ihr nicht!«, packt den Arm der Schwester, fletscht die Zähne, gleich wird sie in das dicke weiße Handgelenk der Schwester beißen. Aber die legt bereits in ihrer ungeduldigen Geduld das Buch aufs Bett, bückt sich noch einmal, um auch noch meinen Spiegel aufzuheben, legt ihn mit der gleichen Mißbilligung auf meinen Nachtkasten und geht zum Fenster, um es zu öffnen. Ich fürchte erneutes Geschrei und bitte sie, es wieder zu schließen. Draußen ist harter Frost.

Februar. Es liegt Schnee, vor ein paar Tagen war er blendend weiß und machte unser Zimmer ganz hell, es liegt halb unter der Erde.

»Es ist eine Luft hier zum Ersticken!« sagt sie.

Ich greife nach dem Kölnisch Wasser und drücke auf den Zerstäuber. »Lassen Sie uns doch gewähren, Schwester! Mich stört es nicht, und Sie gehen doch gleich wieder.«

»Batschka!« sagt sie. »Wo liegt das überhaupt?«

»In den Niederungen der Theiß. An der Donau. Es muß ein herrliches Land sein, wenn der Kukuruz reif wird und die Sonnenblumen schwer sind wie Honigwaben.«

»Es wird Zeit, daß Sie in ein anderes Zimmer kommen! Hier werden Sie nie gesund.«

»Wenn ich irgendwo gesund werden kann, dann hier, Schwester. Geben Sie ihr doch die Zwiebel, der Professor hat es erlaubt!«

Das wiederholt sich, Tag für Tag. Die Spritzen, die Heiligenbilder, der Kampf um das Öffnen des Fensters, Batschka, die Zwiebel. Nach einer Weile kommt dann die Hilfsschwester und bringt auf einem Teller eine dicke rohe Zwiebel, geschält und bläulich schimmernd, daneben liegen Messer und Gabel. Das Mädchen rümpft die Nase, als ekle es sich vor einer rohen Zwiebel. Ich rufe leise: »Frau Gumbinger! Frau Gumbinger!«

Sie schreckt aus ihren Träumen auf und ruft: »Hier! Barbara Gumbinger aus ...«

»Nicht doch! Sie sind im Krankenhaus, nicht im Lager!«

Sie sieht sich um, woher die Stimme kommt, ihr Blick erfaßt mich erst nach Sekunden, dann holt sie ihn zurück, läßt den Kopf aufs Kissen fallen. »Ach, Sie sind es! Sind Sie immer noch da? Warum liegen Sie hier? Warum sind Sie nicht zu Hause, bei Ihrem Mann?«

»Ihre Zwiebel!«

»Zwiebeln!« sagt sie. »Wenn man krank ist, muß man Zwiebeln essen, viele rohe Zwiebeln!« Sie faßt mit beiden Händen danach, wirft das Besteck beiseite, richtet sich auf und beißt mit ihren kräftigen Zähnen in die Zwiebel, als sei es ein Apfel. In ihren Augen steht blankes Wasser. Sie kaut. Ich höre das Mahlen ihrer Zähne. Gleich wird sie beginnen mit: »Bei uns in der Batschka . . .«

Ich lege mich zurecht, schließe die Augen, damit ich sehen kann, was sie erzählt. »Wenn der Kukuruz gelb wird, dann ziehen die Graugänse übers Dorf, zum Schwarzen Meer . . .«

Ich kenne die Geschichte längst. Nie ändert sie ein Wort. Wie eine Litanei gleiten die Geschichten aus ihrem Dorf und aus den Lagern an meinem Ohr vorbei, manchmal nur unterbrochen von einem »Ave Maria«. »Sie müssen beten! Sonst können Sie nicht gesund werden! Sonst können Sie nicht schlafen! Ich vergesse immer, wer Sie sind!«

Früh am Morgen, wenn es noch dunkel ist, weckt uns die Nachtschwester. Sobald sie ans Bett der Barbara Gumbinger tritt, um sie frisch zu betten und zu waschen, vollzieht sich immer dasselbe Schauspiel. Die Kranke wehrt sich mit Händen und Füßen, sie schlägt nach der Waschschüssel, bis der Kittel der Schwester vor Nässe trieft. Sie lacht dazu, ihre Zähne blitzen, ihre schwarzen Augen funkeln. Sie greift nach ihrem rosafarbenen Kopftuch, um es mit dem blauen, das sie nachts trägt, zu vertauschen. Das ist alles an Morgentoilette, was sie für nötig hält. Nur zum Händewaschen erklärt sie sich bereit. Sie ist nicht schmutzig! In einem weißen Bett!

Sie beobachtet mit Interesse, was alles mit mir geschieht: Waschen, Kämmen, Zähne putzen, das komplizierte Straffziehen der Laken. Nach einigen Tagen willigt sie ein, daß man auch ihren Puls zählt, das erscheint ihr ungefährlich. Sie wünscht zu erfahren, wieviel Pulsschläge man bei ihr und wieviel man bei mir gezählt hat. Je mehr, desto besser! Auch das Fieberthermometer findet ihr Gefallen, sie wacht eifersüchtig darüber, wer höhere Temperaturen hat, sie oder ich.

Wir bleiben wieder allein, zugedeckt bis zum Hals, das Fenster weit geöffnet. Ich habe zum erstenmal einen Lippenstift benutzt. Sie betrachtet mich eingehend, sagt dann: »Geben Sie mir das auch mal! Die andere macht das bestimmt immer.« – In den vom Fieber aufgerissenen Mundwinkeln klebt das Rouge wie trockenes Blut. Sie versucht, mit dem bemalten Mund zu lachen, Verzweiflung in den Augen. Es hat sie angestrengt, sie atmet mühsam, sinkt zurück, Stift und Spiegel fallen auf den Boden. Alles, was ihr lästig ist, schiebt sie beiseite. Sie ist krank. Wer krank ist, regiert. Sie ist die Krankheit.

Vom Flur hören wir Schritte und gedämpftes Sprechen: die Visite nähert sich. Die Stationsschwester wirft vorher einen Blick in unser Zimmer, hebt auf, was wir verstreut haben, schließt das Fenster, zieht unsere Decken glatt, klopft der Barbara Gumbinger auf die Backe, das tun sie alle, auch der Professor.

Er tritt ein. Das Lächeln bringt er fertig mit durch die Tür. »Guten Morgen, meine Damen!« Und dann: »Ah, unsere heilige Barbara!«, klopft ihr auf die Backe, wechselt einen Blick mit dem Stationsarzt: er wird sich die Operationswunde selbst ansehen. Der Verbandwagen wird ins Zimmer geschoben. Aber noch bevor alle Vorkehrungen getroffen sind, wird das Vorhaben aufgegeben. »Lassen wir sie heute noch mal in Ruhe! Wir wollen sie doch nicht quälen!« Er schiebt das Hemd über ihrer Brust zur Seite, horcht mit dem Stethoskop. Dagegen hat sie nichts einzuwenden. Er klopft den Rücken ab, vornehmlich das rechte Schulterblatt, etwas unterhalb, wieder ein rascher Blick zum Stationsarzt, dann seine halblauten Anordnungen. Ich höre undeutlich »inhalieren«, »punktieren«.

Bei mir verweilt die Visite nur kurz. Das ärztliche Knäuel löst sich gar nicht erst auf. Eine leise und höflich geäußerte Entschuldigung. Ein Wink. Ich habe verstanden. Man muß ihr jetzt alle Wünsche erfüllen. Es steht demnach schlecht. Er erkundigt sich, ob man mich nicht doch noch verlegen solle, ein Einzelzimmer sei jetzt frei. »Nein, bitte nicht!«

Rippenfellentzündung? Lungenentzündung? Oder beides? Sie bekommt Penicillin.

Der Inhalierapparat wird neben ihr Bett gerollt, schon fängt er an, heißen Dampf zu versprühen. Sie sieht es in hellem Entsetzen. Als man den Strahl gegen ihr Gesicht richtet, weint sie plötzlich, was sie bisher nie getan hat, weint um Barmherzigkeit. Die junge Schwesternschülerin drückt verzweifelt auf den Klingelknopf, die Stationsschwester kommt, der Oberarzt, der Pfleger von der Männerstation. Man bringt den Apparat in Sicherheit und einigt sich auch diesmal: Lassen wir sie in Ruhe! Es ist die vorletzte. Alle wissen es.

Die Tür schließt sich, wieder sind wir allein. Sofort liegt sie still da und hat ihr friedliches Lächeln um den Mund. Die Haut spannt sich gelblich-braun über den Backenknochen. Sie ist schön, diese arme kranke Barbara Gumbinger, in all ihrem Elend ist sie noch schön. Sie schläft nie ganz fest, sie horcht auch noch im Schlaf, es ist zu viel Furcht in ihr, und jetzt sagt sie, ohne sich zu mir zu wenden: »Sterben kann man erst, wenn man einen Platz gefunden hat für sein Grab und bei dem ist, der einen begraben soll.«

»Wer redet denn vom Sterben!«

»Ihr denkt das bloß. Ihr denkt immer was anderes, als ihr sagt!«

Sie nimmt ihr Gebetbuch wieder in die Hand, blättert darin, betrachtet die Bilder ihrer Heiligen. Ich schlage mein Buch auf, aber ich habe noch nicht den ersten Satz gelesen, da sagt sie schon: »Ich habe auch mal einen Roman gelesen!« Ich klappe mein Buch wieder zu, sie behält ihres in der Hand und beginnt, mir die traurige und schöne Geschichte von dem jungen Grafen zu erzählen, der an einem Frühlingsmorgen durch die Birkenallee reitet ... Ich erinnere mich nur an diese Birkenallee, den Frühlingsmorgen und den schönen traurigen Grafen. Dabei hat sie mir die Geschichte immer wieder erzählt, ihr einziges Buch, außer dem Gebetbuch. Einmal hat sie sich meine Bücher geben lassen, den ganzen Stoß, der sich auf meinem Nachttisch stapelte. Hinterher, als sie alle bereits auf dem Boden lagen, sagte sie: »Es steht doch immer nur dasselbe darin. Immer nur was von den Menschen. Geburt und Tod und Tod und Geburt. Das kommt und geht, kommt und geht wieder, das braucht man doch nicht zu lesen, das weiß man doch.« Ich war so unvorsichtig zu lachen und sie an ihren Grafen zu erinnern. Gleich fängt sie mit der Geschichte von vorn an: Die Birkenallee, der Frühlingsmorgen, der schöne traurige Graf. Mittenhinein kommt die Schwester mit der nächsten Spritze, die Kranke wechselt über zu ihren Gebeten, die mich einschläfern.

So geht es über Wochen. Niemand weiß, ob sie Schmerzen hat. Wenn man sie fragt, sagt sie nein, aber mit Angst in der Stimme. Manchmal, wenn sie annimmt, daß ich schlafe, setzt sie sich auf, stopft die Decke fest um sich, streicht mit beschwörenden, fiebrigen Händen darüber, murmelt Worte, die ich nicht kenne. Ich fange an zu glauben, daß sie unter ihrer Decke die Krankheit verbirgt, ein böses Tier, einen Dämon, an den man nicht rühren darf.

Wie ein Spuk tauchen vor unseren Fenstern Masken auf: die Küchenmädchen gehen zum Karneval. Der Schnee schmilzt, stürzt nachts vom Dach in den Garten, rauscht in der Regenrinne. Dann brauner Rasen. Plötzlich sind die Stare da, ändern ihr Gefieder, glänzen, bekommen gelbe Schnäbel, zupfen Marienblümchen aus dem Rasen, der grün wird.

Barbara Gumbinger wird immer magerer. Sie phantasiert jetzt oft. Ihr Mann, der eine andere hat, taucht dabei immer häufiger auf. Eines Tages kommt ein Brief von ihm. Er wird sie besuchen, er hat eine Wohnung, mit zwei Zimmern und einer Küche. Wir wissen es längst alle, die Stationsschwester hat den Brief geöffnet, weil die Kranke es selber nicht mehr kann.

Bevor die Nachtschwester früh mit den Fieberthermometern kommt, wird es jetzt schon hell bei uns. Es ist wieder wie in den ersten Tagen nach der Operation: Barbara Gumbinger wacht auf, erblickt die hellblauen Wände und die schneeweißen Laken und wähnt sich im Himmel. Ihr Lächeln vertieft sich, sie ist glücklich. Ich sage: »Guten Morgen!« Sie wendet langsam den

Kopf zu mir, blickt mich aufmerksam an und sagt dann: »Ach, Sie sind es!« An mir erkennt sie jedesmal, daß sie nicht im Himmel ist.

An einem Morgen, als wir noch allein sind und sie klarer zu sein scheint als sonst, erzähle ich ihr von dem Brief. Als ich fertig bin, befiehlt sie: »Noch einmal!«

Ich berichte noch einmal alles, was ich weiß.

Sie fragt: »Eine Küche? Mit fließendem Wasser? Wann kommt er?«

»Ende dieser Woche. Er hat zwei Tage Urlaub.«

»Urlaub? Ist wieder Krieg?«

»Nein! Er hat Ferien! Er braucht an zwei Tagen nicht zu arbeiten!«

»Was ist heute für ein Tag?«

»Dienstag.«

Die Schwester kommt und nimmt die Anordnungen der Patientin entgegen. Die Hilfsschwester kommt, der Stationsarzt kommt.

Waschen, sagt sie, und kämmen! Zum erstenmal werden die Zöpfe geflochten, zwei Schwestern haben damit zu tun, so verfilzt ist das Haar vom langen Liegen. Dann will sie inhalieren, mit dem Apparat, der so faucht! Ein frisches Hemd! Den Brief! Spritzen soll man ihr geben, in jedes Bein eine! Den Spiegel! Den Lippenstift! Essen will sie! Fleischbrühe! Und Huhn! Und Wein!

Unsere Tür geht auf und zu. Aus den Nachbarzimmern kommen andere Patienten und bringen ihre Blumen zu uns und wollen die heilige Barbara sehen, an der sich ein Wunder vollzieht. Das Bett muß frisch bezogen werden. Die Fenster sollen weit geöffnet sein, den ganzen Tag, damit die Krankheit hinaus kann! Sie verscheucht sie mit ihren dünnen Armen, sitzt im Bett und schwenkt ihre Decken.

Sie wird gesund. Vor unseren staunenden Augen wird sie gesund. Das Fieber verläßt sie in großen Sprüngen. Sie ißt und schläft und betet. Von Dienstagmorgen bis Samstagmittag liegt sie da und wartet und bereitet sich vor auf den Augenblick, da ihr Mann zu ihr kommen und ihr sagen wird, daß er sie nun holen will, in die Wohnung mit der eigenen Küche und dem fließenden Wasser.

Aus den verschütteten Erinnerungsschächten tauchen die Kinder wieder auf. Vielleicht muß der Arm ihrer Tochter nicht steif bleiben? Sie soll auch ins Krankenhaus! Hier, in dieses Zimmer! Wo sind die Kinder?

»Im Heim!«

»Was ist das, ein Heim? Ein Lager?«

»Nein! Ein Haus, in dem viele Kinder zusammenleben.«

»Ein Kinderlager!«

Ich erkläre ihr den Unterschied, sie bleibt mißtrauisch.

Ich erzähle ihr von der Stadt, in der sie bald leben wird, alles, was ich weiß, und dann noch einmal dasselbe. Wenn ich müde bin und schlafen möchte, weckt sie mich auf: »Nicht schlafen! Gesund werden! Ihr Mann soll Sie auch nach Hause holen!«

Und dann singt sie. Sie sitzt unter ihrem Kopftuchdach und singt. Die Hände auf der Bettdecke gefaltet. Ein Lied vom gelben Kukuruz, von den Graugänsen, die übers Dorf ziehen, und von der Liebe. [aus: *»Überlebensgeschichten«*]

Vielleicht ist es richtig, daß man Kinder und Alte behütet und sie in dem Scheinfrieden von Schweigen und Lüge beläßt. Sie sind noch wehrloser, haben noch weniger Einfluß. Sie leiden machen hieße nur das Leiden noch verdoppeln.

»Wir wollen einen anderen Lehrer!«

Ein Mann der Mitte, ein radikaler Demokrat, falls es das gäbe. Nach dem Linksruck, der mit dem Regierungswechsel 1969 erfolgte, hätte er bei der nächsten Bundestagswahl vermutlich die christlichen Demokraten gewählt; aber Horst G. wird an der nächsten Bundestagswahl nicht teilnehmen. Sein Vater starb früh, darum konnte er nicht Bauingenieur werden, sondern mußte die günstigeren Ausbildungsbedingungen des Lehrers wahrnehmen. Er wurde ein Beamter. Seine Großeltern waren noch Bauern gewesen. In den fünfziger Jahren erbte er ein paar Äcker und das Drittel einer Feldscheune. Er ließ sich seine Anteile auszahlen, das gab dann einen neuen Sessel oder einen Teppich. Ich gehe über meinen Acker, sagte er, er war ein heiterer Mann.

Redlich, rechtschaffen, beliebt bei den Schülern, den Eltern, auch bei den jüngeren Kollegen. Er ging im Rollkragenpullover in die Schule, wirkte darin aber eher elegant. Tadellos rasiert, sorgfältig vorbereitet, auch für eine dritte oder vierte Klasse. Jede Unterrichtsstunde ausgearbeitet mit seiner sorgfältigen Schrift. Ganze Stöße schwarzer Kladden, liniert oder kleinkariert. Im Lauf der Jahre war er auch ein wenig pedantisch geworden.

In seinen Ferien fotografierte er mittelalterliche Burganlagen und Stadtbefestigungen, Rathäuser, den Limes. Er beschaffte sich eigenes Anschauungsmaterial und zeigte seine eigenen Bilder im Unterricht.

Eine Mittelpunktschule, in der sich aus mehreren Dörfern sammelt, was den Sprung zum Gymnasium und zur Realschule nicht geschafft hat. Gefördert wird auch in den Dörfern jeder, ermöglicht wird der Besuch einer weiterführenden Schule jedem, es bleibt kein Befähigter zurück. Für die Lehrer bedeutet diese Auslese einen stark geminderten Unterrichtserfolg, da stellt sich dann oft die Frage nach dem Lohn der Mühe. Die

Schüler der höheren Lehranstalten denken sich andere Schwierigkeiten und Schikanen aus als die Schüler einer ländlichen Mittelpunktschule, wo der Widerstand dumpfer ist, wo die meisten nicht einmal äußern können, was ihnen nicht paßt. Der Lehrer G. sagt: »Gut, wenn ihr keine Lust habt, etwas zu lernen, ich gehe jetzt ins Lehrerzimmer. Wenn ihr weiterunterrichtet werden wollt, wißt ihr, wo ich zu finden bin.« Versuche, mit den Schülern fertig zu werden. Richtige oder unrichtige, das weiß er selbst nicht. Er glaubt nach wie vor, daß ein Pädagoge ein Erzieher sei, der sowohl zu unterrichten als auch zu erziehen habe. Er läßt nicht alles durchgehen, aber die Erziehungshilfen, die ihm zur Verfügung stehen, sind gering und erweisen sich zumeist als wirkungslos. Strafarbeiten? Nachsitzen? Das sind verpönte Maßnahmen. Eintragungen ins Klassenbuch? Was soll das nutzen? Benachrichtigung der Eltern? Die Eltern werden selbst nicht mit den Kindern fertig. Zum Rektor schicken? In der Regel unterbleibt die Strafe, und damit straft ein Lehrer sich selbst. Ärger und Kränkung gehen nach innen, wenn sie sich nicht gegen den kehren können, der sie auslöst.

Der Lehrer Horst G. macht seinem Ärger nicht im Lehrerzimmer Luft, auch nicht, wenn er abends beim Bier im Gasthaus sitzt, zusammen mit Arzt, Bürgermeister, Apotheker, Sparkassenleiter. Er tut das ab in einem einzigen Satz: »Man kann heute ja nicht mehr unterrichten«, und spült den Ärger hinunter, »die wollen ja gar nichts lernen.«

Er unterrichtet an einer modernen Schule, die alles bietet, was Lehrer und Schüler sich nur wünschen können. Sie liegt am Rand des kleinen dörflichen Städtchens, aus jedem der großen Fenster blickt man über Felder bis zum nahen Wald. Moderne physikalische Versuchsräume, Koch-Wasch-Bügelanlagen für die Mädchen, eine Turnhalle mit allen nur wünschenswerten Geräten, Duschräume, Filmvorführgeräte. Horst G. hat Lehrgänge besucht, um auch die 9. Klasse unterrichten zu können, er nimmt seinen Beruf ernst. Er hat Fachprüfungen für den Geschichts- und Erdkundeunterricht abgelegt, monatelang fuhr er viermal wöchentlich an den Nachmittagen hundert Kilometer zur nächsten Universität, um sich weiterzubilden. Im vergangenen Sommer verbrachte er seine Ferien noch einmal auf Korsika, im Haus jenes Weinbauern, bei dem er nach dem Krieg gearbeitet hatte. Er hielt es als Kriegsgefangener in Marseille hinter Stacheldraht nicht aus, darum hatte er sich verpflichtet, als Landarbeiter in Frankreich zu bleiben, für Jahre. ›Monsieur Orste‹ nannten sie den Deutschen; im nächsten Sommer wollte jener korsische Weinbauer zum ersten Mal zu Besuch nach Deutschland kommen.

Horst G. ist ein sportlicher Mann. Wenn in dem neuen geheizten Schwimmbad ein Bademeister fehlt, übernimmt er unentgeltlich den Posten während seiner Ferien. Ein Lehrer tut alles ehrenamtlich und unentgeltlich. Er verwaltet die Gemeindebücherei, leitet das Volksbildungswerk, und da er technisch begabt ist und einen Wagen fährt, ist er besonders geeignet, auch in den Nachbardörfern Kulturfilme vorzuführen. Volkszählungen. Er leitet den Ortsverband der Kriegsgräberfürsorge; als ihm ein Geschäftsmann sagt: »Dafür gebe ich nichts, ich habe niemanden auf den Soldatenfriedhöfen liegen«, entgegnet er: »Dann gib das Doppelte!« Für alles, was mit Volks- und mit Gemeinde- beginnt, ist er zuständig, er ist ein Beamter, über einen Beamten kann man verfügen. Wie aber soll er allen Anforderungen genügen, er ist nicht schnell, er ist eher langsam und gründlich, Improvisation ist nicht seine Sache. Wer ihn kennt, spürt, daß er nervös ist, beim Autofahren merkt man es und daran, daß er unruhig umhergeht, während des Unterrichts, aber auch zu Hause.

Als er an einem Dienstagmorgen das Klassenzimmer der 8 b betritt, steht an der Wandtafel »Wir wollen einen anderen Lehrer«. Er äußert sich nicht dazu, geht hin und wischt den Satz weg. Einer der Schüler hat es später seiner Mutter erzählt. Horst G. spricht zu keinem darüber, sagt es auch nicht seiner Frau, kein Wort. »Hast du Ärger gehabt, was ist?« fragt sie. »Nichts, es ist nichts.« Er schaltet den Fernsehapparat ein, geht wieder an den Schreibtisch, sieht ein paar Minuten das Fernsehprogramm an, erstes, zweites, drittes Programm – aber so verhält er sich oft. Sie trinken noch eine Flasche Wein und gehen dann zu Bett. Nachts friert seine Frau und schaltet das Heizkissen ein. Davon wird er wach, sagt: »Du brauchst doch kein Heizkissen« und nimmt sie in den Arm. Sie schlafen zusammen weiter, einträchtig, eine gute Ehe. Er wollte nie eigene Kinder haben, es gab so viele Kinder, mit denen er sich abgeben mußte, für deren Erziehung und Unterrichtung er sich zuständig fühlte. Morgens um sieben, es war noch dunkel, stand er auf. »Ich turne ein wenig«, sagt er, »laß dich nicht stören, schlaf weiter!« Sie schläft weiter, wird wach, es ist neun Uhr, und er ist nicht da.

Er liegt auf dem Fußboden des großen Wohnzimmers, die Fenster sind weit geöffnet. Er sieht aus, als ob er schliefe, aber seine Frau weiß: Er ist tot. Kein Anzeichen von Krankheit. Keine Vorwarnung. Der Arzt betrachtet nochmals und eingehend das Elektrokardiogramm, das er vorsorglich wenige Monate zuvor gemacht hat; er sagt, ich begreife es nicht.

Seine Frau begreift es nicht, der Pfarrer auch nicht, der am Grab dieses rechtschaffenen und tüchtigen Lehrers spricht, der Rektor nicht, zu dessen Kollegium er fast 25 Jahre gehörte, der Bürgermeister nicht. Ein Abgeordneter nach dem anderen tritt ans Grab und sagt, daß er es nicht begreife und daß es unfaßlich sei, und auch die Schulkinder treten ans Grab. Aus allen Klassen, die er unterrichtet hat, tritt ein Schüler vor und sagt seinen Satz, legt einen Kranz hin und ordnet die Schleife, damit es alle lesen können: Ihrem Lehrer Horst G. von der dankbaren 8 b.

Die Schüler erhalten schulfrei. Das Kollegium sorgt für die große Kaffeetafel in der Schule; an die hundert Gäste nehmen daran teil, es gibt drei Sorten Kuchen. Man blickt durch die großen Fenster ins Freie, lobt die Aussicht und die moderne Schule, man sagt: »Schade, daß er darin nun nicht mehr unterrichten kann, er hätte nur noch fünf Jahre gehabt, dann wäre er in den Genuß der Pension gekommen, seine Witwe ist wenigstens versorgt.«

Pläne für sein Alter hat er nie gemacht, aber manchmal spielte er den alten Lehrer G., dann ging er gebeugt, schleppte die Füße nach, stützte sich auf einen nicht vorhandenen Stock, wackelte mit dem Kopf und sprach mit zittriger Stimme. Nie ein alter Mann, den hat er immer nur gespielt. Er trug seine Lebensdaten mit sich herum; von Anfang an mußte er einer gewesen sein, der sechzig Jahre alt werden wird und keinen Monat älter. Wir haben das alle nicht wahrgenommen. Wenn er sich in einer Schaufensterscheibe spiegelte, zog er manchmal den Hut, sagte: »Ein höflicher angenehmer Mensch, dieser Lehrer G« und winkte ihm zu. Alle haben wir heitere Erinnerungen an ihn.

Die Schülerinnen der 8 b gießen den Kaffee ein, wohlerzogene, ordentliche Kinder, fast schon junge Mädchen. »Man kann es nicht fassen«, sagen die Trauergäste, »er war doch immer gesund, er war doch eigentlich immer guter Dinge!« Weder der Rektor der Schule noch der Pfarrer, noch der Bürgermeister haben aus seiner Beerdigung eine Lehrstunde gemacht. Keiner hat auch nur einen einzigen Satz gesagt, aus dem die Schüler dieser Schule etwas hätten lernen können. Wohl gar fürs Leben.

Die Beerdigung fand an einem Freitag statt; am Montag hatte die 8 b noch keinen anderen Lehrer, aber irgendwann wird die Planstelle des Lehrers Horst G. wieder besetzt werden.

[aus: *»Überlebensgeschichten«*]

Frau Marcellus prüft die Marktlage

Frau Marcellus ist keineswegs das, was man eine leichtfertige Person nennen dürfte. Es ist wichtig, daß man das weiß und im Gedächtnis behält. Sie hat vielmehr ein Bedürfnis danach, daß »alles seine Ordnung hat«, wie sie das nennt. Jene Ordnung, die in den Schubladen anfängt und im Gemütsleben aufhört.

Sie tat den Schritt, von dem hier gleich die Rede sein wird, sogar aus dem Verlangen nach Ordnung. Sie plante weit voraus, das allerdings muß man sagen. Doch wer tut das heute nicht, und nur die, die Frau Marcellus übelwollen – und das sind nicht viele, denn sie ist eine heitere, verträgliche Frau –, könnten sagen, daß sie es mit der Altersversorgung übertrieben habe.

Es gab zwischen Herrn und Frau Marcellus seit geraumer Zeit Differenzen. Man kann das auch präziser ausdrücken, denn diese Differenzen gab es seit dem Rosenmontag: sie war schwarzhaarig, langbeinig und zweiundzwanzig Jahre alt. Frau Marcellus hatte Grund zu der Annahme, daß ihr Mann nur noch nach einer Handhabe suchte, um sich so rasch wie möglich von ihr und den Kindern zu trennen. Da sie sich außerstande sah, von heute auf morgen schwarzhaarig, langbeinig und zweiundzwanzig zu werden – sie war eine dieser naturblonden, zu weiblicher, aber angenehmer Üppigkeit neigenden Enddreißigerinnen –, und weil sie, teils aus Trägheit, teils aus begründeter Verärgerung, nicht gewillt war, mit diesem jungen Ding um ihren eigenen Mann zu kämpfen, besah sie sich Herrn Marcellus eines Morgens mit der ihr auch in anderen Dingen eigenen gründlichen Nüchternheit.

Er verließ als erster das eheliche Bett. Gähnte ausgiebig, streckte sich, grunzte dabei, zog die Schlafanzugjacke aus und warf sie vors Bett. Derweil betrachtete sie die beiden Falten, die sich zwischen Brustkorb und Bauch quer über Herrn Marcellus zogen. Sie hörte ihm zu, wie er sein Kinn rieb, die bläulichen Bartstoppeln kratzte, sah, wie er im Gehen die Füße in die heruntergetretenen Pantoffeln schob. Jetzt erst bedachte er seine Frau mit einem »U-ah, Morgen, u-ah« und verschwand im Badezimmer. Sie hörte ihn gurgeln, sie hörte, wie er den Bartstaub über das Waschbecken pustete, hörte, daß er wieder ihr Kölnisch Wasser benutzte, und blieb weiterhin ruhig im Bett liegen. An anderen Tagen pflegte sie in der Zwischenzeit aufzustehen und das Kaffeewasser aufzusetzen. Sie übertrieb es sogar und griff nach dem Roman, der auf ihrem Nachttisch lag, und fing an zu lesen; sie nahm kaum wahr, daß Herr Marcellus in das Schlafzimmer zurückkehrte, mittlerweile in Hemd und Hose, ersteres umständlich in letztere stopfend. Auf seine Anfrage erklärte sie, daß sie »keine Lust habe«. Er, empfindlich wie alle Menschen, die sich im Unrecht wissen, entgegnete: »Bitte, bitte, ganz wie du meinst!« Und fünf Minuten später fiel die Korridortür hinter ihm ins Schloß.

Die Kinder mußten zur Schule, und die Schule ist eine Instanz, die selbst von den aufsässigen Ehefrauen noch respektiert wird. Frau Marcellus weckte die Kinder, machte die Schulbrote, kochte Kakao, kontrollierte die Taschentücher, küßte die Kinder kurz, aber innig, schloß, vielleicht ein wenig eiliger als sonst, die Tür hinter ihnen, setzte sich an den Tisch und tat das, was später ihren Mann und alle, die davon Kenntnis erhielten – die Sache sprach sich natürlich herum –, in nicht geringes Erstaunen versetzte.

Sie war nicht rasch mit der Zunge, aber sie war geschickt mit der Feder. Ihr Stil mochte vielleicht manchmal drastisch sein, er war aber immer anschaulich, und in diesem besonderen Falle kam ihr noch die Sachkenntnis zugute, die sie wie andere Frauen auch beim Studium der Wochenzeitung erworben hatte. Sie gab, um es nun endlich zu sagen, eine Annonce auf. Sie setzte als Überschrift in großen, fett zu druckenden Buchstaben darüber:

HEITERE BLONDINE WÜNSCHT SICH ZU VERÄNDERN

Der Text entsprach anderen derartigen Annoncen. Ungewöhnlich war höchstens, daß »gelernte Haus- und Ehefrau« dastand, was sie für wichtig hielt; vermutlich wollten nicht alle Männer eine Frau, die weder in der Behandlung von Fußböden noch in der Behandlung von Ehemännern Erfahrungen hatte. Sie verschwieg keineswegs ihr Alter und auch nicht die stattliche Erscheinung und schon gar nicht die beiden wohlerzogenen Kinder, auf die sie mit Recht stolz war.

Schließlich war sie ja nicht dumm! Bevor sie sich auf eine Scheidung von Herrn Marcellus einzulassen gedachte, wollte sie die Möglichkeiten prüfen, die ihr dann noch blieben. Dazu besaß sie ein Recht, was man ihr einräumen mußte. Jeder Mensch hat einen Anspruch darauf zu wissen, wie groß das Risiko ist, das er mit dem nächsten, noch dazu unfreiwilligen Schritt eingeht. Auf ihre Weise gedachte sie die Marktlage zu prüfen.

Die nächste Szene spielte sich nicht annähernd so dramatisch ab, wie man das annehmen könnte. Herr Marcellus las die Zeitung nur bis zur vorletzten Seite, bis zu den Stellenangeboten, die Heiratsanzeigen standen auf der letzten Seite. Er seinerseits studierte den Stellenmarkt. Er hatte die nicht unbegründete Besorgnis, daß er sich nicht nur menschlich, sondern auch beruflich verändern müßte; man war in seiner Behörde recht altmodisch eingestellt. Außerdem wollte »das junge Ding« – es ist unnötig, hier seinen Namen zu nennen, seine Rolle war bald ausgespielt – unbedingt im Ausland leben, was ihn, der keineswegs auf allen Gebieten eine Abenteuernatur war, beunruhigte, allerdings schmeichelte es ihm auch; er durfte annehmen, daß sie ihn für fähig hielt, sich überall durchzusetzen.

Herr Marcellus las die Anzeige also nicht. Das lag auch daran, daß er für den Nachmittag verabredet war. Hätte er die letzte Seite auch nur aufgeschlagen, wäre es durchaus möglich gewesen, daß sein Blick an dieser auffälligen Überschrift hängengeblieben wäre oder aber, und das war nicht nur leichtsinnig oder fahrlässig, sondern auch ein wenig unverschämt: an seiner eigenen Telefonnummer. – Frau Marcellus, die zwar eine gute und auch recht flinke Hausfrau war, neigte zur

Bequemlichkeit. Ihr Sinn für das Zweckmäßige hatte ihr geraten, eventuelle Verabredungen nicht schriftlich zu treffen. Auswärtige Herren kamen sowieso nicht für sie in Frage. Die Kinder sollten nicht umgeschult werden, und für die Wohnung hatten sie einen hohen Zuschuß gezahlt, den sie nie wieder herausbekommen würden. Außerdem wohnten alle ihre Freundinnen hier. Wegziehen würde sie auf gar keinen Fall. Eher würde sie sich an einen anderen Mann gewöhnen können als an eine andere Umgebung. Von Bildzuschriften hielt sie ebenfalls nichts. Das Geld für das Rückporto konnte sie sparen, und ein persönlicher Eindruck war in jedem Falle besser. Daß ihre eigenen Reize weit mehr im Plastischen lagen und darum nicht fotogen waren, wußte sie ebenfalls, hatte es aber vorm Spiegel noch einmal eingehend geprüft.

Sie hatte die Zeitspanne zwischen siebzehn und neunzehn Uhr am Sonnabend angegeben. Ihr Mann pflegte dann »etwas vorzuhaben«. Die Kinder schickte sie ins Kino; das war vielleicht nicht lobenswert, aber letztlich geschah das alles ja in ihrem Interesse. Besser ein zweiter Vater, der sich um die Erziehung kümmerte, als gar kein Vater. Sie selbst hätte schließlich auch ohne Mann auskommen können.

Sie wartete ohne Ungeduld. Sie nahm sich den Stopfkorb vor und wendete, was sie seit Monaten hinausgeschoben hatte, in einem Anfall von Rührung – wer wußte schließlich, ob sich das junge Ding auf so schwierige Sachen verstand! – die Manschetten eines Oberhemdes, das Herr Marcellus immer besonders gern getragen hatte.

Um siebzehn Uhr fünfzehn schellte das Telefon zum erstenmal. Die Stimme klang angenehm, aber sie schlug als Treffpunkt das Restaurant am Tiergarten vor. Sie hatte von klein auf eine Abneigung gegen den Geruch von Raubtieren. Sie lehnte ab.

Es kann hier nicht auf alle Gespräche eingegangen werden; insgesamt waren es siebzehn. Keine Rede davon, daß sie dazu gekommen wäre, die Manschetten zu wenden! Kaum, daß die Zeit reichte, sie abzutrennen. Sie mußte sich Notizen machen, damit sie überhaupt noch durchfand. Einmal schlug sie als Erkennungszeichen ihren hellblauen Chiffonschal vor, ein anderes Mal ging sie darauf ein, daß der Herr eine weiße Nelke im Rockaufschlag tragen würde, obwohl ihr im Grunde der Sinn für Romantik abging. Sie traf Vereinbarungen für fünf Abende, von Montag bis Freitag der kommenden Woche. Es hatte keinen Sinn, die Sache noch lange hinauszuschieben.

Als es neunzehn Uhr war, goß sie sich einen Johannisbeerlikör ein, räumte das Nähzeug weg, trank den Likör und gleich noch einen zweiten und sagte jedesmal laut und befriedigt: »Na dann prost, Frau Marcellus!«

Herr Marcellus wurde nicht etwa schon am Montag aufmerksam, als seine Frau um acht Uhr tipptopp und höchst proper angezogen in der Tür zum Wohnzimmer erschien und erklärte, sie ginge jetzt aus, er möge bitte auf die Kinder aufpassen. Ganz höflich sagte sie das, kaum daß man einen Unterton hätte wahrnehmen können, um neun müßten sie im Bett sein. Er dachte nicht daran zu fragen, wohin sie ging und sie dachte ebenfalls nicht daran, sich eine Ausrede einfallen zu lassen, sie war, wie schon erwähnt, nicht flink mit der Zunge.

Sie kam ein wenig forscher vielleicht als sonst, aber doch nicht eigentlich auffällig gegen elf Uhr dreißig zurück. Sie hatte zwei oder auch drei Glas Bier getrunken und einen Happen gegessen. Sie hätte vielleicht nicht im Flur einen Schlager trällern sollen, aber jeder benimmt sich einmal ungeschickt. Herr Marcellus hatte beschlossen, fest zu schlafen, mochte sie doch trällern, was und so lange sie wollte, er kannte jemanden, der konnte noch ganz anders trällern.

Am Mittwoch nahm er ihre Spur auf. Aber ausgerechnet da war sie im Kino verabredet. Er ging ärgerlich nach Hause, bevor er sehen konnte, daß sie rechts, wo es zu den Seitenlogen geht, stehenblieb und gleich darauf von einem korpulenten, aber doch noch rüstigen Herrn in Empfang genommen wurde und mit ihm im Dunkel verschwand. – Am Donnerstagabend wurde Herr Marcellus heftig. »Willst du mir vielleicht endlich erklären, was ich von deinen Unternehmungen zu halten habe?« Sie hätte natürlich nicht so herausfordernd zu lächeln brauchen, so mit den beiden Händen auf den runden Hüften. Sie war reichlich selbstsicher geworden. Das lag an dem Herrn vom Dienstag, der ein Textilgeschäft hatte; vor ihrer Ehe war sie in dieser Branche tätig gewesen. Das war vielleicht etwas, vor allem für später, wenn die Kinder aus dem Haus sein würden. Unsympathisch war er auch nicht. Man würde mit ihm leben können, und Wunder erwartete sie nicht.

Herr Marcellus verlor die Nerven. Er dächte gar nicht daran, hier das Kindermädchen zu spielen, während sie sich herumtriebe! Er hätte es satt, jawohl, satt, bis dahin! Er zeigte in die Höhe seiner Ohren. Sie sollte nur so weitermachen, er seinerseits wüßte, was er zu tun hätte. Schließlich gäbe es ja auch noch Detektive, und ihre Harmlosigkeit wäre die blanke Durchtriebenheit. Und so weiter.

Am Freitag schickte er jedoch keinen Detektiv auf ihre Spur, sondern nur die Kinder vorzeitig ins Bett und folgte ihr mit aller Vorsicht. Sie ging zwanzig Schritte vor ihm, hatte die hochhakkigen Pumps an, von denen sie immer behauptete, keinen Schritt darin gehen zu können, hatte das weiße Hütchen vom Frühjahr auf, ein bißchen zu schräg, aber es tat seine Wirkung. Sie schlenkerte heiter mit der Handtasche, hatte den langen Schirm unter den Arm geklemmt und ging leichtfüßig vor ihm her, kaum daß er ihr folgen konnte. Ziemlich alle Männer, die an ihr vorbeigingen, sahen sich nach ihr um, auch das entging ihm nicht.

Frau Marcellus strebte der »Oase« zu. Eine kleine Bar in einer Nebenstraße, die vor allem von jungen Leuten aufgesucht wurde. Der Vorschlag war nicht von ihr ausgegangen, aber als man die Verabredung traf, entsann sie sich, vor einiger Zeit eine Garderobenmarke des Lokals in der Jackentasche ihres Mannes gefunden zu haben.

Herr Marcellus war zu allem bereit. Er gedachte »den Kerl zu stellen«. Dann wieder beschloß er, jetzt gleich, auf der Stelle, einen Detektiv anzurufen und die beiden in flagranti zu ertappen. Dann könnte er morgen, am Sonnabend, bereits zu seiner Freundin sagen –.

Während er das überlegte, gab es die erste Panne. Er betrat die Bar, nickte dem Portier zu, schob den Perlenvorhang zur Seite und entdeckte mit dem ersten Blick seine Frau, die eben bei einem Herrn in weißem Flanell – man war bereits im Oktober! – Platz nahm. Mit dem zweiten Blick sah er dann seine Freundin mit einem dieser jungen Bürschchen.

Ich weiß nicht, was andere Männer in solchen Fällen tun. Herr Marcellus tat das einzige, was ihm einfiel, nämlich gar nichts. Als er fünf Minuten vor dem Lokal auf einen Einfall gewartet hatte, ging er nach Hause. Er setzte sich ins Wohnzimmer, griff nach den Zeitungen, las hier etwas, da etwas, war wieder nahe daran, die Seite mit den Heiratsanzeigen zu lesen. Er holte sich aus der Speisekammer zwei Flaschen Bier. Lauwarm. Wenigstens das Bier hätte sie ihm doch kalt stellen können, bevor sie auf Tour ging! Merkwürdigerweise war er außerstande, den Zorn der Abende vorher wieder in Gang zu bekommen. Seine Leber drückte ihn. Aufregungen hatte er noch nie vertragen können, er war müde und abgespannt, er wollte, daß seine Frau endlich nach Hause käme. Über das Verhalten seiner Freundin versuchte er nicht nachzudenken.

Frau Marcellus kehrte bereits vor Mitternacht zurück. Sie trällerte diesmal nicht. Der Abend war überhaupt nicht so verlaufen, wie sie sich das gedacht hatte. Wer wollte entscheiden, woran das gelegen hatte. Vielleicht wirklich an dem Herrn im weißen Flanell, der gleich eine Flasche Sekt spendiert hatte und dann so tat, als ob diese Investition sich umgehend bezahlt machen müßte. Vielleicht war sie auch nur müde. An den ersten Abenden hatte das Spaß gemacht, jetzt aber hätte sie lieber zu Hause im Sessel gesessen und endlich den Roman zu Ende gelesen. Nach dem zweiten Glas Sekt hatte sie angefangen, die Bewerber zu verwechseln. Sie versuchte sich den vom ersten Abend vorzustellen, den vom dritten, vom vierten, auch die

Familiengeschichten gerieten in ein hoffnungsloses Durcheinander. Dieser hier kam sowieso nicht in Frage. Sollte sie etwa für weiße Flanellanzüge sorgen? Und dann: Männer, die gleich Sekt auffahren lassen! Wie sollte man da je mit dem Wirtschaftsgeld auskommen? Nach ihrem Vermögensstand hatte er auch gleich gefragt. Als er dann seine Hand auf ihr Knie legte und noch näher rückte, wurde ihr das Ganze unheimlich. Sie entschuldigte sich für einen Augenblick, verließ die Bar durch den hinteren Flur und tat, was sie noch nie getan hatte: sie bestellte sich ein Taxi.

Das Ganze hätte schlechter ausgehen können. Die Umstände waren für eine Versöhnung denkbar günstig. Frau Marcellus dachte noch eine Weile an das kleine Textilgeschäft. Herr Marcellus verwandte noch mehr als einen Gedanken an seine schwarzhaarige, langbeinige Freundin. Er ging sogar noch einmal mit ihr aus, fand sie allerdings dann recht mager.

Scheinbar war alles wie vorher, nur mit dem Unterschied, daß die Ehe wieder ausbalanciert war. Die Harmonie war wiederhergestellt, die Trümpfe befanden sich nicht mehr in einer Hand, sondern in zweien, und wurden zuzeiten gegeneinander ausgespielt.

Als man im Dezember bei einer kalten Entc den Geburtstag von Frau Marcellus feierte, holte sie ihre Anzeige hervor und erzählte freimütig von den Offerten, die sie bekommen hatte. Diskretion hatte sie keinem zugesichert, und die Namen hatte sie längst vergessen. Aber daß sie aus dieser Affäre als Siegerin hervorgegangen war, das wurde nur zu offenkundig. Alle waren sich einig, daß heutzutage keiner mehr einen Posten aufgibt, bevor er nicht weiß, wo er am nächsten Ersten sein Unterkommen hat. – Der Nachbar, mit dem Herr Marcellus früher manchmal zum Kegeln gegangen war – eine unseriöse Natur –, flüsterte ihr beim Abschied zu: »Frau Marcellus, wenn Sie sich wieder mal verändern wollen. . .«

[aus: *»Was ist schon ein Jahr«*]

Geboren am 24. Dezember 1945

In jener kalten, dunklen Nacht. In Vicovice. Polanka. Rosnova. Nemece. Oder einer anderen tschechischen Stadt. Wer weiß heute noch ihren Namen? Das ist lange her.

Aber da war ein Kind. Das ist dort geboren. In seinem Paß muß der Name jener tschechischen Stadt stehen, die es nie gesehen hat. Wo ist dieses Kind geblieben, dessen Mutter gestorben ist, bevor man erfahren hat, woher sie kam? Ein Kind, ein neugeborenes Kind in einem tschechischen Lazarett, zwischen Sterbenden, Schwerverwundeten, Verzweifelten, Hoffenden und tschechischer Miliz. In Hunger, in Kälte, ein neugeborenes Kind, in jenem ersten Winter, in dem der Krieg zu Ende war. War er wirklich zu Ende?

Und dann starb die Mutter, von der niemand etwas wußte, nur daß sie Maria hieß. Viele Frauen im Osten heißen Maria. Eine junge Mutter, fast noch ein Mädchen, sie hat dort ihr erstes Kind geboren, einen Sohn, und weil es der vierundzwanzigste Dezember war, hatte man ihm den Namen Christian gegeben. Aber nicht nur deshalb. Dieses Kind, von dem niemand je wieder gehört hat, ist für eine Stunde das Kind in der Krippe gewesen, das Heil der Welt.

Von jener Weihnachtsnacht in Vicovice, Rosnova, Nemece erzählten die Männer, die dabeigewesen sind, manchmal ihren Frauen. Jener, der damals ein Hirte war und heute ein Pfarrer ist, erzählt, wenn er in der Heiligen Nacht seine Ansprache hält, seiner Gemeinde von diesem Kind; und auch der, der nur die Beine des Schafes festgehalten hat, erzählt davon, damals war er Sanitäter, und an jenem Abend war auch er ein Hirte; alle, die noch am Leben sind, es sind nicht mehr viele, suchen insgeheim noch immer nach diesem Kind. In seinem Paß muß der Name jener tschechischen Stadt stehen und das Datum des vierundzwanzigsten Dezember neunzehnhundertfünfundvierzig.

Wenn er noch lebt – sagen sie dann nachdenklich zu ihren

Frauen –, wenn er noch am Leben ist, was ist aus ihm geworden? Er hat doch eine Stunde in der Krippe gelegen, verstehst du? Und was ist aus den anderen geworden, aus dem, der den Hammel festgehalten hat, weißt du, er war Sanitäter, er konnte Tschechisch, er stand sich gut mit denen, er hat immer den Wassermann geprüft, dazu braucht man einen Hammel, aber davon verstehst du nichts. Dieses Tier zwischen uns, das war wichtig, daran erkannte man nämlich, daß wir Hirten waren, die von dem Felde kamen, weißt du, »und hüteten des Nachts ihre Herden«, wir kamen doch aus dem Felde, von überall her kamen wir, es war so ein Sammellazarett. Und dann war da einer, der hat angefangen: er hat seine Jacke, die innen aus Lammfell war, gegeben, und dahinein hat ein anderer das Kind gelegt. Er brauchte sie bald nicht mehr, er wußte das. Er war mit dabei, alle waren wir dabei, die Sterbenden und die Schwerverwundeten, die beiden Schwestern, die keine Engel sein wollten, nur zuerst, da hatten sie sich aufgestellt wie Engel. Sie hatten sogar die Haube vom Haar genommen und gelacht, aber dann muß etwas geschehen sein – sie traten zurück, sie wollten nicht im Vordergrund stehen, zwei Schritte nur, aber alle merkten: Engel waren sie nicht. Sie reihten sich zu den Hirten, stellten sich neben den Hammel, und die eine von ihnen hielt die Stallaterne hoch, als die Kerze abgebrannt war. Die junge Mutter Maria weinte; in ihrem Schoß und zu ihren Füßen lagen Brot, ein Stück Speck, eine Decke aus Wolle. Weihrauch, Myrrhe und Gold auch für dieses Kind. Es waren keine Könige, die vor das Kind hintraten, aber sie sahen aus, als seien sie weise geworden. Weise aus dem Morgenland. Sie kamen aus dem Osten, ein unheiliger Stern hatte sie dorthin geführt, wo sie jetzt standen, aber ein guter Stern würde sie bald nach Hause führen. Sie trugen graue wattierte Röcke, einer hatte den Arm in der Schlinge, einer hatte nur noch ein Bein, und ein dritter trug eine Binde vor den zerstörten Augen, er war der jüngste von ihnen. Der älteste hatte den Platz neben Maria eingenommen, er hieß Josef, viele hießen so. Er hätte ihr Vater sein können, und er hätte sie wohl auch länger beschützt als nur diese eine Nacht. Er hatte niemanden mehr, der ihn noch brauchte. Er wollte sie mit sich nehmen, sie und das Kind. Der Krieg war zu Ende, man mußte ihn bald entlassen, alt und krank, wie er war. Mit ihr wollte er nach Hause, in ein neues Zuhause. Sie wußte das noch nicht, er hatte es sich ausgedacht, als er das Kind im Schein der Laterne sah.

Es hat keinen Zuschauer gegeben in jener Nacht. Es war auch kein Spiel gewesen, kein Spiel an der Krippe mit frommen Liedern. Gesungen hatte keiner.

Angefangen hat es mit diesem Kind. Am späten Vormittag hatte man das Weinen gehört, einer hatte es zuerst gehört, hatte die anderen aufmerksam gemacht: sie horchten. Ein Kind. Ein neugeborenes Kind! Irgendwo im Lazarett, versteckt vor den tschechischen Wachposten. Also hatte man die Frau doch nicht fortgeschickt. Am Nachmittag trug die Schwester, die jüngere von den beiden, das Kind auf einem Kissen im Arm und lief damit von einem Saal in den anderen und rief: Ein Kind! Seht bloß, ein Kind! – Sie war seit drei Jahren im Krieg, seit drei Jahren war sie Krankenschwester, aber sie hatte noch nie ein neugeborenes Kind im Arm getragen. Nur Tote kannte sie. In dem einen Saal hat sie gesagt: Seht! Ein Kind ist uns geboren! – Sie wußte nicht, daß sie mit den Worten des Evangeliums sprach, vielleicht hatte sie die nie gehört. Sie weinte, weil sie erst seit einer Stunde wußte, daß ein Kind Liebe bedeutet und daß alles, was sie von der Liebe wußte, falsch war, weil das Kind die Liebe und die Liebe das Kind ist. Sie weinte und stand zwischen den Betten und hielt den Männern das Kind hin. Keiner hat gelacht. Sie wandten nur die Köpfe weg, zogen die grauen Decken höher, daß man den Atem nicht sah. Dann kam einer von den tschechischen Soldaten und scheuchte die Schwester aus dem Saal; die aber lächelte und hielt auch ihm das Kind hin, und da ließ er sie vorbeigehen, rührte sie nicht an, was er sonst tat und was sie sonst zuließ.

Es dämmerte früh. Kein Baum, keine Lichter, keine Briefe und kein Paket von zu Hause. Schlimmer als im Krieg. Dann weinte das Kind, und niemand wußte nachher mehr, wie das alles gekommen war. Sie hieß Maria, hat einer gesagt, und der hat es dem im nächsten Bett weitergesagt. – Es geht ihr schlecht. – Sie muß wohl sterben. – Da war es schon eine Stunde später, die Suppe war schon ausgeteilt, die Lampe über der Tür brannte, die vergitterte blaue Glühbirne, bei deren Schein man keinen Brief hätte lesen können.

Bald danach waren sie aufgestanden, hatten ihre wattierten Röcke und Mäntel angezogen, einer hatte dem anderen geholfen. Sie hatten das Kind sehen wollen. Sie hatten eine Frau sehen wollen, die ein Kind geboren hat. – Jeder hatte seinen Platz bald gefunden: die einen als Hirten, die anderen als Könige, als Josef der eine. Sie hatten auch Witze gemacht, so ganz geheuer war es ihnen nicht. Einer von ihnen hieß nämlich Ochse, und der mußte sich neben den Hammel stellen, den Wassermannhammel. Sie trugen herbei, was sie unter dem Kissen vor den Blicken der Kameraden und dem Zugriff der Wachsoldaten versteckt gehalten hatten. Einer soll noch sein Eisernes Kreuz besessen haben, das hat er auch hingelegt. So etwas geschieht, da lacht keiner. Keiner hat darin das Kreuz gesehen, damals, das Kreuz bei der Krippe. Er hat ja auch nur gegeben, was ihm zu geben am schwersten fiel. Die Soldaten standen in der einen Ecke, die Tschechen, die Feinde, mit ihren Gewehren in der anderen; zuerst stützten sie sich drauf, dann legten sie sie auf den Boden, zu Füßen des Kindes. Die junge Maria lächelte, die Wangen gerötet, die Augen glänzend und das Haar aufgelöst und blond. Sie verstand nichts mehr von alldem, ihr Kind lag warm und beschützt, sie fürchtete sich nicht mehr, sie lächelte in Traum und Fieber.

Hat wirklich einer gesagt: »Friede auf Erden –«? Gehört hatten sie es alle, in dieser Stunde haben sie alle das Heil der Welt erblickt; die Könige, die keine Weisen waren, die Hirten, der Mann, der den blökenden Hammel an den Beinen hielt, daß er stillstand und das Bild nicht störe, und die Schwester, die die Laterne hochhielt, und der Mann, der ein Josef sein wollte, und der, der seine Jacke hergegeben hatte, weil er wußte, daß das Kind sie nötiger brauchen würde als er.

In der Weihnachtsnacht, wenn ihre Kinder in den Betten liegen, versuchen die Männer, die damals dabeigewesen sind, in jener kalten, dunklen Nacht in Vicovice, Polanka, Rosnova, Nemece oder wie dieser Ort nun heißen mag, ihren Frauen davon zu erzählen. Und dann fragen die: Wer warst denn du? – Ich? Ich war der mit dem Hammel, sagen sie. – Ich war der Junge, der mit der Binde vor den Augen, weißt du das nicht? Der geführt werden mußte. – Ich war einer von den Königen aus dem Morgenlande, ich hatte Wein, einen ganzen Krug voll Wein –

Wirklich –? fragen die Frauen. Du warst einer von den Königen, den Weisen? – Du warst der mit dem blökenden Hammel? – Du warst jener Josef?

Sie sind ungläubig, sie lachen.

Es ist schwer, diese Geschichte zu erzählen. Von Jahr zu Jahr wird es schwerer. [aus: *»Was ist schon ein Jahr«*]

Quellenhinweise

Otto Heinrich Kühner, Umgang mit Christine Brückner, erschienen in »Kasseler Hefte«.

Frühling 1945, unter dem Titel »Als der Rote Turm brannte« in: »Städte 1945. Berichte und Bekenntnisse«. Hrsg. von Ingeborg Drewitz, Eugen Diederichs Verlag, 1970.

Ständiger Wohnsitz Kassel aus: MERIAN »Kassel« 3/1977, Hoffmann und Campe Verlag, Hamburg.

Aus Titeln des Verlages Ullstein, Berlin:

Aus *Überlebensgeschichten:*
Mein Vater: Der Pfarrer; Dr. med. Anna K., Alle Kassen; Meinleo und Franziska; Batschka – wo liegt das überhaupt; »Wir wollen einen anderen Lehrer!«

Aus *Mein schwarzes Sofa:*
Das wenige, das ich von meiner Mutter weiß; In meiner Küche; Wenn du nicht lachst; »... und mein Leben ein Ziel hat«; Traum; Inseln; Der Zauberberg; Die Reise nach Jerusalem.

Aus *Erfahren und erwandert:*
Im Schatten des Birnbaums; Bücher sind Treffpunkte; Mit Rucksack und Meßtischblatt; Die Küche der Margherita; Auf der Suche nach Poenichen; Die Lebenskilometer.

Aus *Was ist schon ein Jahr:*
Bella Vista; Frau Marcellus prüft die Marktlage; Geboren am 24. Dezember 1945.

Aus *Das glückliche Buch der a.p.:*
Griechische Kardiogramme.